Indéniable

MADELINE

SHEEHAN

HELL'S HORSEMEN – 1

Indéniable

Traduit de l'anglais (États-Unis)
par Anne Michel

J'AI LU

POUR elle

Si vous souhaitez être informée en avant-première
de nos parutions et tout savoir sur vos auteures préférées,
retrouvez-nous ici :

www.jailupourelle.com

Abonnez-vous à notre newsletter
et rejoignez-nous sur Facebook !

Titre original
UNDENIABLE

Éditeur original
Unforeseen Editing

Ce livre est consacré à l'amour indéniable.

Prologue

« Il y aura toujours une raison pour expliquer vos rencontres. Soit vous aviez besoin de ces personnes pour changer votre vie, soit vous serez celui qui changera la leur. »

Angel FLONIS HAREFA

Mark Twain a dit : « Les deux jours les plus importants de votre vie sont celui de votre naissance et celui où vous découvrez pourquoi vous êtes né. »

Je ne me souviens pas du premier, mais bien du jour où j'ai découvert la raison de mon existence.

Il s'appelait Deuce.

Il était mon « pourquoi ».

Voilà notre histoire.

Elle n'est pas jolie.

Certains passages sont même carrément laids.

Mais c'est la nôtre.

Et parce que je crois que tout arrive pour une raison, je n'en changerais rien.

1

J'avais cinq ans quand j'ai rencontré Deuce. Il en avait vingt-trois, et c'était le jour des visites à Rikers Island[1]. Mon père, Damon Fox, ou « Preacher » – le président des Silver Demons, un club de motards tristement célèbre – purgeait une peine de cinq ans pour voie de faits aggravée. Ce n'était pas la première fois qu'il était derrière les barreaux, et cela ne serait pas la dernière. Les Silver Demons étaient un gang de criminels qui ne suivaient que la loi de la route, bafouaient la société et tout le reste.

Mon père était un homme puissant et dangereux. Il était à la tête des Silver Demons dans le monde entier, et hautement respecté – le plus généralement craint – par les autres clubs de

---

1. Principale prison de la ville de New York. Elle est située sur une île du même nom, sur l'East River. *(N.d.T.)*

motards. Il avait des contacts au sein du gouvernement et des liens avec la mafia, mais ce qui faisait de lui le plus redoutable était qu'il avait beaucoup d'attaches avec les gens « normaux ». Qui n'évoluaient pas dans son cercle. Des personnes qui se trouvaient hors du réseau. Qui pouvaient faire en sorte que les choses soient faites discrètement.

Sa manière de s'exprimer et son sourire de bourreau des cœurs lui attiraient des amis partout où il allait – et si l'on prenait en compte le fait qu'il vadrouillait depuis l'époque où il se trouvait encore dans le ventre de ma grand-mère. Lorsque je dis partout, c'est vraiment *partout*.

Les défauts de mon père, la délinquance et le genre de vie qu'on menait au club ne m'étaient pas étrangers : je ne connaissais que ça.

Je tenais la main de mon oncle « One-Eyed » Joe tandis que nous traversions le parloir de Rikers. Dans la mesure où mon père était mon seul parent, on avait confié ma garde temporaire à mon oncle Joe et ma tante Sylvia. Ma mère, Deborah « Darling » Reynolds, était partie peu de temps après ma naissance. Beaucoup d'hommes se seraient effondrés sous le poids de la responsabilité que représentait un nourrisson, qui plus est un motard ne pouvant supporter de passer plusieurs semaines quelque part sans éprouver de nouveau le besoin de repartir à l'aventure.

Mais pas Preacher.

Il était un bon père, ses séjours ponctuels derrière les barreaux mis à part. Je n'avais jamais manqué de rien.

Habillé d'une combinaison orange, ses longs cheveux bruns ramenés en une queue-de-cheval nouée derrière la nuque, Preacher nous remarqua immédiatement et sauta sur ses pieds. Des menottes lui entravaient les poignets, ses chevilles étaient liées par une chaîne, et le gardien de prison qui se tenait derrière lui le fit se rasseoir lentement.

— Eva, dit-il avec douceur en me souriant pendant que je grimpais sur une chaise en plastique peu confortable.

Mes baskets n'atteignaient pas le sol et mon menton touchait à peine la table. Oncle Joe se laissa glisser sur la chaise à mon côté et passa son bras autour de mes épaules, me rapprochant ainsi de lui.

— Papa, murmurai-je, en faisant tous les efforts du monde pour ne pas pleurer. Je veux te faire un câlin. Oncle Joe dit que ce n'est pas possible. Pourquoi ?

Mon père cilla. Battit de nouveau des paupières. Je ne le savais pas à cette époque, mais mon père, imposant et fort, mon gros dur de père, essayait de contenir ses larmes.

Oncle Joe me serra l'épaule.

— Ma petite, fit-il d'un ton bourru, raconte à ton père le concours d'orthographe.

L'excitation et le besoin de pleurer se disputèrent en moi, la première remportant la manche.

— J'ai gagné le concours, papa ! Ma maîtresse, Mme Fredericks, dit que même si je ne suis qu'en maternelle, je peux épeler les mots aussi bien qu'un CE2 !

Preacher eut un large sourire.

Remarquant cela, et souhaitant qu'il y reste, je poursuivis :

— Tu sais quel âge ont les CE2, papa ?

— Dis-moi, ma chérie, me demanda-t-il en riant.

— Ils ont huit ans, chuchotai-je, tout excitée. Parfois neuf !

— Je suis fier de toi, ma petite fille.

Il avait les yeux brillants.

Je rayonnai. Lorsqu'on est enfant, nos parents sont tout notre monde. En tout cas, pour moi, mon père l'était. S'il était heureux, je l'étais aussi.

Oncle Joe me serra de nouveau l'épaule.

— Eva, ma puce, pourquoi ne vas-tu pas te chercher quelque chose au distributeur afin que Preacher et moi puissions discuter ?

C'était typique. Au club, tout le monde était toujours en train de « discuter » de choses que je n'étais pas autorisée à entendre. La plupart du temps, cela ne me gênait pas car tous les types m'adoraient, me cajolaient, me laissaient monter sur leurs épaules et m'offraient des cadeaux en permanence. Pour une sale bikeuse de cinq ans, un MC[1] plein de grands frères et de pères de substitution revient pour un enfant « normal » à fêter Noël tous les jours de l'année.

Je saisis l'argent que me tendait mon oncle et m'éclipsai vers la machine en question. Il y avait deux personnes avant moi, donc je fis ce que je faisais toujours quand je m'ennuyais : je me mis à chanter. Contrairement à la plupart des gamins de mon âge qui écoutaient New Kids on the Block ou Debbie Gibson, moi, j'entendais les chansons qui passaient au club. Une de mes préférées était *Summertime*, par Janis Joplin. Donc, je me retrouvais là, à me secouer le popotin tout en chantant très mal *Summertime*, faisant la queue pour un paquet de chips dans le parloir de Rikers Island, lorsque quelqu'un me demanda :

— Tu aimes aussi Hendrix, petite ?

Je pivotai pour me retrouver face à une paire de jambes vêtues d'un jean déchiré aux genoux. Je relevai les yeux et les écarquillai de plaisir. Il était grand et hâlé. Il avait les bras et les jambes très musclés, une taille fine. Son front était large, sa mâchoire carrée et forte. Un duvet blond recouvrait son crâne rasé. Ses avant-bras étaient bardés de tatouages élaborés, représentant des dragons. Jamais je n'avais vu un homme aussi beau.

---

1. MC est l'acronyme de *Motocycle Club*. Le terme est resté le même en français. *(N.d.T.)*

Dans ce monde, il en existe trois types : les faibles – qui s'enfuient et se terrent quand la vie leur botte le cul. Il y a aussi ceux qui tiennent debout et qui, pourtant, de temps en temps, s'appuient sur d'autres quand la vie leur inflige un revers. Et enfin, il y a les hommes, les vrais – ceux qui ne pleurent pas, ne se plaignent pas, qui ne se contentent pas de tenir debout mais sont en béton armé. Des hommes qui décident et assument les conséquences de leurs actes. Des hommes, qui, face à l'adversité, renvoient la balle et vont de l'avant. Des hommes qui brûlent la chandelle par les deux bouts, des irréductibles.

Des hommes comme mon père et mes oncles. Des hommes que j'adorais de tout mon cœur.

Des hommes comme Deuce.

— J'aime bien Hendrix, répondis-je, mais Janis déchire. Je l'écoute presque tous les jours.

Il m'adressa un large sourire, et ses fossettes se creusèrent.

— Tu me plais, petite, conclut-il, toujours souriant. Tu as de bons goûts musicaux et tu portes une paire de Converse basses plutôt que ces sacrées montantes que tout le monde a adoptées.

Je lui plaisais. C'était de loin le plus beau jour de ma vie.

— Je les déteste, lui affirmai-je en plissant le nez.

Il me fit un clin d'œil.

— Pareil pour moi.

Dès que je rentrerais, je me débarrasserais de toutes mes baskets montantes.

Lorsque mon tour arriva, je me mis sur la pointe des pieds et glissai mes pièces dans la machine. Je pris mon temps pour étudier ce qu'elle proposait et mon choix se porta sur un sachet de cacahuètes. Je laissai ma place à Deuce. Il prit deux paquets de chips, trois barres chocolatées et un cookie au chocolat.

— Waouh, remarquai-je, tu as vraiment très faim.

Il rit.

— Ce n'est pas pour moi. (Il indiqua un homme du doigt.) C'est pour mon vieux.

Je jetai un rapide coup d'œil à mon père et oncle Joe. Ils se tenaient tête penchée sur la table, toujours en train de « discuter ».

— Je peux faire sa connaissance ? demandai-je.

Il haussa les sourcils.

— Heu, il est du genre grincheux.

Je ris. Tous les hommes que je connaissais étaient ainsi.

Je glissai ma main dans la sienne et levai les yeux, prête à rencontrer son père. Sa main était chaude et agréable, comme mon lit après une nuit de sommeil.

Il observait nos doigts mêlés, une expression perplexe sur le visage.

— Prête, lui dis-je en le tirant.

Il haussa les épaules et me mena à une table proche, où un homme plus âgé, crâne rasé et longue barbe grise, était assis, menotté de la même manière que Preacher. Deuce lâcha ma main pour prendre une chaise et je grimpai sur la plus proche de lui.

— Bonjour, dis-je gaiement.

— Tu as quelque chose à m'annoncer ? demanda le père à son fils.

— Elle aime Janis, répondit ce dernier.

Le vieil homme m'étudia.

— Tu aimes Janis, petite ?

J'opinai.

— Et Steppenwolf et Three Dog Night et les Rolling Stones et Billie Holiday…

Il m'interrompit.

— Billie Holiday ?

Il avait l'air surpris.

J'enfournai quelques cacahuètes et hochai la tête.

— Elle déchire.

Il sourit et tout son visage en fut transformé. Je le sus immédiatement : longtemps auparavant, ce papi grincheux avait été aussi beau que son fils.

— J'aime beaucoup Billie Holiday, dit-il d'un ton bourru.

— Je vous aime beaucoup, vous, lançai-je spontanément parce que j'agissais toujours ainsi. Vous voulez des cacahuètes ?

— Avec plaisir, accepta-t-il, le sourire toujours aux lèvres.

Je déversai le reste de mon sachet dans sa main et il les engloutit d'une traite.

— Eva !

Je sursautai en entendant la voix de mon oncle. Il traversait la pièce à grandes enjambées dans ma direction. Lorsqu'il atteignit la table où je me trouvais, non seulement il avait l'air furieux, mais c'était aussi l'expression qu'affichaient mes deux nouveaux amis.

— Tu as des envies suicidaires ? murmura oncle Joe au vieux monsieur. Les Horsemen s'entendent bien avec les Demons. Autant se démerder pour que ça continue.

— Ah, répondit le vieil homme en m'observant de nouveau. Tu dois être la fille de Preacher. Il parle de toi. Il est fier comme un paon.

J'opinai crânement.

— Oui, c'est mon père. Et je serai juste comme lui quand je grandirai. J'aurai une Harley Fat Boy, mais je veux que la mienne brille, et je veux aussi un casque rose avec des têtes de mort dessus. Et au lieu d'être le président du club, j'en serai la reine parce que je me marierai avec le biker le plus puissant et le plus terrorisant du monde entier, et il me laissera faire tout ce que je veux parce qu'il sera fou amoureux de moi.

Mon oncle éclata de rire et le vieux monsieur secoua la tête en souriant. Le bel homme qui était son fils se tourna pour me faire face et se pencha vers moi.

— Je saurai te le rappeler, me chuchota-t-il.

Je ne répondis pas. J'en étais incapable. L'intensité de ses yeux bleus tachetés de blanc me captivait. Ils me rappelaient un lac recouvert de givre. Ces superbes yeux bleu de glace m'invitaient en un lieu sûr, où je voulais rester pour toujours.

Il me tendit la main, brisant le charme.

— Je m'appelle Deuce. Mon vieux, c'est Reaper. C'était sympa de discuter avec toi.

Je plaçai ma main dans la sienne, et ses doigts robustes se refermèrent sur les miens.

— Moi, c'est Eva, murmurai-je. Et c'était vraiment génial de te rencontrer !

Il sourit et son regard s'illumina. Je m'y perdis de nouveau.

Puis oncle Joe se saisit de moi et me jeta en travers de son épaule.

— Est-ce que dans cette putain d'école privée qui coûte la peau du cul on ne t'apprend pas à ne pas adresser la parole à des étrangers ? Va falloir que je discute avec ces connards coincés. À coups de poing.

— Salut, hurlai-je en agitant frénétiquement le bras tandis qu'on m'éloignait de Deuce.

Reaper me fit au revoir de ses mains menottées, un grand sourire aux lèvres.

Deuce se leva, souriant lui aussi largement, et me salua de deux doigts.

— Au revoir, poupée.

Poupée.

C'était officiel. J'étais raide dingue amoureuse.

Deuce suivit du regard One-Eyed Joe, le sergent d'armes des Silver Demons, qui traversait rapidement la salle, la gamine de Preacher sur l'épaule, souriant et faisant de grands saluts frénétiques. Il secoua la tête et sourit. Lorsqu'il ne lui fut plus possible de la distinguer, son visage se ferma et il se retourna vers son père.

Le sourire de ce dernier s'effaça aussi.

— Mignonne, marmonna Reaper. J'aurais dû avoir une fille plutôt que vous deux, crétins.

Deuce observa fixement son vieux. Il avait éprouvé un sentiment d'envie, pendant un moment, en le voyant sourire à cette gosse et lui parler comme il aurait dû le faire avec ses propres enfants, ce qui n'était jamais arrivé. Il avait été trop occupé à les battre.

Le bon vieux temps.

— Preacher avance, gronda Reaper. Il passe ce deal avec les Russes juste sous votre nez. Pourquoi tu n'as pas cassé cette merde quand tu en avais l'opportunité, bordel ?

On y était. Il était vice-président, et rien d'autre pour son vieux. Quelqu'un à qui transmettre le flambeau lorsque enfin – et cela ne pouvait arriver suffisamment rapidement – il passerait l'arme à gauche.

— Le *road captain*[1] de Preacher m'a battu. Il a réglé ce truc avant même que j'en entende parler.

L'expression de Reaper se fit glaciale.

— Tu es un tel raté. J'aurais dû faire de ton frère Cas le vice-président. Et faire en sorte que ta putain de mère se débarrasse de toi quand tu étais encore dans son ventre.

Sa mère avait bien été une prostituée – pas de celles qu'on trouve dans la rue, plutôt celles qui s'offrent aux membres du club. Elle avait seize ans quand son père l'avait prise, ce dernier alors âgé de presque trente. Après la naissance de Deuce, son vieux l'avait jetée à la rue avec pour tout bagage les vêtements qu'elle avait sur le dos. Tout ce que Deuce avait jamais possédé de sa mère était une photo floue où une très jeune fille était assise sur la Harley de son père. Derrière l'image était inscrit OLIVIA MARTIN. Il aimait penser qu'elle avait commencé une nouvelle vie ailleurs, avec quelqu'un qui ne ressemblait en rien à Reaper. Qu'elle avait trouvé la paix et une famille qui l'aimait.

Son jeune frère, Cas, était le produit d'une autre traînée. Même histoire, protagonistes différents.

Pendant vingt-trois ans, il avait supporté ce merdier. Cela suffisait. Repoussant sa chaise, il

---

1. Motard chargé d'établir l'itinéraire pour tous les déplacements du groupe. (*N.d.T.*)

se leva, mains sur la table, et se pencha en avant.

— Personne – et quand je dis personne, c'est personne, bon sang – n'en a rien à secouer de ce qui t'arrivera, imbécile. Le club respecte son président, mais tous tes gars se carrent que tu vives ou meures. Tu es condamné à la prison à vie, vieux, et je fais tourner le truc en ton absence. Dans la mesure où je m'en sors bien mieux que toi, je n'ai pas à venir ici, mais je le fais par respect. Et je viens juste d'en perdre la dernière once que j'éprouvais encore à ton égard.

— Espèce de petite merde, siffla Reaper, tu vas payer…

— Non. Toi, tu vas payer. Je mets un contrat sur ta tête à la seconde où je sors d'ici.

Une lueur d'angoisse traversa le regard de son paternel. Deuce n'avait jamais rien vu chez lui d'aussi doux que cela.

— Lorsque tu perdras tout ton sang, fumier, souviens-toi que c'est moi qui en ai donné l'ordre.

Il se détourna avant que son père puisse ajouter un mot et parcourut à grandes enjambées le parloir de Rikers Island, la respiration lourde, le cœur battant dans sa poitrine, déterminé à écourter la vie de cet homme.

— Deuce ! couina une petite voix.

Il se retourna.

Eva se précipitait vers lui comme un boulet de canon. Juste avant de l'atteindre, elle s'arrêta en dérapant, le souffle court. Elle tendit sa main.

— Je n'ai pas pu partager avec toi, lui dit-elle, essoufflée.

Il se baissa pour refermer les doigts sur un sachet de cacahuètes.

Sa gorge se serra.

Cette gosse, cette sacrée gamine qui ne le connaissait absolument pas, venait juste de lui offrir son premier cadeau, n'attendant rien en retour, ni faveurs ni conditions, rien. Il avait eu tort. Il avait quelque chose de plus doux que de lire la peur dans les yeux de son paternel. Eva l'était, et de loin. Si un jour il avait une fille, il voulait qu'elle lui ressemble.

— Merci, poupée, dit-il, la voix rauque.

— Je te reverrai ? demanda-t-elle en penchant la tête sur le côté, attendant sa réponse.

Il plongea son regard dans celui de la petite, dans ses yeux étonnants bien trop grands pour son visage. Vastes et d'un gris brumeux comme un orage. Sacrément canons.

Il sourit.

— Je l'espère, ma belle.

Elle lui offrit un sourire des plus craquants et repartit en sautillant vers son père et son oncle – dont les regards étaient aussi tranchants que des lames de couteau – balançant ses couettes.

Deuce enfonça les cacahuètes dans sa poche et partit. Il mit la tête de son père à prix avec le premier téléphone public sur lequel il tomba. Cela lui demanda une heure, mais passé ce délai, il avait trouvé quelqu'un d'intéressé. Trois jours plus tard, Reaper se vidait de son sang.

2

Sept ans s'écoulèrent avant que Deuce et moi nous croisâmes de nouveau.

Durant ce laps de temps, mon père était sorti de prison et j'avais gagné un frère plus âgé, véritable enquiquineur : Frankie.

Frankie Deluva Père avait été le *road captain* de mon père. Il avait trouvé la mort lors d'une collision frontale avec un camion quelques années plus tôt et, à cette époque, sa compagne officielle était déjà décédée d'un cancer du sein. Comme c'était le cas avec la plupart des gosses de motards, Frankie n'avait pas d'autre famille prête à s'occuper de lui. Dans la mesure où mon père n'avait pas de fils, il le prit sous son aile et commença à organiser son avenir en tant que Silver Demon. Si Frankie faisait l'affaire, mon père ne cachait pas son intention de lui transmettre un jour le flambeau. Ce qui ne posait pas de problème et était au contraire génial, si ce n'était un gros souci.

Frankie était en colère.

Tout le temps.

À tel point qu'il ne faisait que se retrouver pris dans des bagarres – à l'école, au club, dans la rue, chez l'épicier. Frankie aurait boxé un mur de brique si ce dernier l'avait fait sortir de ses gonds. Vous n'avez aucune idée du nombre de murs qui s'y étaient risqués.

Son pauvre corps d'adolescent de quinze ans était déjà couvert de cicatrices. Depuis qu'il vivait avec nous, il avait été hospitalisé à seize reprises pour os brisés, blessures au couteau, et nombre de commotions.

Frankie avait aussi un sérieux complexe d'abandon.

Lorsqu'il était arrivé chez nous, il faisait de violents cauchemars. Il se réveillait paniqué, en sueur et hurlant à pleins poumons. Les cauchemars s'étaient transformés en terreurs nocturnes, et Frankie se mit à se débattre violemment dans son sommeil, à se frapper la tête à coups de poing tout en criant et pleurant de manière incontrôlable. Papa devait le maîtriser jusqu'à ce qu'il se calme ou reprenne pleinement conscience.

Une fois, alors que Preacher était sur la route, Frankie s'était faufilé dans ma chambre, puis glissé dans mon lit. Il dormit à poings fermés pour la première fois depuis son emménagement chez nous. Il y était resté.

Et la vie avait suivi son cours.

Deux semaines après mon douzième anniversaire, mon père décida que le temps était venu pour Frankie de suivre un déplacement du club. Lorsque ce dernier découvrit que je ne serais pas de la partie, il fut pris d'une crise violente jusqu'à ce que mon père laisse tomber. Lorsqu'il s'agissait de Frankie, c'était une vraie chiffe molle.

À l'arrière de la moto de Frankie, je quittai Manhattan pour le nord de l'Illinois. Notre premier arrêt : une exploitation de citrouilles. Lorsque votre père et ses comparses sont impliqués dans des activités illégales et ont besoin de se retrouver en toute discrétion, les rassemblements dans ce type d'exploitations agricoles sont plus fréquents qu'on ne le pense.

Ce genre de rencontres durait généralement quelques jours, les adultes restant à l'intérieur et les enfants dehors. Il y avait toujours beaucoup de cris et de rixes, et l'alcool coulait à flots. Sans oublier les filles faciles.

Mon corps avait commencé à changer assez tôt, et j'avais l'air plutôt gauche, mince et grande comme je l'étais – tout en coudes et genoux, avec un bonnet C. Plusieurs garçons, qui avaient accompagné leur père à ce rendez-vous, avaient commencé à me suivre partout, faisant claquer l'élastique de mon soutien-gorge et me traitant de « rembourrée » – ce qui expliquait que je me sois retrouvée à me cacher dans un arbre, mes écouteurs dans les oreilles, les Rolling Stones s'y déversant, balançant les jambes et la tête en mesure avec la chanson que j'accompagnais de ma voix.

Je sentis qu'on tirait mes Converse et dégageai brutalement mon pied.

— Dégage, Frankie, hurlai-je.

Il tira de nouveau sur mon orteil et j'arrachai mes écouteurs pour lui lancer un regard noir.

Ce n'était pas Frankie.

Ses cheveux mis à part – ils étaient maintenant épais et d'un blond cendré, lui descendant sur les épaules – il n'avait absolument pas changé. Il était toujours d'une beauté dévastatrice.

Il afficha son sourire aux multiples fossettes.

— J'avais entendu dire que tu étais quelque part dans le coin, poupée. Tu te souviens de moi ?

— Deuce, murmurai-je, les yeux fixés sur lui. De Rikers.

Il éclata de rire.

— Je ne suis pas de là-bas. Mon doux foyer est le Montana. Je rendais juste visite à mon vieux, tout comme toi. Tu te souviens ?

Je hochai la tête.

— Reaper. Je l'aimais bien.

Son sourire s'effaça.

— Il est mort.

Je n'ai jamais su quoi dire à ceux qui avaient perdu un proche. Rien ne semblait jamais vraiment convenir. Mais en voyant la froideur qui s'afficha dans les iris bleus de Deuce, je sus qu'il fallait que je trouve quelque chose.

— Il avait un chouette sourire, dis-je doucement. Exactement comme le tien.

Il reporta rapidement les yeux sur moi, puis sourit.

Je fis de même.

— Tu sais quoi, dit-il en tirant de sous son tee-shirt blanc sale une fine chaîne en or et en la faisant passer par-dessus sa tête, tu devrais avoir cela.

Il attrapa ma main pour l'y déposer.

— C'était à mon père, expliqua-t-il. Et personne n'a jamais rien dit de sympa à son sujet. Jamais. Pas même sa propre mère. Je suppose que cela te revient donc.

Je levai le bijou et étudiai le petit médaillon rond qui y pendait. Les couleurs de leur club étaient imprimées sur une de ses faces. Les mots HELL'S HORSEMEN encerclaient une grande Faucheuse, portant une capuche et chevauchant une Harley, une scythe à la main.

Sur la face arrière, on pouvait lire REAPER.

— Ce jour-là, il y a sept ans, c'était la première fois que je voyais ce salaud sourire. Et aussi la dernière.

Je ne savais pas quoi répondre. Je restai donc silencieuse et fis passer le pendentif autour de mon cou.

— Merci, dis-je en l'enfouissant sous mon tee-shirt à l'effigie de Jimi Hendrix. Je l'aime beaucoup.

Il eut un mouvement de tête et son regard se perdit au loin.

— J'étais parti pour me balader entre les citrouilles. Ça te dit de venir ?

Je laissai pendre mes écouteurs autour de mon cou, attachai mon Walkman à la poche de mon jean et sautai au sol.

Sans vraiment y réfléchir, je glissai ma main dans la sienne, comme je l'aurais fait avec mon père ou Frankie. Il baissa la tête mais ne retira pas sa main, ses doigts chauds venant s'enrouler autour des miens tandis que nous nous mettions en route.

Nous avançâmes, Deuce les yeux levés vers le ciel gris et nuageux, fumant cigarette sur cigarette.

— Tu es triste ? demandai-je.

Il reporta son attention sur moi et fronça les sourcils. Je me mordis la lèvre. Avais-je dit quelque chose qu'il ne fallait pas ? Peut-être ne voulait-il pas que qui que ce soit sache qu'il l'était. Mon cœur s'emballa. Je sentais que ma paume devenait moite, et parce qu'elle se trouvait dans la main de Deuce, cela commença à m'embarrasser, ce qui me fit transpirer plus encore.

— Mon petit frère est mort, ma belle. Il y a quelques jours.

Je m'arrêtai et jetai mes bras autour de sa taille, le serrant aussi fort que j'en étais capable.

— Je suis sincèrement désolée, murmurai-je.

Deuce ravala son souffle.

— Ma douce.

Puis il tomba à genoux et me serra jusqu'à ce que je ne puisse plus respirer. Or, cela m'était égal parce que c'était une sensation particulièrement agréable, et je savais qu'il avait besoin de ça.

— Tu es une chouette gosse, tu sais, me chuchota-t-il à l'oreille. (Il recula et planta ses yeux dans les miens.) Promets-moi de ne pas changer, hein ? Toi et moi, gamine, nous avons été élevés par les lois de la route et du guidon. C'est le seul monde que nous connaissons, mais cela ne veut pas dire que ça n'a pas un prix. Alors, promets-moi que quoi que tu voies, quels que soient les soucis que tu rencontreras, tu ne laisseras pas cette vie te rendre amère.

Je plongeai dans ses yeux d'un bleu glacé, fascinée par le sentiment de sécurité et de bien-être qui m'enveloppait, me réchauffait. J'étais incapable de m'en détacher. Je voulais enfouir cette sensation dans ma poche arrière, l'emporter avec moi, et la garder au chaud sous mon oreiller pour l'avoir à disposition quand j'en aurais le plus besoin.

Finalement, lorsque je me souvins de ce qu'il venait de déclarer, je hochai la tête.

Il caressa ma joue et se releva. Je remis ma main dans la sienne, et nous reprîmes notre marche. Deuce ralluma une cigarette et je commençai à lui montrer du doigt des citrouilles anormalement grandes.

— Tu as vu le dessin animé où Charlie Brown écrit une lettre à la Grande Citrouille d'Halloween ? s'enquit Deuce. Ce crétin me fait toujours rire.

Je décidai que moi aussi j'adorais ce crétin de Charlie Brown et pris note de visionner tous les dessins animés où il apparaissait dès que je rentrerais à la maison.

— Tu vas te déguiser pour Halloween, poupée ?

— Je ne sais pas encore, lui répondis-je. C'est un sujet délicat. Une fois dans l'année on doit se costumer et prétendre être quelque chose ou quelqu'un d'entièrement différent. C'est un événement unique, dans le fond. Du coup, il ne faut pas se planter, non ? C'est important de faire le bon choix comme ça, on n'a pas de regrets, que des souvenirs fantastiques.

Deuce s'arrêta et baissa les yeux vers moi.

— Qu'aimerais-tu être ?

— Maya Angelou[1], répondis-je immédiatement. Ou Eleanor Roosevelt.

Il s'étouffa.

---

1. Poète, écrivaine et militante afro-américaine, elle est décédée en 2014. *(N.d.T.)*

— Mais, me dépêchai-je de poursuivre, si je veux être Maya Angelou, je devrais noircir ma peau d'une manière ou d'une autre, sans insulter la communauté noire. Je vais probablement finir sous les traits d'Eleanor Roosevelt. Non pas que ce soit un problème. C'était une femme incroyable.

— Quel âge as-tu ? demanda-t-il brutalement, en se donnant des coups de poing sur la poitrine.

— Douze ans.

— Douze ans ? (L'air dérouté, il secoua la tête.) Quand je t'ai rencontrée la première fois, je me suis dit que tu devais être une gamine futée. Maintenant, je sais que c'est bien le cas.

Je rougis. Deuce – président, à en juger par son gilet[1], des Hell's Horsemen – pensait que j'étais futée. Sympa, non ?

— Et toi ? demandai-je à mon tour.

— J'ai trente ans. (Il plissa le nez.) Vieux, non ?

Je haussai les épaules.

— Mon père a trente-sept ans et il est encore assez cool.

Les yeux lui sortirent de la tête.

— Arrête-moi si je me trompe. Tu as douze ans. Tu seras probablement déguisée en Eleanor Roosevelt pour Halloween. Et tu penses que ton paternel est cool ?

---

1. Blouson aux manches coupées où sont inscrites les couleurs du club de motard et la fonction de celui qui le porte. *(N.d.T.)*

J'opinai.

Il secoua de nouveau la tête, un sourire en coin étirant ses lèvres.

— Bon sang.

Une pierre me tomba sur l'estomac. Il se moquait de moi.

J'arrachai ma main à la sienne et croisai les bras.

— Je sais que je suis bizarre. Tout le monde à l'école me le dit. Tout le monde, sauf ma meilleure amie, Kami. Ils détestent ma musique parce que c'est vieux. Et mes vêtements parce que c'est des fringues de garçon. Ils pensent que je suis flippante ! Alors, vas-y, dis-le ! Toi aussi tu le penses !

Deuce s'agenouilla.

— Ma belle, tu n'es pas bizarre. Tu as douze ans. Et ces gosses ne te détestent pas, loin de là. Les filles sont jalouses parce que tu es sacrément mignonne et les garçons, eh bien, ce sont juste des garçons, ils essayent de draguer et n'ont pas la moindre idée de comment s'y prendre.

« Tu es sacrément mignonne. »

— Je suis jolie ?

La commissure de ses lèvres se releva.

— À peine douze ans et déjà à la recherche de compliments. Ouais, tu es jolie. Tu seras belle. Tu rendras un homme plus heureux qu'un cochon se roulant sans la boue.

Je souris largement. Qui aurait pu penser que les mots « cochon » et « boue » dans la même phrase rendraient une fille parfaitement heureuse ?

— Voilà, dit-il doucement. C'est ce que j'aime voir. Il n'y a rien de mieux qu'une fille canon avec le sourire.

Je l'observai sans ciller. Il me rendit mon regard, puis l'expression dans ses yeux s'adoucit et je me sentis fondre. Il était en train de m'arriver quelque chose d'important, de monumental, même.

Le passage de l'enfance à l'adolescence. Ce qui venait de se produire et pourquoi, alors que je me tenais au milieu de ce champ, je ne le comprendrais que bien plus tard, même si je savais d'ores et déjà que j'avais changé pour toujours. Et que ce changement était lié à cet homme.

— EVA ! C'EST QUOI CE BORDEL ?

Je pivotai. Frankie se précipitait vers nous, envoyant balader hors de son chemin à grands coups de pied de pauvres et innocentes citrouilles.

— Super, grognai-je. Frankie m'a trouvée.

— Ton mec ? demanda Deuce en observant le tempérament capricieux de Frankie avec un intérêt marqué.

Les yeux m'en sortirent de la tête.

— Beurk ! C'est mon faux frère.

Les longs cheveux marron de Frankie volaient en tous sens et ses yeux de la même teinte s'étaient assombris sous le coup de sa colère. Il n'avait que quinze ans mais mesurait déjà 1,82 m et avait la carrure d'un *quarterback*. Il n'était pas aussi grand que Deuce, mais le serait un jour.

— Je te connais, siffla Frankie en direction de Deuce, ne s'arrêtant qu'à quelques centimètres de lui.

Ce dernier haussa les sourcils et eut un sourire en coin.

— Non, gamin. J'ai bien peur que nous n'ayons pas eu ce plaisir.

Frankie détestait qu'on le traite de la sorte, en particulier devant moi. Je vis ses poings se serrer.

Le sourire de Deuce avait quitté ses lèvres.

— Si j'étais toi, je ne la ramènerais pas. Je n'accepte pas les conneries des adultes et peux t'affirmer que je ne vais pas supporter celles d'un abruti qui se prend pour un grand parce qu'il veut se taper une fille.

Je fermai les yeux. Deuce ne connaissait pas Frankie et, par conséquent, ne savait pas que ce dernier n'essayait nullement de m'impressionner. Il était juste comme ça, tout le temps. Avant qu'il ne balance un coup de poing à Deuce et ne se fasse botter le train, je m'intercalai entre eux et saisis Frankie par la taille.

— Tu m'as manqué, me hâtai-je de dire. Je t'ai cherché partout mais ne t'ai pas trouvé. J'ai demandé à Deuce de m'aider.

Il me prit dans les bras, son corps musclé s'affaissant contre moi. Il m'empoigna les cheveux d'une main, l'autre me serrant la taille.

— Désolé, marmonna-t-il. Je pensais… Je ne sais pas… Tu ne dois pas t'éloigner de moi. S'il t'arrivait quelque chose, je me tuerais. Impossible de vivre dans ce monde sans toi. Merde, je ne supporte pas l'idée que tu meures. Ça me rend dingue.

— Oh, Frankie, murmurai-je. Il faut que tu arrêtes de t'inquiéter. Il ne va rien m'arriver et je ne te quitterai jamais.

Deuce hésita à laisser Eva seule avec cet allumé, mais il semblerait qu'elle était la seule personne au monde à avoir quelque contrôle sur lui, et il partit donc. Il savait comment grandissaient les gosses comme Frankie : des têtes brûlées, sans aucune limite, perdant le contrôle sur eux-mêmes en trente secondes et finissant dans le cercueil avant d'avoir trente ans. Preacher avait eu tort de lui donner une part du gâteau. Deuce n'en avait rien à faire de l'affection que le président des Demons pouvait porter à l'adolescent. Lorsque les situations devenaient tendues – ce qui était toujours le cas – vous aviez besoin dans votre équipe de types ayant la tête sur les épaules.

— Pas cap de toucher ses nichons.

Deuce s'arrêta derrière une étable délabrée qui jouxtait la ferme.

— Pas cap de la baiser.

— Si Preacher l'apprend, il te tuera.

Il se raidit. Ces petits cons parlaient d'Eva.

— Il ne me fait pas peur. En plus, c'est la seule nana en âge de coucher dans le coin.

— Elle est super moche. Ses nibars mis à part. Je me la taperais bien juste pour les voir.

Deuce vit rouge. Eva avait douze ans. Ouais, elle avait bien des seins, mais ceux d'une pré-ado de son âge. Et ces crétins avaient entre seize et dix-sept ans. Il fit craquer ses jointures et entra à pas vifs dans l'étable.

Cinq petits merdeux étaient appuyés contre une rangée de box, fumant, se conduisant comme s'ils étaient plus âgés.

— Deuce, dit l'un d'eux. Quoi de neuf, mec ?

Il ne répondit pas. Il se contenta d'avancer jusqu'au premier d'entre eux, lui envoya un coup de poing dans la figure puis passa au suivant. Tirant d'un coup sec le second par le col de sa chemise, il lui cracha au visage, le frappa au ventre et le laissa retomber sur le côté.

Les trois autres s'étaient réfugiés derrière des bottes de foin entassées.

— Amenez-vous ici, ordonna Deuce, tirant son flingue de l'arrière de son pantalon. Et supportez votre punition comme les hommes que vous n'êtes pas. Autrement, j'ai des balles prêtes gravées à vos noms.

— Qu'est-ce qu'on a fait, bon sang ? lança dans un cri strident un des gamins dégingandé, au visage couvert de boutons.

De son arme, Deuce leur fit signe de retourner à l'endroit où ils se tenaient quelques instants plus tôt.

— Venez vous mettre là, leur ordonna-t-il en détachant les syllabes.

Ils obtempérèrent.

— Si je vous entends encore une fois parler d'Eva, la reluquer ou vous en approcher à moins de dix mètres, vous êtes finis. C'est clair ?

Les yeux écarquillés, ils opinèrent.

— Ensuite, j'irai trouver vos pères et leur expliquer quel genre d'imbéciles ils élèvent. Et à mon avis, ils vont vous balancer une raclée. Mais pour commencer, c'est avec moi que vous avez affaire.

Il attrapa le troisième du groupe par ses cheveux gras et cogna sa tête contre son genou. Le gosse, inconscient, fut repoussé sur le côté.

Le quatrième s'urina dessus dès que Deuce l'approcha. Ce dernier rit, puis passa au dernier. Celui qui avait qualifié Eva de mocheté. Il le saisit par la nuque et lui enfonça le calibre de son arme dans la bouche.

— Je sais que tu as des sœurs. Et que l'une d'entre elles a juste un an de plus qu'Eva. Qu'est-ce que tu dirais si j'allais la chercher pour la baiser ? Et que j'en fasse profiter mes gars ? Peut-être qu'on pourrait tous la prendre en même temps ? Par tous les orifices. Qu'est-ce que t'en penses ?

Le gosse secouait la tête en pleurant.

— Respecte les femmes, petit merdeux. C'en est une qui t'a porté, mis au monde, aimé. C'est une femme qui te gardera au chaud la nuit, te laissera la posséder, et c'en est encore une qui donnera le jour à tes saletés d'enfants. Tu respectes ça, OK ? Tu respectes les femmes, toutes les femmes, ou je te règle ton compte.

Il le relâcha et le gamin tomba à genoux, pris de haut-le-cœur.

— Petits cons, marmonna Deuce.

Rangeant son arme, il s'en alla.

3

J'avais seize ans.

C'était l'été à Manhattan.

Et le premier dimanche du mois.

Coincé entre le *Morrissey*, un bar, et une épicerie orientale, se trouvait le quartier général des Demons. Le barbecue mensuel du club battait son plein sur le toit de l'immeuble de quatre étages. Compagnes officielles et petites amies, enfants, cousins, amis de la famille et associés discutaient, riaient, dansaient et buvaient, tandis que les hot dogs et les hamburgers étaient retournés sur les grils aussi rapidement que les fûts de bière se vidaient.

Assise à côté de Frankie sur une table de pique-nique, je partageais avec lui une paire d'écouteurs. Mon Discman était calé entre nous, et nos têtes appuyées l'une contre l'autre tandis que nous nous balancions sur *Dazed and*

Confused, de Led Zeppelin. Mon bras était passé sur les larges épaules de Frankie, et sa main caressait ma cuisse, ses doigts y tapant en rythme.

— Attention, frères, les Horsemen sont ici !

Je tournai la tête sur la droite.

Un autre cri.

— Planquez vos femmes !

L'exclamation fut suivie de rires gras et bruyants, ainsi que de gloussements féminins.

J'observai un large groupe d'hommes vêtus de cuir se joindre à la foule sur le toit. Leurs fringues portaient au dos les couleurs des Hell's Horsemen.

Les mêmes que celle du médaillon.

Mon cœur se mit à battre. Deuce était-il parmi eux ? Je scannais la foule, mais les Horsemen s'étaient déjà dispersés.

Frankie me serra la cuisse pour attirer mon attention. Je retirai mon oreillette et le regardai, les yeux plissés.

— Tu veux que je planque de l'alcool pour plus tard ? De quoi fumer ?

Les barbecues des Demons étaient célèbres pour devenir hors de contrôle, et plus souvent qu'à leur tour, les derniers bikers sombreraient, ivres morts, avant minuit. Leurs rejetons se mettaient alors à faire la fête, avec ce qu'il restait à boire et à fumer.

— Ouais, lui répondis-je en souriant.

Frankie se leva, fit courir ses doigts dans mes longs cheveux noirs et appuya ma tête contre son ventre musclé.

— J'en ai pour une minute, chuchota-t-il avant d'ajouter : Et, Eva ?

Je levai les yeux.

— Ne t'avise pas d'aller où que ce soit avant mon retour.

Je levai les yeux au ciel, remis mes écouteurs et recommençai à balancer la tête, en chantant trop fort, ignorant avec joie les regards ébahis que ma façon de chanter provoquait toujours.

L'époque du collège avait été dure pour moi, mais depuis, je m'étais adaptée à ma gaucherie. Je couvais mon étrangeté et n'avais pas de problème avec mes bizarreries. J'étais ce que j'étais et je ne me souciais plus de ce que les autres en pensaient. Au lycée, jusque-là, tout se passait bien. J'étais mignonne, populaire, et j'avais des tonnes d'amis. Je suspectais que la plupart de mes copines m'utilisaient pour se rapprocher de Frankie. Grand et large d'épaules, il avait bonne allure, et les traits de son visage étaient finement ciselés. C'était un Italien pur sang aux yeux marron, de la couleur du chocolat noir, et aux cheveux châtain foncé qu'il portait longs.

Les nanas affluaient, et il ne se privait pas pour se les faire. En masse. Il ne couchait jamais deux fois avec la même. Donc, le fait d'avoir toutes les filles de l'école à se lamenter et à courir après Frankie mis à part, la vie était belle. C'était marrant, pas compliqué et j'étais heureuse.

Mon regard s'égarait sur le sol lorsqu'une ombre tomba sur moi et des bottes en cuir firent leur apparition dans mon champ de vision. Je les observais. Cuir noir véritable et semelles en caoutchouc. Boucles métalliques aux chevilles. Elles étaient branchées, sexy.

Je levai les yeux.

— Toujours les Converse aux pieds et à chanter faux, à ce que je vois.

Oui. Branchées et sexy. Tout comme l'homme qui les portait.

Deuce était tout en sourire, fossettes et yeux bleus qui allaient parfaitement bien avec ses longs cheveux blonds, qu'il avait ramassés en une épaisse queue-de-cheval. Il avait les épaules larges et était aussi bien bâti que dans mon souvenir. Il me surplombait et faisait une fois et demie ma largeur. Il était très séduisant avec son tee-shirt blanc moulant, son cuir aux manches coupées et son jean miteux façon taille basse. Cette fois-ci, lorsque je lui souris, cela ne fut plus avec l'émerveillement d'une petite fille, mais avec la fascination sensuelle d'une ado de seize ans.

— Eva Fox, dit-il d'une voix traînante, tu as grandi.

— Deuce, rétorquai-je avec espièglerie, tu as vieilli.

Il rejeta la tête en arrière et rit, un rire profond, un grondement au son duquel mon ventre se serra et mes seins se durcirent. Je n'étais pas la seule femme à y réagir ; elles étaient plusieurs sur le toit à lui lécher ouvertement les bottes.

Deuce mit la main dans sa jaquette et en sortit un paquet de cigarettes. Il garda les yeux sur moi tout en en allumant une.

— Tu as quel âge maintenant, poupée ? Dix-huit, dix-neuf ans ?

— Seize, siffla Frankie en faisant son apparition à mon côté. Seize, bon Dieu.

Deuce jeta un regard noir à Frankie et je vis qu'il le reconnaissait et était loin d'en être ravi.

— Frankie le timbré, le salua-t-il, un sourire narquois aux lèvres. Ta réput' est plutôt impressionnante pour quelqu'un de ton âge.

Frankie avait été surnommé « Frankie le timbré » quelques années auparavant parce que… eh bien, parce qu'il l'était.

Les poings serrés, ce dernier fusilla Deuce du regard.

— T'as intérêt à laisser Eva tranquille, Horseman.

Je tirai sur son cuir coupé.

— Calme-toi, c'est un ami de papa.

Frankie se tourna vers moi, le visage toujours sombre.

— Non, ma puce, ce n'est pas le cas. Il est en affaires avec lui, c'est sacrément différent. Tu ne devrais pas être en sa compagnie. Il est foutrement dangereux. Si Preacher le pouvait, il le dégommerait.

J'en restai bouche bée.

Il haussa les épaules.

— C'est comme ça, ma belle.

Deuce, qui n'était pas affecté par cette allusion à sa mort, tira sur sa cigarette et recracha lentement la fumée au visage de Frankie. Ce dernier rougit de colère.

— T'as bien abattu deux hommes de Bannon la semaine dernière à Pittsburg, hein, Frankie ? Tout le monde dans notre milieu est au courant. La rumeur dit que Bannon est à ta recherche. T'as Eva collée à toi tout le temps. Tu crois pas que c'est risqué pour elle, non ?

J'en restai bouche bée.

— Tu as tué quelqu'un ? chuchotai-je, terrassée à l'idée que Frankie soit un meurtrier.

Je savais que cela arrivait quand les affaires des clubs tournaient mal, mais personne ne m'en avait jamais parlé ouvertement, et je n'avais certainement jamais pensé que mon frère de dix-neuf ans faisait sa part du travail.

Les narines de Frankie frémirent. Ses iris sombres s'attardèrent sur Deuce.

— Connard, siffla-t-il.

Deuce haussa les épaules.

— C'est comme ça, vieux, dit-il en renvoyant à Frankie l'expression qu'il avait utilisée lui-même.

— Frankie, dis-je tout bas, Bannon va te faire la peau.

Mickey Bannon était un sale type, genre Mafia irlandaise. Il gérait la plupart de ses affaires depuis Pittsburg, mais il avait des relations partout, même outre-Atlantique. Je savais que mon père avait des difficultés à lui faire honorer sa parole sur leurs accords, mais je ne pensais pas que c'était allé jusqu'au meurtre.

Les yeux toujours sur Deuce, Frankie agrippa mon épaule.

— Non, ma belle. Je m'en suis déjà occupé. Moi et Trey. Personne ne viendra.

Trey était mon cousin, le fils aîné d'oncle Joe, et pas un mec sympa. En fait… il l'était avec moi et sa mère, mais cela s'arrêtait là. Que Trey soit un meurtrier n'était en rien une surprise.

Deuce renifla.

— Je vais avoir besoin d'un nouveau pied de lit pour y faire des encoches à chacun de tes exploits. Tu accumules les cadavres à la pelle.

Instinctivement, je m'éloignai brutalement de Frankie.

— Quoi !

Il tourna vivement la tête dans ma direction.

— Ev…

— Non, lançai-je amèrement. Je te demande de partir immédiatement !

— Énerve-toi tant que tu veux, Eva, j'en ai rien à foutre ! Mais il est hors de question que je te laisse seule avec ce salaud !

— Ça fait combien de temps que tu la suis comme ça, Frankie ? La protégeant d'aucune menace ?

— Dix ans, offris-je gentiment.

Frankie me fusilla du regard.

— Tu vas aussi lui donner le bras le jour de son mariage ? T'installer avec le couple ? Jouer à la nounou ? poursuivit Deuce.

Au lieu de diriger son attention sur Frankie pendant qu'il lui parlait, Deuce observait ses mains, attendant que le jeune homme bouge. Il pourrait ainsi le jeter au sol. S'il connaissait la réputation de Frankie, alors il savait que ses fusibles étaient inexistants. Il le provoquait volontairement.

— Je suis son homme, cracha Frankie entre ses dents serrées, détachant chaque syllabe. Et les enfants qu'elle aura seront les miens.

Oh, mon Dieu.

— Frankie, intervins-je avec sévérité, premièrement, tu n'es pas mon petit ami. Je n'en ai pas. Je ne prévois pas d'en avoir dans un futur proche, et ce ne sera certainement pas celui qui s'est tapé toutes les filles de mon lycée ! Deuxièmement, je ne veux pas parler de mariages hypothétiques et de bébés. Plus jamais. Troisièmement, si tu te retrouves de nouveau dans une bagarre avec un des associés que papa apprécie, il te tuera. Cette fois, il ne t'enverra pas à l'hôpital avec un œdème cérébral mineur, mais directement au cimetière. Alors, fais-moi plaisir, va te chercher une bière, pars te balader, fais ce que tu veux. Mais calme-toi, bon sang. Et, enfin, j'ai besoin de temps pour assimiler toutes ces informations. Alors, de l'air.

Il gronda dans ma direction. Un vrai râle.

— Je vais le dire à papa, le mis-je en garde.

— Tu sais à quel point ce type est dangereux ?

Je jetai un coup d'œil à Deuce. Nos regards se verrouillèrent, et ses yeux bleus m'ensorcelèrent. Dieu, qu'il était beau.

— Je devine qu'il l'est autant que toi, dis-je, mon attention toujours rivée sur Deuce, incapable de l'en détourner. Va-t'en, ordonnai-je.

— On en reparlera plus tard, Eva, écuma Frankie. Tu peux compter là-dessus.

Il disparut dans la foule à grandes enjambées.

— Il en pince pour toi, dit Deuce en s'asseyant à mon côté.

Je mis ma jambe droite sur la table et me tournai pour l'observer. Soudain, tous mes sens étaient en alerte. Sa proximité me permettait de sentir l'alcool dans son haleine et la sueur de ce jour d'été sur sa peau. Ce n'était pas un parfum désagréable. Cela me rappelait… la virilité.

— Non pas que je l'en blâme. Si j'avais son âge et que tu m'appartenais, je m'en prendrais aussi à tout le monde.

« Si j'avais son âge et que tu m'appartenais. » Waouh. Il n'y avait que cela à dire : waouh.

— Je ne suis à personne, répliquai-je vivement.

Il haussa les sourcils.

— Pas sûr que Frankie partage ton opinion.

J'eus un reniflement.

— Frankie est un mec facile.

— Il couche avec tes copines ?

— Ouais. Toutes, sauf Kami, ma meilleure amie. Jamais elle ne le toucherait.

Kami et moi, nous nous connaissions depuis la maternelle. Elle était la fille d'un ancien sénateur et d'une héritière. Elle avait été élevée par des nourrices et avait passé le plus clair de son temps avec moi, tout en restant éloignée de Frankie. Elle ne l'aimait pas et, en réalité, je pense qu'il lui faisait peur.

Avec un sourire narquois aux lèvres, Deuce secoua la tête.

— Il fait tout pour que tu le remarques. Pour que tu sois jalouse. Même un aveugle verrait combien il a envie de se glisser sous tes draps.

Écœurée, je me grattai le nez.

— Ça n'arrivera pas. Il est comme un frère pour moi. De plus, avoir un petit copain ne m'intéresse pas. Je n'aime pas les garçons.

Deuce mis à part. Sauf qu'il n'en était pas un ; il était un homme adulte. C'était ridicule d'éprouver ces sentiments, mais je ne pouvais m'en empêcher. Chaque fibre de mon être était comme drogué par sa présence. Je n'arrêtais pas de me surprendre à me rapprocher de lui.

— Ma belle, tu n'as pas encore rencontré le bon, dit-il en souriant. Si tu étais juste un peu plus âgée…

Il s'arrêta et secoua la tête.

— Si j'étais plus âgée ? le poussai-je, ayant besoin d'entendre ce qu'il avait été sur le point d'avouer.

Il se pencha sur le côté et inclina sa tête vers la mienne. Ses lèvres effleurèrent ma joue.

— Si tu étais plus âgée, tu serais à l'arrière de ma moto et dans mon lit. Et tu ne te contenterais pas d'aimer ça, tu adorerais et me supplierais de t'en donner plus.

Mes lèvres s'entrouvrirent et ma poitrine se gonfla tandis que je prenais une inspiration dont j'avais grandement besoin. Mon Dieu. J'avais senti le cheminement de cette déclaration dans tout mon être. Je voulais l'éprouver de nouveau. Et encore. Mais cette fois, nue et enlacée à Deuce.

— Voilà, ma belle, dit-il doucement, ses lèvres s'incurvant lentement en un sourire charmeur. Rien de mieux qu'une jolie nana qui s'enflamme.

Je me contentais de le dévisager.

— Grimper à l'arrière d'une bécane va t'arriver, et bientôt. Parce que, la manière que t'as de me reluquer m'apprend que tu le veux. Et méchamment.

Il quitta le banc, me fit un clin d'œil et disparut dans la foule.

Le cœur battant la chamade, je regardai autour de moi, me sentant embarrassée et surexposée. Mais personne ne me prêtait la moindre attention.

Je remis mes oreillettes en place et recommençai à chanter, mais pas aussi fort que d'habitude, puisque ma voix tremblait.

Deuce resta sur le toit bien après que tout le monde fut rentré dans le club pour s'enivrer jusqu'à en perdre la tête.

Il traversait une crise intérieure carabinée ; il avait déjà descendu une demi-bouteille de Jäger et deux paquets de cigarettes.

Eva. Cette satanée gamine. Elle aurait dû rester gauche et maigrichonne – tout en coudes, genoux et jambes trop longues pour son corps, le manque de confiance en elle enflammant ses grands yeux gris.

Elle était superbe maintenant. Son visage s'était joliment dessiné, ses traits enfantins avaient disparu. Sa peau avait une teinte ivoire, ses longs cheveux noirs ondulés cascadaient dans son dos, ses lèvres étaient pulpeuses et ses iris avaient la couleur d'un nuage gorgé de pluie. Foutue saloperie. Elle chantait si faux. Ces fichues Converse. Ces satanés seins – pleins et lourds, leurs pointes dures, pressant contre son tee-shirt Harley élimé. Son jean, grand et large, porté taille basse, suffisamment pour dévoiler les os de ses hanches.

Il voulait être en elle. C'était malsain et il le savait. Le genre de trucs de son père. Mais c'était comme ça.

Et il n'était pas le seul. Frankie la convoitait méchamment, et pas d'une bonne manière. Il était cramé avec son regard fou chaque fois qu'il le posait sur elle, et jaloux. Eva était un sacré bout de fille. Douce, intelligente aussi, et n'accordant aucune importance aux banalités, ce qui ne la rendait que plus sexy.

— Merde, marmonna-t-il.

Il devait partir. Grimper sur sa moto et quitter Manhattan. S'éloigner d'Eva Fox et de ses yeux à se damner.

Il était dans l'escalier lorsqu'il entendit des cris provenant de l'étage inférieur. Il s'arrêta, se pencha par-dessus la rambarde.

— Qu'est-ce qui ne te plaît pas chez moi ? demanda Frankie avec insistance.

— Rien, répondit Eva. Il ne s'agit pas de toi. Je ne veux être proche de personne… de cette manière-là.

— Tu avais pourtant l'air sacrément proche de ce salaud de Horseman, sur le toit ! Je t'ai observée avec lui ! Tu flirtais ! Tu l'as laissé te toucher le visage !

— Je flirtais avec lui, Frankie, je ne lui chatouillais pas les amygdales de la langue. Il est séduisant, et alors ? C'est pas comme s'il en avait quoi que ce soit à fiche d'une gamine de seize ans qu'il connaît à peine !

Elle le trouvait séduisant ? Généralement, les femmes n'avaient pas cette opinion-là de lui. Elles pensaient qu'il était carrément flippant.

Mais cette adolescente superbe le trouvait séduisant. Son sexe durcit.

Aïe.

Ne t'engage pas dans cette voie, crétin. Non.

— C'est pas la question, merde ! Qu'est-ce que je t'ai déjà dit ? hurla Frankie. Qu'est-ce que je n'arrête pas de te dire sur les mecs ?

Eva soupira bruyamment.

— Tu as dit qu'ils me feraient du mal. Qu'ils me prendraient et me jetteraient ensuite.

— Ouais, ma belle. (Le ton de Frankie s'était fait plus doux et menaçant à la fois.) Et quoi d'autre ?

— Mince, Frankie, qu'est-ce qu'il te prend ce soir ?

— Quoi d'autre ? insista-t-il en détachant chaque syllabe.

— Qu'ils ne m'aimeraient jamais. Qu'il n'y avait que toi qui m'aimais.

Bon sang, ce gosse était un malade.

— Je te veux sur mon sexe, Eva. J'en ai marre d'attendre.

Deuce serra les dents. Si Frankie n'était pas le filleul de Preacher, il le tuerait.

— Alors arrête d'attendre ! lui renvoya-t-elle. Parce que cela n'arrivera pas ! Tu es comme mon frère, Frankie ! Mon frère !

— Tu n'arrêtes pas de dire ça, gronda-t-il. Mais on dort l'un à côté de l'autre chaque nuit, et tu appuies tes nichons contre mon bras, ton cul contre ma queue, et je bande tellement que j'y vois plus clair. Et tu ne veux rien faire. Du coup je sors me taper d'autres nanas alors que tu sais que je ne veux que toi. Que tu sais aussi que je ne laisserai personne t'approcher. Jamais. Jamais, Eva. C'est moi ou rien. T'as compris ? Si t'es pas avec moi, tu ne seras avec personne.

Enfoiré.

— Frankie, répondit-elle d'une voix posée, arrête de te conduire comme un timbré. Je n'appuie rien contre toi. Tu t'enroules autour de moi comme une sacrée couverture et c'est toi qui te frottes toujours contre moi et te fais plaisir. Et si tu continues à me jeter ces trucs à la tête, je dirai à mon père que tu dors dans mon lit tous les soirs. Et que tu te touches juste à côté de moi.

Il entendit les lourdes bottes de Frankie marteler le bois des escaliers, puis une porte claqua. Deuce attendit un instant, puis se remit en marche.

Eva se tenait dans un coin du palier du second, genoux à la poitrine, cigarette aux lèvres. Elle tourna la tête dans sa direction et sourit. Il le lui rendit.

— Hé, dit-elle doucement, je croyais que tu étais parti.

Il avait bien essayé. Il devrait être encore en train de le tenter.

— Je vous ai entendus, dit-il d'un ton bourru, toi et ce crétin.

Elle serra les lèvres et détourna le regard.

— Il est juste hyperprotecteur.

— Donc, ta définition d'hyperprotecteur c'est qu'il s'assure qu'aucun mec ne puisse t'approcher, ce qui t'obligera à sortir avec lui ?

Elle haussa les épaules.

— Mon père lui passera le relais un jour, et le fait qu'on soit ensemble le rassurera.

Deuce comprenait. Preacher faisait attention à sa petite fille. Cela faisait sens. Mariez votre vice-président et votre fille, et vous saurez que le club serait là pour elle lorsque vous aurez disparu. Ce qu'il ne saisissait pas, en revanche, était comment le père d'Eva pouvait, en toute conscience, laisser sa fille aux mains d'un fou à lier.

— C'est pas ce que tu veux, à mon avis.

Il l'observa mordiller sa lèvre inférieure. Merde. Il avait vraiment besoin de rajuster son sexe dans son pantalon.

— Non, murmura-t-elle, baissant la tête pour le regarder à travers ses cils.

Pars, s'admonesta-t-il. *Pars, et vite.*

Il se baissa devant elle.

— Et que veux-tu, ma belle ?

Elle se détourna et se cacha derrière ses cheveux, mais pas avant qu'il n'ait vu ses joues s'enflammer.

Une satisfaction masculine et primaire l'envahit. C'était lui qu'elle désirait. Elle, un ange au milieu des démons, le voulait lui, l'un des pires dragons qu'il connaissait.

— Dis-le, demanda-t-il, la voix dure.

Que faisait-il, à la fin ?

Elle se retourna vers lui et coinça ses cheveux derrière ses oreilles. Mon Dieu, ce visage. Ce visage doux et parfait.

— Tu es vierge, Eva ?

Il connaissait déjà la réponse.

— Oui, chuchota-t-elle.

Seigneur.

Il se pencha plus près, suffisamment pour sentir l'odeur de bière et de cigarette dans son haleine.

— On t'a déjà embrassée ?

Elle eut un hoquet.

— Non, souffla-t-elle.

Bien. Très bien.

Il tourna la tête et sa joue vint frotter celle de la jeune fille. Il inspira la fragrance fruitée de ses cheveux.

— Tu le voudrais ? lui chuchota-t-il à l'oreille.

Il la lécha là, et elle frissonna. Il aspira sa peau, la mordilla légèrement.

La respiration d'Eva était hachée, son pouls palpitait sauvagement contre la bouche de Deuce. Il se mit à sucer vigoureusement, et elle ouvrit les jambes. Il saisit cette opportunité pour se glisser entre elles.

Il déposa des baisers le long de son cou, sous son menton, sur sa joue, cheminant ainsi jusqu'à sa bouche. Leurs lèvres se rencontrèrent. Elle tremblait.

— Une dernière fois, ma belle, dit-il d'une voix basse et rauque : tu veux être embrassée ?

— Oui, gémit-elle.

Instantanément, il fut sur pied, l'attirant à lui. Il l'attrapa par la taille, la souleva et l'épingla contre le mur.

— Tes jambes, grinça-t-il.

Elle les entoura autour de la taille de Deuce et il nicha son érection tout contre son intimité, enfouissant sa langue dans la bouche offerte de la jeune fille.

Il avait perdu la raison. Rien de tout cela n'aurait dû arriver.

Mais on y était.

Le chemin pour l'enfer est pavé de bonnes intentions et il venait juste de se payer un aller simple.

Une main de Deuce se perdit dans mes cheveux, l'autre prenant ma joue en coupe et me pinçant, ce qui me fit ouvrir les lèvres. Sa langue s'y engouffra, glissa le long de la mienne et commença à explorer son environnement. Non, « explorer » n'est pas le bon terme. Il l'*assiégea*. Il m'assaillit jusqu'à ce que je n'aie plus d'autre choix que de l'embrasser. Je lui rendis donc la pareille avec toute la ferveur d'une ado de seize ans qui n'avait jamais vécu cela et qui embrassait l'homme de ses rêves.

Ce qui n'était pas rien.

Je n'ai aucune idée du temps que durèrent nos baisers. On a tendance à perdre le fil lorsqu'on est jeune et subjuguée. Or, bien entendu, ce ne fut bientôt plus suffisant.

Je tentai désespérément d'être encore plus proche de lui. Enflammée, me sentant prête à exploser, j'enlevai sa main de mes cheveux pour la poser sur mon sein, gémissante, laissant échapper de faibles soupirs témoignant de mon désir. Je voulais plus, tellement plus. Je souhaitais qu'il me touche. Sa peau contre la mienne.

Il me fit changer de position entre ses bras, me souleva plus haut et fit glisser sa main à l'arrière de mon jean, empoignant mes fesses. L'autre était toujours sur mon sein. Je haletais, et il jurait. C'était la chose la plus merveilleuse qu'il me soit jamais arrivée. S'il me l'avait demandé, j'aurais sauté sur sa moto et l'aurais suivi jusqu'au bout du monde.

— Deuce, m'exclamai-je doucement, oh, Deuce !

Ses hanches étaient entre mes cuisses, et il écrasait son corps contre le mien. La friction de nos jeans, la sensation de ses doigts sur ma peau, de sa langue dans ma bouche – j'avais le sentiment d'être à la fois bien et mal, que c'était trop et pourtant pas assez. Il y avait quelque chose que je désirais plus que mon prochain souffle.

Il me déplaça de nouveau et introduisit sa main dans mon jean.

— Chut, gronda-t-il dans ma bouche. Je te tiens. Laisse-toi aller, contente-toi de te laisser aller.

Ses doigts glissèrent en moi et mon corps se raidit. Mon sexe se contracta et explosa. Quelle sensation merveilleuse.

Il baissa la tête, appuyant son front contre le mien.

— J'aimerais sentir ça sur ma queue.

Oh. *Mon Dieu*.

Il retira ses doigts de mon jean pour les introduire de nouveau sous ma chemise et recommencer à jouer avec mes seins. Il passait de l'un à l'autre, et accrocha mon collier. Prenant le médaillon dans sa paume, il leva les yeux.

— Ma belle, souffla-t-il. Qu'est-ce que c'est que ce truc ?

— Tu me l'as donné, dis-je sans conviction.

J'omettais le fait que je l'adorais, ne l'enlevais jamais et le contemplais parfois pendant des heures.

— Ouais, murmura-t-il.

Il commença à titiller mon téton du pouce, malaxant la chair. Son corps pressa plus fortement contre le mien. Il se mit à respirer plus rapidement. Je fis de même.

— Embrasse-moi, dis-je le souffle court, désirant sa bouche. S'il te plaît.

Avec douceur, il suça ma lèvre supérieure, tirant dessus et la léchant légèrement, et ma tête tomba en arrière contre le mur. Sa bouche trouva de nouveau mon cou et mon cœur s'embrasa tel un feu d'artifice. Ma main se faufila entre nous, se tendant vers lui et le prit en coupe. Il grogna, balançant ses hanches en avant, pour m'assurer une meilleure prise. Le monde cessa d'exister. Il n'y avait que Deuce, moi et cet instant magique.

Qui prit soudainement fin.

— Bon sang, marmonna-t-il, faisant courir ses mains à travers ses cheveux, reculant, me posant au sol. J'ai merdé.

Je fis un pas vers lui, tendant la main dans sa direction, le voulant de nouveau. Mais il chancela en arrière, augmentant la distance entre nous.

— Je suis désolée, murmurai-je, ne me sentant absolument pas navrée.

Il secoua la tête.

— Non, ma belle, tu n'as rien fait de mal. C'est entièrement ma faute, parce que je sais comment se passent ces choses-là, mais j'ai quand même continué.

Nous ne nous lâchions pas du regard. Il me désirait toujours, je pouvais le lire dans ses yeux. Frankie me reluquait de la même manière, comme s'il voulait me manger toute crue.

— Je suis marié, dit-il calmement.

Je savais cela. Mon père surveillait tous ceux qu'il considérait comme étant ne serait-ce qu'une légère menace pour lui. Ceux qu'il percevait comme une menace majeure – ceux comme Deuce, il possédait nombre d'informations sur eux.

— Je le sais, dis-je sur le même ton.

— Et tu as seize ans… et moi trente-quatre.

Cela aussi, je le savais.

— Merde, marmonna-t-il, emmêlant de nouveau ses cheveux. Merde !

Il me contempla encore un moment, son indécision était flagrante.

Puis la porte de l'escalier claqua derrière lui, et je me retrouvai seule. Je me rassis et allumai une nouvelle cigarette. Un large sourire aux lèvres.

Deuce s'éloigna d'Eva aussi rapidement que cela lui était possible, dévala les escaliers en avalant les marches, sortit en flèche sur le trottoir et s'affala contre le mur du club, la respiration lourde. Il avait merdé. Dans les grandes largeurs. Il était plus que dégoûté par lui-même. Son sexe était dur comme la pierre, douloureux, empli de désir pour une ado de seize ans. Seigneur, il était exactement comme son paternel. Jusqu'à la moelle.

Il ne pouvait même pas en rendre responsable son mariage pourri puisqu'il avait réglé le problème avec les brebis du club, ces filles faciles qui s'offraient à tous. Là, c'était différent, sacrément différent, et si perturbant. Il n'avait pas désiré de fille si jeune depuis qu'il avait eu lui-même cet âge, ou peut-être dix-huit ans. Mais il voulait Eva, et maintenant qu'il y avait goûté, il la voulait sauvagement.

Elle était sur le point de s'abandonner à lui, elle aussi. Et pas parce qu'il l'y poussait, mais parce qu'elle avait sincèrement envie de lui. Elle n'avait aucune idée de comment embrasser, mais au lieu de se montrer timide, comme les ados dont il se souvenait de l'époque où il en était un lui aussi, elle avait tout donné. Et quand elle avait joui sur sa main, cela avait été merveilleux.

C'était quoi ce foutoir ? Comment avait-il pu perdre à ce point le contrôle de lui-même ? Ça ne lui ressemblait pas. Comment une gamine de seize ans avait-elle pu lui mettre la tête à l'envers ?

— Saloperie, marmonna-t-il, se frottant les yeux de la paume des mains. J'ai totalement foiré.

— Oh que oui.

Ses mains retombèrent. Preacher se tenait à quelques dizaines de centimètres de lui. Seul.

Ça sentait le roussi. Pas de témoins qui pourraient être amenés à balancer Preacher si jamais on retrouvait Deuce à l'état de cadavre.

— J'ai des caméras dans tout le club, l'informa le président des Demons. Même dans les escaliers.

Il hocha la tête. S'il avait eu les idées claires, il y aurait pensé et serait parti. Lui aussi avait des caméras partout dans son propre club. La sécurité dans ce genre d'endroit était nécessaire.

— T'es prêt ? demanda Preacher, sortant son flingue.

L'attention de Deuce était vissée sur le silencieux.

Était-il prêt à mourir ? Non.

Le méritait-il ? Ouais, et depuis longtemps maintenant.

Allait-il laisser Preacher le tuer aussi facilement ? Certainement pas.

— La ruelle, Deuce. Maintenant.

Le père d'Eva l'invita à suivre la direction du canon de son arme.

Deuce feignit de se retourner et se saisit de son propre revolver. Il ne fut pas assez rapide, et la première balle l'atteignit à la jambe droite. Il partit en arrière en vacillant et tomba sur le flanc dans un tas de poubelles.

Les bottes de Preacher martelaient le ciment, et Deuce redoubla de courage pour le coup final. Ça collait sacrément bien qu'il finisse sur un tas d'ordures. Son paternel lui avait toujours dit qu'il en était une. Et c'était la vision qu'il avait de lui-même.

Son corps eut un sursaut lorsque la douleur explosa dans son épaule.

— Seigneur, grogna-t-il.

Il détestait prendre des balles. C'était méchamment douloureux.

— Je vais appeler tes hommes pour qu'ils viennent te ramasser, dit Preacher, à la surprise de Deuce. Car malheureusement, j'ai besoin de toi en vie. Nos équipes sont trop liées. J'ai trop d'affaires en cours dans lesquelles tu es impliqué. Cela dit, approche-toi encore une fois de ma fille, et la première balle sera destinée à ta queue malsaine. La seconde, à ton cerveau. Ensuite, si tu ne fais même qu'envisager des représailles, j'éventrerai tous tes gars du chapitre du Queens.

— Compris, croassa Deuce.

Dans la mesure où il aimait son sexe et son cerveau exactement comme ils étaient, et qu'aucun de ses hommes ne méritait de trouver la mort pour ses erreurs, plus jamais il ne s'approcherait d'Eva Fox.

Mais le destin était un sacré roublard.

Et deux ans plus tard, il lui assena une bonne claque.

4

J'adorais : danser, le *Club Rouge* et ma meilleure amie, Kami.

Elle était pleine aux as. Je l'étais aussi. Elle était gâtée, tout comme moi. Elle se languissait, et j'étouffais.

Étant comme nous l'étions, bourrées de fric et d'ennui, et avec l'aide d'un autre gosse de riche partageant notre état d'esprit, nous nous procurâmes de fausses cartes d'identité[1]. Nous pûmes alors nous échapper tous les samedis soir pour notre lieu de joie : le *Club Rouge*.

Le meilleur dans tout ça : Frankie n'avait aucune idée d'où je me trouvais.

Nous étions capables de parvenir à ce résultat grâce à l'aide de Jacob, le séduisant chauffeur

1. Aux États-Unis, la consommation d'alcool est interdite avant l'âge de 21 ans. (*N.d.T.*)

de Kami. Cette dernière s'offrait à lui depuis qu'elle avait treize ans, et lui dix-huit. Je suis pratiquement sûre qu'il était complètement fou d'elle, mais il avait renoncé depuis des années à obtenir autre chose qu'une relation purement sexuelle.

Kami étant privée d'attention, elle s'était convaincue que coucher avec des hommes différents était une bonne manière d'obtenir ce qui lui faisait défaut. Cela ne marchait jamais, mais elle n'arrêtait pas pour autant.

Enfin, c'était comme cela que se déroulaient mes soirées du samedi. Frankie me déposait au penthouse de Kami. Si ses parents étaient là, nous nous faisions belles, attendions jusqu'à ce qu'ils aillent se coucher, puis nous faufilions dehors par l'escalier de secours. Jacob nous retrouvait dans le parking privé en sous-sol. Il utilisait la sortie arrière du garage qui ne servait qu'aux occupants des lieux – échappant avec dextérité aux filatures que Frankie mettait en place – et nous disparaissions ainsi.

La liberté.

Deuce détestait New York dans les grandes largeurs. Cela avait toujours été le cas et le serait toujours.

Et il haïssait encore plus ses habitants que la ville même. Pire encore était sa haine pour les boîtes de nuit de New York, emplies de New-Yorkais.

Deux de ses hommes l'avaient accompagné en ville pour affaires. Ils voulaient faire la fête et se taper des filles, et puisque Deuce lui-même ne voyait pas d'inconvénient à la deuxième partie du programme, il leur avait emboîté le pas. Il aurait préféré ne pas l'avoir fait.

Il se tenait contre un mur dans une boîte bondée. Du satin rouge pendait de partout et des boules disco rouges tournoyaient, pendant que, d'un mur à l'autre, des imbéciles bourrés se heurtaient sur ce qui était supposé être de la musique, mais ressemblait bien plus au son parasité d'une télévision.

Il était quelqu'un de simple. Il aimait la bière en fût, la musique country et les nanas rustiques. Il ne voyait pas l'intérêt de déguiser le fait qu'il allait boire et s'envoyer en l'air. Au bout du compte, c'était pareil – des baisers bâclés, des peaux qui s'entrechoquent, et une satanée gueule de bois. Pourquoi jeter un voile là-dessus ?

Ses hommes l'avaient laissé tomber une heure plus tôt en faveur de quelques filles faciles. Il avait vu Cox disparaître avec deux Latines chichement vêtues, et Mick était parti danser avec une nana dont Deuce était pratiquement sûr qu'elle cachait un pénis sous sa jupe dramatiquement courte. Il se sentait si misérable qu'il pensa un moment à prendre des photos d'eux avec leurs conquêtes et à les envoyer à leurs femmes comme vengeance pour lui faire endurer ça.

— Héééé, bredouilla une voix féminine.

Il tourna la tête sur la gauche. Seigneur. Il n'y avait que des maigrichonnes dans cette ville. Pas de seins. Pas de fesses. Toutes portaient des fringues moulantes qui accentuaient le fait qu'elles n'avaient pas de formes. Celle-ci en particulier – grande et blonde décolorée – était si maigre que son sternum était apparent. Le mouchoir qui lui servait de robe était pratiquement transparent, et Deuce pouvait se rendre compte qu'elle ne portait pas de sous-vêtements.

— Dégage, dit-il.

Elle écarquilla les yeux.

— Quoi ?

— T'es sourde ? J'ai dit : dégage.

Elle en tomba des nues.

— Quoi ? demanda-t-elle de nouveau, en chuchotant cette fois.

Seigneur.

— Écoute, je ne veux pas te baiser, donc je ne t'offrirai pas de verres et ne te dirai pas combien tu es canon dans l'espoir que tu écartes tes jambes squelettiques pour moi. Parce que d'une, t'es pas canon. Ça arrivera peut-être un jour si tu te décides à manger, mais là, tout de suite, c'est pas le cas. Et de deux, je ne veux pas coucher avec toi, donc je te le dis d'entrée : passe ton chemin.

Elle cilla. Puis elle se pencha et posa sa main sur le torse de Deuce. Et sourit. Il baissa les yeux, se demandant s'il allait lui briser les doigts.

— Où tu veux, comme tu veux, souffla-t-elle. Ici, dans les toilettes, derrière le club : où tu veux.

Elle détacha les syllabes de sa dernière phrase.

Deuce haussa vivement les sourcils. Soit elle avait d'importants soucis d'estime personnelle, soit elle n'avait pas réglé son problème d'Œdipe, ou peut-être était-elle juste complètement cintrée.

— Kami ! couina une voix féminine. Kami !

La fille à son côté se redressa et regarda autour d'elle.

— Evie ? hurla-t-elle.

Une masse gloussante de cheveux marron foncé pointa à travers la foule et déboula comme un canon directement sur la blonde. Toutes deux étaient bourrées. Au lieu de s'étreindre, elles tombèrent l'une sur l'autre, puis sur lui.

Irrité, il les repoussa en arrière et le verre de la blonde s'envola. Les gens se dispersèrent quand le verre éclata en morceaux.

Riant de manière hystérique et s'accrochant l'une à l'autre, elles reprirent leur équilibre. Il ne les quittait pas des yeux, figé, tandis que le médaillon des Horsemen glissait hors de la chemise de la brunette. Sa pseudo-chemise.

Elle dégagea ses cheveux de son visage, et le sang de Deuce se glaça. Puis s'embrasa. Ardemment.

La dernière fois qu'il avait vu Eva Fox, il avait été à deux secondes de plonger en elle et avait pris deux balles pour ça.

— Kami ! cria Eva, inconsciente de sa présence. Où étais-tu ? Je te cherchais partout !

Lui-même était tout sauf inconscient. Eva portait un genre de chemise qui n'en était pas une, mais un triangle de paillettes qui semblait tenir sur elle seulement grâce à un système complexe de fils. Ce truc couvrait à peine ses seins. Ses seins lourds, riches, parfaits. Son dos et son ventre étaient exposés, son nombril percé d'un truc brillant, et le reste de son corps était pris dans un pantalon de cuir noir moulant. Il était si étroit que Deuce était sûr à cent pour cent qu'elle avait dû lubrifier ses jambes et son fessier galbé à souhait pour l'enfiler.

À ses pieds, des Converse noires.

Le cœur de Deuce se serra.

Maintenant droite, elle replaça la médaille du vieux Horseman dans sa non-chemise et se tortilla un peu en ajustant son haut, faisant rebondir ses seins. Le sexe de Deuce durcit. Il n'en fallait pas plus. Comme s'il était un ado.

Toujours en gloussant, elle sonda les environs, l'apercevant enfin. Ses lèvres faites pour l'amour s'ouvrirent, ses yeux de tempête s'écarquillèrent, et elle chancela légèrement sur la droite.

— Deuce, chuchota-t-elle.

Il n'avait aucune idée de ce qu'il pouvait dire, aussi lança-t-il la première chose qui lui passa par l'esprit :

— Poupée.

Le regard de Kami passa de l'un à l'autre.

— Tu le connais ?

— Ouais, répondit Eva, ne le quittant pas des yeux.

Seigneur, ces yeux. Elle était si sacrément belle.

— Présente-nous !

— Deuce, voilà mon amie Kami. Kami, c'est mon… ami Deuce. Mais… (Elle se tourna vers la jeune femme.) Il est marié. Et a des gosses, aussi. Donc, bas les pattes.

Il la dévisagea, perplexe. Il était marié ? Il avait des gosses ? Ah, oui. Il l'était : marié, et père. Il aimait ses enfants. Leur mère… pas tant que ça.

— Dommage, ronronna Kami. Ce truc de biker à la fois flippant et mauvais garçon me plaît vraiment.

Il eut une moue de dégoût. Il venait juste de dire à cette nana qu'il ne la trouvait pas attirante et ne voulait en aucun cas avoir quoi que ce soit à faire avec. Pourtant, elle revenait à la charge. Ah, ces pétasses ! Qu'elles soient maudites, foldingues comme elles l'étaient dans leur tête.

— Il ne fait pas flipper, se renfrogna Eva. Il est canon.

La vache.

Personne n'avait jamais dit de lui qu'il était *canon*, et il était pratiquement sûr de ne l'avoir jamais souhaité… Jusqu'à ce qu'Eva Fox le taxe de la sorte. Maintenant, il n'avait qu'une envie : qu'elle le dise à nouveau. Mais cette fois-ci, il voulait être profondément en elle tandis qu'elle prononcerait ces mots.

— Tu veux danser ? demanda Eva.

Il reprit ses esprits.

— Quoi ?

— Danser. Ça te dit ?

— Non.

— Non ?

— Ce n'est pas ce que j'appelle de la musique, et je ne peux pas danser.

Elle se mordit la lèvre et il sut qu'elle se retenait de rire. Généralement, lorsque la situation se présentait – ce qui n'était pas souvent le cas, étant donné qu'il n'était pas un mec drôle – il envoyait à ses interlocuteurs un coup de poing dans la face. Mais qu'Eva se moque de lui, ça l'excitait. Elle avait un pouvoir étrange sur lui. Son cerveau ne marchait pas quand elle était dans les environs, et son sexe s'éveillait, prêt à repeupler la Terre tant que c'était avec elle.

— Tout le monde peut danser, gloussa-t-elle.

Il secoua la tête.

— Pas moi. Je suis un gros lourdaud. Ma femme le dit.

Elle plissa le nez.

— Ta femme est une sacrée conne.

Il s'étouffa. Toussa. Se cogna la poitrine. But une longue rasade de bière et s'éclaircit enfin la gorge.

— Tu n'as même pas idée jusqu'à quel point.

Elle eut un large sourire et se glissa près de lui, l'épaule appuyée contre le mur. Dans cette position, elle lui faisait face. Elle avala une gorgée de son cocktail – rose vif, avec une ombrelle de la même couleur, agrémenté de cerises qui empestaient la tequila.

Deuce étrécit les yeux. Combien de temps s'était écoulé depuis qu'il l'avait vue pour la dernière fois ? Depuis qu'il avait pris deux balles pour s'être comporté comme un parfait imbécile ?

Cinq ans. Donc, elle n'avait pas vingt et un ans.

— Quel âge as-tu ?

Elle fit la moue.

— Selon ma carte d'identité, vingt-quatre ans.

Il haussa un sourcil et sourit.

— Et selon ton certificat de naissance ?

Elle planta son regard directement dans le sien, et il se sentit partir vers elle.

— Dix-huit, fit-elle rapidement, l'expression radoucie.

Il connaissait ce genre de regard. Il avait couché avec beaucoup de femmes dans sa vie et savait reconnaître les signaux. Il les maîtrisait bien. Eva Fox, dix-huit ans, lui offrait son corps sur un plateau d'argent.

Et il était affamé.

Merde.

— Deuce ?

Elle s'appuya contre lui, les seins lourds contre son bras.

— Oui ?

Les yeux toujours verrouillés à ceux du biker, Eva enserra ses biceps et commença à faire lentement glisser sa main tout le long. Lorsqu'elle atteignit sa paume, ses doigts vinrent caresser ceux de Deuce. Elle les entrelaça aux siens. Il fit de même.

— Allons danser, murmura-t-elle.

— OK, répondit-il du même ton.

Bon sang, il avait la tête à l'envers.

Les lèvres pulpeuses d'Eva s'ouvrirent en un sourire, et il perdit tout contrôle sur lui-même. Si elle ne l'avait pas entraîné vers la piste de danse, il l'aurait plaquée au mur pour lui faire l'amour.

Elle le mena jusqu'au centre de la piste, où les corps s'entassaient – des corps suants, se tortillant. Il se sentait complètement hors de son élément.

Puis Eva se mit à bouger, et il oublia tout : être ou non à l'aise, les maigrichonnes qui l'entouraient et les boules disco rouges. Il n'était plus capable de voir quoi que ce soit d'autre qu'Eva. Il n'y avait plus qu'elle au monde, et les sensations qu'elle éveillait en lui.

Elle avait le dos collé à son torse. Levant les bras au-dessus de la tête, elle vint enserrer sa nuque. Il l'attrapa, plus durement qu'il ne l'avait voulu, et enfonça ses doigts dans les hanches de la jeune fille. Quand ses délicieuses fesses vinrent frotter son sexe, il gronda.

— Tout ce que tu as à faire est de bouger avec moi ! cria-t-elle pour couvrir la musique.

Il n'obtempéra pas. Il en était incapable. Bien trop occupé à se convaincre que la prendre, là, sur la piste, était une mauvaise idée.

Le postérieur d'Eva frottait son pénis durci, sa tête tomba en arrière, et ses mains…

Elle attrapa celles de Deuce, emmêla leurs doigts et le poussa ainsi à caresser son ventre nu, ses hanches, le V entre ses cuisses, et – bon sang – ses seins. Lorsque ce fut trop pour lui, il glissa sa paume dans le pantalon de la jeune fille et lui offrit ce pour quoi elle le suppliait en silence.

Tête sur la poitrine de Deuce, elle le contempla de ses yeux gris, dans le vague, les narines frémissant à chaque inspiration, puis ses lèvres humides s'ouvrirent.

Il avait pris deux balles à cause d'elle. Si la soirée finissait comme il l'espérait, Preacher l'enterrerait. Il aurait dû s'en soucier. Ses gosses avaient besoin de lui, et son club ne pouvait se passer de son président. Il avait des affaires à régler, et il était on ne peut plus sûr de ne pas être prêt à mourir.

Oui, il aurait dû penser à tout cela. Mais non. Aussi – il la désirait tant qu'il pouvait en goûter le besoin et le sentir dans ses entrailles comme un être animé –, abaissa-t-il sa bouche sur la sienne pour l'embrasser rapidement, durement, les doigts toujours insérés en elle, ravalant ses gémissements tandis que des corps étrangers se pressaient contre eux, les repoussant d'avant en arrière au rythme de la basse qui pulsait à leurs oreilles.

Il pleuvait à verse, nous étions trempés, et la ruelle dégageait une odeur de poubelles qui n'auraient pas été ramassées depuis un mois. Deuce se débattait avec son jean et j'avais complètement perdu la tête. J'étais dans tous mes états, rampant le long de son corps dur et imposant, comme une bête frustrée et en chaleur. Je l'embrassais, recevant autant que je donnais. Chaque baiser était donné à coups de langue chaude et humide – qui parfois atteignait son but, à d'autres le manquait. Nos dents s'entrechoquaient, nos lèvres, coupées, et nos nez, en travers du reste. Je le malmenais, ne me souciant pas de l'endroit où ma bouche se posait, ou de quelle partie de son visage j'embrassais, léchais, ou mordais. Ses joues, son front, son menton, son cou – j'aimais tout. Il avait empoigné mes fesses à pleines mains, et les miennes agrippaient ses cheveux. Je n'avais aucune idée d'où mes vêtements avaient atterri. Et je m'en foutais.

Je voulais cet homme en moi – si loin en moi qu'il ne serait plus jamais capable d'en sortir.

— Donne-moi ce dont j'ai besoin, ma belle. Donne-moi cette douce chatte dont j'ai rêvé.

Oh, *Seigneur.*

Je ne pensais pas qu'il était possible de le désirer plus que ce n'était déjà le cas. Mais il venait de me prouver que j'avais tort.

— Je t'en prie, prends-moi, marmonnai-je.

Nos regards étaient verrouillés, nos respirations, lourdes, tandis que la pluie se déversait sur nous, entre nous, partout. Puis il me pénétra.

— Oh ouais, souffla-t-il. Tu es si humide. Tu me veux méchamment, hein ?

— Oui, gémis-je.

— Ouais, grogna-t-il en poussant plus fort. T'es sacrément étroite, si étroite.

Il y avait une raison à cela. Raison qu'il allait découvrir dans deux secondes et demie.

— Laisse-toi aller, Eva, ouvre-toi pour moi.

Impatient, il agrippa mon dos pour me faire descendre sur lui tout en donnant un coup de reins. Je criai et il se figea. Immobile comme une statue.

— Bon sang ! hurla-t-il. Eva… Merde !

Oh, mon Dieu, il se retire.

— Non, s'il te plaît, c'est ce que je veux ! (J'enfonçai mes doigts dans sa chair et resserrai mes jambes autour de sa taille.) Je voulais que ce soit toi ! J'en ai rêvé… de toi et moi ! Depuis que tu m'as embrassée… depuis bien avant, même !

Il s'affaissa contre moi.

— Merde, chuchota-t-il.

Il était encore en moi, m'emplissant pleinement. C'était si agréable. Quand je tentai de bouger – parce qu'il le fallait, je le voulais et en avais besoin – il eut un grognement. J'aimais l'entendre presque autant que j'aimais le sentir en moi. J'en voulais plus. Je voulais qu'il bouge. Je le lui dis, lui racontai tout ce que j'éprouvais et tout ce que je souhaitais éprouver. Les paroles jaillissaient hors de ma bouche, mes sentiments, mes désirs, parce qu'il fallait qu'il sache ce que cela signifiait pour moi : je voulais qu'*il* prenne ma virginité, je voulais lui offrir à *lui*. Il n'y avait que lui que je désirais avoir en moi, maintenant et pour toujours.

Ses yeux bleus si beaux rencontrèrent les miens.

— S'il te plaît, le suppliai-je, s'il te plaît, Deuce.

— Eva, je suis marié. J'ai deux gosses. C'est naze. Cela n'aurait pas dû être moi.

Quoi ? Il était là, en moi – parce qu'il était le seul homme dont j'attendais cela – et il avait l'audace de me dire que c'était une erreur ? Après m'avoir fait supplier ?

— Va te faire foutre ! lui lançai-je hargneusement. J'en ai rien à carrer de ta femme, et toi non plus, ou tu ne m'aurais pas doigtée dans le club ! Et tu ne m'aurais certainement pas entraînée dehors dans l'intention de me baiser ! Tu n'as pas à prendre cette décision, elle est de mon ressort, et c'est comme ça. Je ne reviendrai pas en arrière !

Son regard s'enflamma de colère.

— Je ne te raconterai pas de conneries, siffla-t-il. Tout ce que j'ai à t'offrir, c'est ma queue et ce n'est pas suffisant. Pas pour toi. Tu mérites mieux que ça. Mieux qu'un coup rapide dans une ruelle sale, et certainement mieux que moi !

Elle était là. La souffrance dont j'avais un aperçu chaque fois que nos chemins se croisaient. La tristesse qui semblait ne jamais le quitter.

— Tu es meilleur que tu ne le crois, murmurai-je. Je ne m'en étais pas rendu compte quand j'étais petite. Je n'avais pas compris pourquoi tu semblais toujours si triste, mais maintenant, oui. Quelqu'un s'est introduit en toi, t'a blessé, foutu en l'air. Et maintenant, tu crois que tu ne vaux rien alors que c'est faux. Tu dois m'écouter quand je te dis que tu es meilleur que tu ne le crois. Plus que ça, même. Pour moi, tu l'es.

Ses narines frémirent.

— Eva, gronda-t-il.

— Quoi ?

— Ferme-la. (Sa bouche rencontra la mienne et nous nous embrassâmes lentement, profondément, avec une paresse délicieuse.) Je vais te baiser, maintenant.

Oh. C'était bon. Si bon.

— D'accord, soufflai-je.

Et il s'exécuta. Là, contre un mur de brique décrépit, dans une ruelle infâme, royaume des rats et des chats de gouttière, pendant qu'une chaude pluie d'été nous inondait. Et ce fut parfait. Mieux que je ne l'avais imaginé. Mieux que tout.

Je passais les quatre années suivantes à l'université, à étudier, faire du shopping avec Kami, essayer de semer Frankie, apprécier la vie du quotidien. Et mes nuits, je revivais les moments avec Deuce. Nos quatre rencontres.

Le lendemain de ma remise de diplôme, je fermai mon sac à dos, écrivis un mot à mon père, entraînai ma meilleure amie et montai dans un avion direction Miles City, Montana.

Direction Deuce.

5

Si j'avais eu besoin de preuve selon laquelle les Hell's Horsemen étaient impliqués dans des activités hautement illégales – en plus de leur alliance avec mon père – je n'aurais eu qu'à jeter un simple coup d'œil à leur club.

En plein milieu des montagnes du Montana, au bout d'un chemin de terre à peine visible, entouré d'une clôture électrique surmontée de barbelés, se trouvait leur entrepôt blanchi à la chaux. Il était immense, d'au moins deux mille huit cents mètres carrés. Leurs couleurs avaient été peintes sur le fronton du bâtiment. Une file de Harleys était garée devant, avec quelques pick-up et un coupé sport rouge étincelant.

J'arrêtai notre voiture de location devant la porte et zyeutai leur caméra de surveillance. L'interphone qui se trouvait dessous grésilla.

— Besoin d'aide, ma belle ?

Je m'éclaircis la gorge. J'étais si nerveuse.

— Je… hum… voulais… hum…

— Tout doux, Evie, chuchota Kami, tout doux.

Je la fusillai du regard.

— Vous êtes là pour faire la fête ? crépita l'interphone.

— Heu… répondis-je les yeux posés sur Kami.

Elle leva les siens au ciel.

— Dis oui, idiote !

— Heu, oui.

Un cliquètement se fit entendre et le portail s'ouvrit lentement. Kami se mit à sauter dans tous les sens, excitée.

J'étais en train de me garer lorsque deux types se précipitèrent hors de l'entrepôt. Kami eut un large sourire.

— S-E-X-Y, épela-t-elle. J'y goûterais bien.

J'eus un rire tremblant. J'avais l'estomac noué. Je n'avais pas vu Deuce depuis quatre ans – pas depuis la nuit où je lui avais offert ma virginité. Je n'étais pas sûre de sa réaction face à ma soudaine apparition.

Un Latino bien bâti et au physique séduisant, tête rasée, le corps couvert de piercings et de tatouages, nous souriait.

— Je suis Cox, se présenta-t-il en m'évaluant de la tête aux pieds. Et voilà Ripper.

Il indiqua du pouce l'homme qui se tenait à son côté.

Un type sublime. On aurait dit un surfeur arrivé tout droit de Californie. De longs cheveux blonds ondulés et des yeux bleu foncé. Il était agréable à regarder quel que que soit l'angle d'attaque.

— Hé, dit Ripper, les yeux sur Kami. Vous êtes déjà venues ici, les filles ?

Je secouai négativement la tête.

— Je cherche Deuce.

— Pas moi, intervint Kami. Je te cherchais, toi.

Je couvris ma bouche de ma main, étouffant un rire.

— Ou toi, dit-elle à Cox en haussant les épaules. Pas d'importance.

Les deux hommes échangèrent un coup d'œil.

— J'ai pas envie de me battre contre toi, frère, commenta Ripper, mais je le ferai s'il le faut.

— Tu perdras, gronda Cox.

— Les garçons ? intervint Kami en rejetant ses longs cheveux blonds par-dessus son épaule et en se déhanchant. C'est mon dernier été de liberté. Mon père est un riche salaud qui va me faire épouser un autre riche salaud. Il me reste trois mois avant de devenir une vraie petite Jackie O, et de me taper mon personnel afin de prendre mon pied. Ceci étant dit, si ça ne vous ennuie pas de partager, j'ai beaucoup à donner.

— Pas de problème pour moi, s'empressa de dire Cox.

— Pour moi non plus, enchaîna Ripper.

— Génial. Maintenant, avez-vous quelque chose à boire dans votre immense entrepôt flippant ?

Ripper lui agrippa le coude, Cox jeta son bras sur son épaule et ils la guidèrent vers le club.

C'était comme si j'étais invisible.

Roulant les yeux, je les suivis à l'intérieur.

La salle était emplie de motards dont l'âge allait de dix-huit à quatre-vingts ans, et de filles qui aimaient leur compagnie. Je compris que les Hell's Horsemen étaient en plein milieu d'une « fête de la chatte » comme l'auraient dit les membres de mon club à New York, ce qui était sans aucun doute la raison pour laquelle Kami et moi-même avions été autorisées à entrer. Je scrutai la pièce à la recherche de Deuce.

L'intérieur de la bâtisse ne ressemblait en rien à son extérieur. Le lieu tout entier avait été vidé, rénové et repensé. Courant sur toute la longueur du mur d'entrée se trouvait un sanctuaire masculin avec des plafonds de près de cinq mètres de haut et des vasistas modernes qui lui donnaient l'apparence d'une cathédrale.

Un bar bien approvisionné occupait tout le côté droit, entouré par plusieurs tables hautes et tabourets. Au-delà, on pouvait voir cinq tables de billard qui emplissaient une bonne proportion des lieux. Du côté opposé, le décor était celui d'un club masculin de haut standing, avec ses meubles en cuir sombre, ses télévisions écran plat et une chaîne stéréo dernier cri. Deux couloirs s'ouvraient de chaque côté du mur du fond, et au milieu se trouvaient plusieurs portes entourées des photos des membres. Au-dessus des portes était vissée une plaque de bois où l'on pouvait lire BUREAU DU PRÉSIDENT. Mon cœur s'emballa et mes mains devinrent moites.

J'obligeai mes pieds à avancer dans cette direction. Prenant une profonde inspiration, je tapai du poing contre la porte.

— QUOI ?

Oh, mon Dieu, cette voix... cette voix dure, brutale, superbe.

Je déglutis bruyamment et tournai la poignée.

Je vis d'abord une femme. Grande, blonde, très bronzée et plantureuse comme tout. Sublime. Elle portait une jupe en jean étroite et effrangée, ainsi qu'un débardeur rose vif au décolleté plongeant. J'avais une forte poitrine, mais ne la montrais pratiquement jamais, à moins d'avoir prévu une sortie. Je n'en voyais juste pas l'intérêt.

Je baissai les yeux sur mon tee-shirt Led Zeppelin retaillé, mon jean bien trop large porté bas sur les hanches et mes Converse. Le tee-shirt avait autrefois appartenu à ma mère et je l'avais travaillé pour qu'il me corresponde plus. Il dévoilait mon nombril et mon piercing ainsi que les étoiles noires et roses qui l'entouraient. Quant au jean, je le possédais depuis la nuit des temps. Je n'étais même pas sûre de savoir d'où je le tenais. De Frankie, peut-être ? Voler ses vêtements était un acte récurrent durant mon adolescence. Ils étaient si confortables que j'avais l'impression d'avoir de la soie contre ma peau. Plus important, l'ourlet de mes jeans touchaient le sol lorsque je marchais. C'était le truc dont j'avais besoin : j'aimais pouvoir cacher mes pieds sous mon pantalon à n'importe quel prix. Bizarre, certes, mais j'étais une enfant unique – et une fille, surtout – qui avait grandi avec un président de club célibataire, son équipe et Frankie le timbré. J'aurais pu devenir bien plus bizarre encore.

Or, j'avais l'impression d'être une pouilleuse à côté de cette femme. Cette femme qui ressemblait fort à un mannequin et qui était, selon toute probabilité, celle de Deuce.

Ce dernier était derrière son bureau, me tournant le dos et jurant dans son téléphone portable.

Quelle que soit la personne qui avait décoré la pièce, c'était soit un homosexuel refoulé, soit un membre de la gent féminine. Bien que le bureau, le coffre et la table de réunion en chêne sombre soient indéniablement masculins, aucun homme – pardon, aucun biker – n'aurait jamais choisi d'associer ces meubles. Ils étaient trop parfaits, chacun d'entre eux différent de l'autre et conférant pourtant à l'ensemble un côté moderne. Une femme – je présumai qu'il s'agissait probablement de celle présente dans la pièce – avait mis la main à la pâte. Le savoir me rendait incroyablement mal à l'aise.

La blonde tourna la tête et me jeta un coup d'œil. Ses lèvres peintes en rose s'incurvèrent en un sourire méprisant.

— Qui êtes-vous, bon sang ?

— Je… heu… cherchais Deuce.

— Eh bien, heu… vous l'avez trouvé.

La vache, quelle attitude !

— Tu te fous de ma gueule, grondait ce dernier dans son téléphone. Dis à Street de se bouger le cul jusqu'au port et de prendre la livraison, ou j'enterrerai votre chapitre ! Compris ? Je disperserai ton équipe et t'abattrai ! Ne merde pas avec les Buonarroti, j'ai fait des promesses et je compte bien les tenir. Une parole est une parole. Tu crois qu'il s'agit d'un jeu ? Non ? Bien. Active-toi !

Il pivota, son regard fermé balaya tout ce qui l'entourait et finalement se posa sur moi. Pour ne plus me quitter.

Il s'était laissé pousser la barbe. Du gris parsemait sa chevelure blonde et des rides avaient fait leur apparition autour de ses yeux. Je ravalai mon souffle. Il était encore plus beau qu'avant.

— Je dois y aller, dit-il avant de balancer son téléphone sur son bureau.

Je m'éclaircis la gorge.

— J'étais dans le coin, dis-je bêtement. Je me suis dit que j'allais passer te dire bonjour.

— Tu étais dans le coin, répéta-t-il.

J'opinai. Waouh. J'étais vraiment stupide. Si Kami m'avait entendue, elle m'aurait botté le train.

— Cole, siffla l'inconnue, qui est cette fille ?

Je n'avais jamais entendu personne appeler Deuce autrement que par son surnom. Je connaissais son vrai nom, Cole West, mais il ne convenait pas. Deuce, qui signifiait « Diable », lui allait.

Il cilla et reporta son regard sur la blonde.

— Dégage, Christine. T'as ton fric, alors du vent !

Il s'intéressa de nouveau à moi et me dévora de ses yeux bleu glacier, tout entière, s'arrêtant sur le médaillon de son père. Il sourit.

Mon corps se détendit, s'enflammant de désir. Il parvenait à provoquer cette réaction juste en me reluquant. Le pouvoir qu'il avait sur moi était incroyable et indescriptible, comme toujours. Peu importait que je ne l'aie pas vu depuis quatre ans. Je le désirais autant que lors de nos deux dernières rencontres. Et même plus encore, parce que je l'avais eu et avais eu follement envie de lui depuis.

Il vit le changement qui s'opérait en moi, le remarquant instantanément. Ses narines frémirent et ses yeux s'assombrirent de désir. Je connaissais cette expression. Deuce avait faim, et j'étais son repas.

J'adorais qu'il me regarde ainsi. Cela me faisait sentir puissante, belle et extrêmement féminine.

Je pris une profonde inspiration, faisant preuve de volonté pour rester immobile alors que je ne souhaitais rien de plus que me précipiter vers lui, le déshabiller et lui faire aveuglément l'amour.

— T'es venue seule ? demanda-t-il durement.

Je secouai la tête.

— Non, Kami m'accompagne.

Ses yeux s'étrécirent et je réprimai un rire. Apparemment, il se souvenait d'elle.

— Où est-elle ?

— Elle s'occupe de quelques-uns de tes gars.

Il eut un sourire narquois.

— Cox ?

— Et Ripper.

Il roula les yeux.

— Pas mal.

— Cole ! Qui est cette garce, nom de Dieu, et pourquoi porte-t-elle un médaillon des Horsemen ?

Il tourna la tête vers Christine.

— Qu'est-ce que je t'ai demandé ? De foutre le camp !

Elle devint soudain glaciale.

— Non, siffla-t-elle. Dis-moi pourquoi cette gamine se trouve dans ton bureau avec ce médaillon ! Les officielles n'en ont pas. Les jeunes en obtiennent un uniquement s'ils se taillent une part des affaires, et aucune fille ne l'a jamais fait. Quant aux traînées des clubs, ça c'est sûr, on ne leur en offre pas. Donc, comment cela se fait-il qu'elle en ait un autour du cou ?

Deuce se leva. La boucle de son ceinturon Harley pendait bas sur son jean large, tout aussi troué que son tee-shirt blanc. « S-E-X-Y », comme aurait dit Kami.

— Sors d'ici, tonna-t-il.

— DIS-MOI POURQUOI ELLE PORTE CE MÉDAILLON !

Deuce tapa des poings sur son bureau, envoyant ses papiers et dossiers valser dans les airs.

— Parce que je le lui ai donné !

Christine se détourna hargneusement vers moi.

— Sale petite pute ! hurla-t-elle.

Ma bouche s'ouvrit de stupeur et je fis un pas en arrière. C'était exactement pour cela que mon père n'autorisait pas les épouses officielles chez les Demons, à moins que la visite soit prévue ou qu'il s'agisse du barbecue dominical.

— Christine, fit Deuce cinglant, prends le fric que tu es venue chercher et dégage d'ici !

Elle l'ignora et continua de me dévisager avec hargne.

— Qu'est-ce que tu as fait pour l'obtenir ? siffla-t-elle. T'es le genre de traînée qui prend trois mecs en même temps ? C'était ta récompense pour avoir baisé les mecs des autres ? T'es fière de toi, petite garce ?

Waouh. Qu'ajouter à cela ? Comment y répondre ?

Je me tournai vers Deuce, recherchant son aide. Je ne savais que dire ou faire, ou même si je devais réagir d'une quelconque manière. Cela ne s'était pas du tout déroulé comme je l'avais prévu. Non pas que j'aie planifié quoi que ce soit – seulement de vagues scénarios, tous mettant en scène un Deuce sans pantalon, ravi de me revoir. Pour être honnête, me faire hurler dessus par sa femme ne m'avait pas traversé l'esprit une seule fois.

— Christine, grogna-t-il d'un ton effrayant. Je ne le répéterai qu'une fois. Sors de mon club.

— Je vais te saigner à blanc, menaça-t-elle. Te prendre tout ce que tu as. Tes gosses, ton fric, et, en disant aux flics ce qui se passe dans le coin, je te priverai aussi de ta putain de liberté.

On était passé du stade « désagréable » à « terrain miné ». Je n'aurais jamais dû venir ici. Comme ils étaient occupés à se fusiller du regard, je commençai à reculer pour m'échapper. Et me heurtai directement à un corps dur.

Je reconnus le biker qui se tenait derrière moi. Il s'appelait Mick et je l'avais rencontré à diverses reprises depuis mon enfance. Ses longs cheveux noirs étaient en bataille. Il avait de beaux yeux verts et un bouc bien taillé. Il était grand, tout en muscles et longiligne, et avait l'air excessivement hors de lui.

— Prés' ? T'as besoin d'aide avec elle ?

Deuce contourna son bureau et s'avança vers Christine. Elle se dirigea vers lui tête la première, balançant son sac à travers les airs. Il se baissa, en attrapa la lanière et fonça sur elle, la soulevant tout entière. Elle passa par-dessus son épaule, hurlant et se débattant.

Deuce, Christine sur le dos, traversa la pièce au pas de charge. Mick et moi débarrassâmes le plancher. Dès que Deuce eut quitté les lieux, Mick se tourna vers moi.

— Qu'est-ce que tu fiches là ? gronda-t-il.

J'ouvris la bouche, mais aucun son n'en sortit.

Il secoua la tête, me regardant d'un œil noir.

— Je pensais que Deuce avait compris la leçon quand Preacher l'a envoyé à l'hôpital, mais bon sang, vous n'arrêtez pas d'en redemander tous les deux.

Mon cœur s'arrêta de battre.

— Pardon ? murmurai-je.

— Ton vieux, ma belle, lui en a mis deux dans le corps. Deuce s'est presque vidé de son sang. Il est passé sur le billard. A eu besoin d'une transfusion. Il est resté des semaines à l'hôpital.

Je battis des paupières, essayant d'analyser les propos de Mick. Deux balles ? Hémorragie. Chirurgie. Transfusion.

— Par ma faute ?

Ma voix se brisa et mes yeux s'emplirent de larmes. Je n'avais pas su. Autrement, je serais restée éloignée de lui. Jamais, au grand jamais, je n'aurais mis Deuce en danger. Mon Dieu, j'étais si stupide. Stupide de le pousser à coucher avec moi. Stupide de croire que mon père ne l'apprendrait pas. Il savait toujours. Il savait tout.

— Va-t'en, exigea Deuce en poussant son épouse vers sa voiture. Maintenant.

— Qui est cette fille ? hurlait-elle.

Il ferma les yeux en serrant les paupières. Seigneur, qu'elle était pénible.

— C'est pas tes oignons. Va-t'en.

— J'ai bien remarqué comme tu la matais ! Jamais tu ne m'as regardée de cette façon ! Jamais !

— Je t'ai jamais accordé une attention particulière car t'es pas grand-chose de plus qu'une timbrée.

Elle se précipita sur lui, faux ongles en avant. Il l'attrapa par les épaules et la jeta contre la voiture.

— Dégage ! hurla-t-il.

— Qu'est-ce qui ne va pas chez moi ? exigea-t-elle de savoir. Qu'est-ce qu'elle a que je n'ai pas ?

Il la lâcha et s'éloigna.

— Qu'est-ce qui ne va pas chez toi ? ricana-t-il. Tu n'es pas elle, voilà ce qui cloche. Qu'est-ce qu'elle a de plus ? Moi, idiote, moi ! Toi, tu ne m'as jamais eu.

Il l'observait tandis qu'elle cherchait à reprendre son souffle. Elle battit rapidement des paupières, essayant de retenir les larmes qui, il le savait, ne demandaient qu'à couler. Il aurait aimé en être ému, mais ce n'était pas le cas. Plus maintenant. Trop de crises avaient marqué leur relation, pendant trop d'années. Il l'avait rencontrée à l'âge de vingt-cinq ans, l'avait épousée quand elle était tombée enceinte et depuis, leur vie était un enfer. Un homme pouvait supporter les remarques, les hurlements et les pleurs, mais dans une certaine mesure. Il ne la touchait plus depuis des années et désormais, il pouvait à peine supporter de poser les yeux sur elle.

— Je te quitte, Christine, je vais m'installer au chalet, dit-il calmement. Je peux plus supporter ce merdier. Ça fait un an que je n'ai pas dormi à la maison. Tu te pointes ici, demandes de l'argent, prends des grands airs et me tapes sur le système avec tes menaces à la con. Je peux plus le supporter.

Elle plaça sa main sur sa gorge, et sa bague de fiançailles au diamant énorme captura les rayons du soleil. Lui-même avait retiré son alliance depuis des années, non pour lever des filles, car cela n'avait jamais été un problème, mais parce que la regarder lui donnait la nausée.

— Tu lui as donné ton médaillon, dit-elle d'une voix rauque, alors que tu ne laisses pas tes hommes le faire.

Il ne se détourna pas.

— Elle n'appartient pas à l'un d'eux. Elle est à moi.

Il fut frappé de voir combien cette phrase sonnait juste. Il s'était passé quatre ans depuis qu'il l'avait déflorée – quatre ans à ne penser qu'à elle, à se demander ce qu'elle faisait et avec qui. Les pensées toujours tournées vers elle.

— Cole, murmura Christine, ne fais pas ça. On peut faire en sorte que ça marche entre nous. On l'a déjà fait.

— Pars ! aboya-t-il. Ne t'avise pas de revenir ici.

Il la laissa à ses larmes et rentra dans le club à grands pas. À peine venait-il d'atteindre son bureau que les mots qu'il entendit lui firent bouillir le sang :

— Ouais. Il a frôlé la mort. Par ta faute. Et là, je te regarde et je me demande pourquoi, dans sa tête, coucher avec toi vaut la peine de se prendre des balles. Franchement, moi, j'vois pas. T'as une chatte en or, ou c'est le côté fille innocente qui l'excite ?

— C'est quoi ce bordel ? tonna Deuce.

Mick pivota sur lui-même. Un rapide coup d'œil à Eva ne fit qu'augmenter la rage de

Deuce. Elle était secouée de tremblements, en larmes.

Mick lui renvoya son regard sombre.

— Il fallait qu'elle sache c'que t'avais vécu pour avoir baisé une mineure Demon qui, après tout, n'est pas si exceptionnelle.

Il vit rouge.

Et lui envoya son poing droit, puis le gauche et le droit à nouveau. À chaque coup, Mick partit en arrière, jusqu'à se retrouver bientôt à l'autre bout de la pièce, plaqué au mur. Attrapant le col de Mick, Deuce se mit sous son nez.

— Prends ta part et hors de mon club.

Mick écarquilla les yeux.

— Tu ne peux pas...

Deuce lui décocha une droite dans la mâchoire, et le visage de Mick cogna contre le mur.

— Oh que si. Tu n'as aucune idée de ce que tu viens de faire. Aucune. Tu crois que c'est le cas, mais non, parce que je t'ai rien dit là-dessus. C'est pas tes affaires. Donc je te redis : prends ta part et dehors. Quand j'en aurai envie, j'enverrai Cox te chercher.

Tenant toujours Mick par son tee-shirt, il l'arracha au mur et l'envoya valser. Mick tomba au sol et glissa. Jase sauta hors de son chemin et Mick s'écrasa contre une table de billard.

— Sortez-le d'ici, ordonna Deuce, ne s'adressant à personne en particulier. Si quelqu'un a quelque chose à dire à Eva, il faudra d'abord qu'il parle à mon poing. C'est bien clair ?

Il reçut en réponse une série de grognements et de hochements de têtes durant lesquels il claqua les portes de son bureau et les verrouilla.

— Eva, ma puce, regarde-moi.

Elle secoua la tête.

— Je devrais y aller, dit-elle d'une voix brisée.

La poitrine de Deuce se serra. Il n'était pas question qu'il la laisse partir.

— Eva ! fit-il énergiquement. Bon sang, regarde-moi !

Serrant ses bras autour de son propre corps, elle se détourna de lui.

— À cause de moi, on t'a tiré dessus, chuchota-t-elle.

— Eva ! hurla-t-il. Regarde-moi avant que je te sorte ces bêtises de la tête à coup de fessée !

Elle releva vivement les yeux et concentra son attention sur lui. Il eut un large sourire.

— Ma belle, n'imagine pas une seconde que tout était ta faute. C'était la mienne, entièrement. J'aurais dû te laisser, mais je n'y parvenais pas. Mon mariage n'allait déjà pas bien et soudain je t'ai vue, avec ta poitrine incroyable, tes Converse qui martelaient le sol, ta tête qui oscillait, à chanter Led Zeppelin. Tu semblais si innocente et douce, comme si tu te fichais du monde entier, excepté ce qui se passait au moment présent. J'étais tellement jaloux... J'aurais donné n'importe quoi pour que ma vie soit à nouveau aussi simple. Et puis ce petit merdeux s'est pointé et j'ai su qu'il t'adorait. Mais quand il a débité toutes ces conneries, j'ai compris qu'il ne reculerait devant rien avant de t'avoir mise dans son lit. Alors je t'ai embrassée, parce que j'étais égoïste. Je voulais savourer cette putain de douceur avant qu'il l'emporte tout entière.

» Et tu m'as rendu mes baisers, sans savoir ce que tu faisais, sans réfléchir, juste à l'instinct, et tout à coup j'étais perdu.

» Ce baiser, Eva, m'a permis de traverser quelques nuits plutôt mauvaises. Il me rappelait que la vie n'était pas si moche.

» Quant à ce qui s'est passé dans la ruelle, ton vieux ne l'a jamais su. Et même si ç'avait été le cas, même s'il m'avait flingué, je n'en aurais rien eu à foutre. Parce que dès qu'il s'agit de toi, chérie, je perds les pédales et ne vois plus que toi. Je suis alors incapable de respirer, mais ça n'a aucune importance. J'ai jamais rencontré personne d'aussi parfait que toi. Savoir que tu m'as offert ton premier baiser, puis ta petite chatte, savoir que je suis le seul à l'avoir eue parce que c'est à moi… Bon sang, Eva, il ne se passe pas un jour sans que j'y pense, à tout ça, à toi, et à combien j'aimerais que les choses soient différentes.

» C'est la vérité, ma belle. Je ne voudrais rien changer, hormis tes liens avec les Demons, le fait que je sois un Horseman marié à une abrutie finie et que ton paternel soit ce qu'il est. Sans tout ça, tu serais à l'arrière de ma bécane et dans mon lit. Tu ne t'enfuirais pas et je ne m'éloignerais plus jamais de toi.

» Maintenant, fais ce pour quoi tu es venue ici. Ou je le ferai à ta place.

Je courus à lui, enroulai mes bras autour de son cou et enfouis mon visage contre son torse.

— Tu m'as manqué, tellement manqué, murmurai-je.

— Ouais, ma puce, dit-il doucement. Tu vas m'offrir ta jolie bouche faite pour l'amour ou il faut que je la prenne ?

Je me mis sur la pointe des pieds et il se pencha. Je pris ses lèvres, sa langue, et le dévorai tout cru. J'avais passé quatre années sans lui, sans ses yeux ensorcelants et son sourire dévastateur, sans sa bouche parfaite et ses mains qui l'étaient tout autant, comme son corps et son sexe. Le désir, brûlant et fluide, me chauffait le sang et affluait dans mon bas-ventre. J'avais tant à rattraper, et rien ne pourrait aller assez vite.

Prise de frénésie, je fis tomber son blouson aux manches coupées. Il s'en débarrassa d'un mouvement d'épaules.

Son tee-shirt suivit et fut jeté à l'autre bout de la pièce. Puis ce fut le tour du mien. Mes seins se retrouvèrent dans ses mains, contre sa langue. C'était une mort idyllique. On se goûtait mutuellement, se touchait, s'agrippait jusqu'à ce que cela ne soit plus suffisant.

Je le relâchai, glissai le long de son corps sublime pour me retrouver à genoux devant lui. J'ouvris son jean pour lécher son sexe et l'avaler. Il haleta et il agrippa mes cheveux. Je me cramponnai à l'arrière de ses cuisses, y enfonçant mes ongles pour garder mon équilibre tant les sensations grisantes qui m'envahissaient menaçaient de me faire tomber.

Je lui donnais du plaisir avec ma bouche de cette manière frénétique et désespérée avec laquelle je l'avais toujours embrassé. Je ne pouvais m'arrêter, et ne le voulais pas. Je me sentais si vivante, prenant tout ce que je pouvais en donnant tout ce que j'avais. Tout mon corps aimait Deuce. Aimait, aimait, aimait, aimait… J'aimais Deuce.

Aimais.

— Ma belle, gronda-t-il, empoignant ma chevelure et tirant dessus douloureusement, bon sang…

Il jouit et j'avalai sa semence. Mes gémissements étaient désespérés, avides. J'en voulais plus. Je voulais posséder son corps et sa sexualité animale. Je voulais le posséder, lui.

Je levai les yeux à travers mes cils humides, tremblante, le corps frémissant sous l'assaut de mon désir.

— Eva… tu sais ce que tu me fais ?

Il se pencha pour caresser ma joue et faire courir ses pouces sur mes paupières battantes.

— Tu me rends folle, soufflai-je.

Mon Dieu, c'était tellement vrai.

— Ma puce, dit-il d'une voix rauque.

M'étreignant, il me porta jusqu'à son canapé de cuir noir et finit de me déshabiller, se débarrassant au passage de son jean. Puis, il m'installa sur l'accoudoir, se positionna entre mes jambes, souleva mes hanches et se pencha sur moi. Son torse appuyait contre ma tête, son ventre frottait mon dos et son érection grandissante entrait en moi.

Nous étions merveilleusement nus l'un devant l'autre. L'un contre l'autre.

Votre mère vous tient contre elle lorsque vous entrez dans ce monde, et vous nourrit d'elle. Votre père caresse votre joue sillonnée par les larmes et pose un baiser sur votre front, tout contre vous. Vous faites l'amour, l'un contre l'autre, avec l'homme que vous aimez, un bel homme. Et alors, si vous avez de la chance, vous donnerez le jour à un enfant, que vous tiendrez tout contre vous, nourrirez de votre propre corps. C'est quelque chose de magique.

Rien ne peut s'y comparer.

— Je vais te prendre maintenant.

— Je t'en prie, murmurai-je.

Il entra plus profondément en moi, et je retins mon souffle. Il se retira, revint plus fort, plus loin. Je gémis.

— Ma belle, souffla-t-il, tu es si étroite.

— Il n'y a eu que toi, personne d'autre depuis toi, soufflai-je.

Il hoqueta.

— Seigneur, Eva. Qu'est-ce que j'ai fait pour te mériter ?

— Être tel que tu es, sanglotai-je.

De nouveau, il se retira pour revenir encore en moi. Un grognement nous échappa à tous deux.

— Tu es si sexy.

Il s'enfonça un peu plus loin en moi lorsqu'il me prit la fois suivante. J'avançais les hanches vers lui, voulant qu'il m'envahisse plus encore.

— Tu es si douce, et tu veux un connard tel que moi.

Il ondula, me faisant gémir. Il répéta le même mouvement à quatre reprises avant de reculer et de plonger brutalement en moi. Je n'avais pas besoin de plus. Mon corps s'ouvrit pour lui, lui permettant de me posséder entièrement.

— Tu en as rien à foutre que j'ai rien à te donner. Tu me veux juste pour ce que je suis, pas pour le club ou l'argent. Non, juste pour ma personne.

Ses va-et-vient étaient plus brutaux. J'enfonçai mes ongles dans le cuir du canapé et criai.

— Merde, fit-il d'une voix rauque, se mouvant en moi d'une façon atrocement lente. Tu te pointes comme ça, débarques de nulle part, mens en prétendant être de passage… Tu es là, dans mon bureau, avec les couleurs de mon vieux autour du cou, et tu tombes à genoux.

Il s'immobilisa et je me tortillai jusqu'à ce que ses doigts mordent douloureusement ma chair, m'obligeant à ne plus bouger.

— Tu veux la manière dure ? murmura-t-il. Ou lente ?

— Dure, soufflai-je.

— Ouais, acquiesça-t-il d'un ton bourru. Tu veux que je te possède, hein, ma puce ? Ça fait longtemps que tu attends ça, non ?

Oh, là, là, mon cœur allait exploser. J'avais tellement envie de cet homme, tellement envie qu'il me prenne, tout entière.

Le désir me fit trembler.

— Oui, Deuce.

— Gentille petite. (Il avait la voix rauque, ses avancées étaient dures, profondes.) Gentille et superbe.

Il me prit plus fort encore.

— S'il te plaît, gémis-je. Continue.

Il agrippa mes hanches.

— Tout ce que tu veux, ma belle.

— Toi, murmurai-je. Tout ce que je veux, c'est toi.

— Merde, marmonna-t-il, merde.

Puis, il m'offrit tout ce que j'attendais, et violemment.

Lovée dans les bras de Deuce, je le contemplais. J'avais du mal à fixer mon regard, tant mon corps était épuisé. Il me caressa le visage, sa main descendit le long de mon cou jusqu'à mes seins.

Je m'arquai de manière à ce que nous soyons encore plus serrés.

— Bon sang, grommela-t-il, titillant du pouce mes tétons, les faisant durcir.

Son autre main vint glisser sur mon ventre, où ses doigts en dessinèrent la courbe.

— Je sais que je ne mérite rien d'aussi doux que toi, murmura-t-il sombrement, sa main à présent située entre mes jambes. Tout ce qu'un homme a à voler pour l'avoir, il ne le mérite pas.

— Cela, tu ne l'as pas volé, soufflai-je, me tortillant contre ses doigts. Je te l'ai donné.

Une lueur d'amusement enflamma ses yeux bleus.

— Naïve que tu es, murmura-t-il. Je t'ai volée il y a longtemps. À peu près au moment où tu faisais de même avec moi.

« Où tu faisais de même avec moi. »

Il venait juste de prononcer cette phrase. Il l'avait vraiment dite.

— Je t'aime, dis-je, mes lèvres contre les siennes, submergée par la sensation et la puissance qui émergeaient de Deuce.

Il se figea, et l'agréable brouillard dans lequel je flottais se dissipa aussitôt. Oh non. Oh non, non, non ! je ne venais pas de lui avouer ! C'était impossible qu'il comprenne ce qu'il représentait pour moi. Je le concevais à peine moi-même. Je me contentais de l'accepter.

— Attends… ce n'est pas ce que je voulais dire, balbutiai-je. Je ne voulais pas… Je…

Deuce ne m'écoutait pas. Il me déplaça, m'allongea sur le dos, s'installa entre mes cuisses et me pénétra.

— Répète, Eva, gronda-t-il.

Je me mordis la lèvre.

— Répète, ma puce.

Je n'obtempérai pas. Essentiellement parce qu'il était de nouveau en moi – si imposant – et qu'il me prenait avec une langueur délicieuse. Je me détendis sous lui, les yeux cloués aux siens. Ces yeux dont je ne pourrais jamais me détacher. Qui m'attiraient là où se trouvaient douceur et sécurité. Ces yeux que j'aimais. Je me rendis alors compte qu'il ne me baisait pas : il me faisait l'amour.

— Répète, exigea-t-il, son expression devenant sauvage, dominatrice, possessive.

— Je… ne voulais pas dire…

Son coup de reins fut brusque.

— Tu m'aimes. Dis-le.

— Non. Je voulais dire…

— Tu m'aimes.

Je laissai tomber.

— Oui, criai-je, je t'aime ! Je t'aime depuis toujours !

Il ferma les yeux, et sa tête retomba sur ma poitrine.

— Merde, chuchota-t-il.

— Deuce, soufflai-je.

Il leva la tête vers moi.

— Ouais, ma belle ?

Il avait les paupières baissées, les lèvres entrouvertes et la respiration hachée. Des gouttes de sueur ombraient son front. Il n'était pas Deuce, le biker impitoyable, et je n'étais pas Eva, la fille de son rival. Il était un homme à la beauté dangereuse, et j'étais la femme qu'il voulait. J'avais envie d'arrêter le temps, de rester ainsi avec lui pour l'éternité, à nous toucher, nous embrasser, nous aimer.

— Jouis sur moi, ordonnai-je, poussée par un désir primal. Je veux que tu te répandes sur mon corps.

Il se raidit et l'orgasme le saisit.

— C'est bon… *tellement bon*.

En être témoin était absolument merveilleux. Son visage se crispa légèrement avant de se détendre sous le plaisir. Pendant un instant, il eut l'air plus jeune qu'il ne l'était, frais et vulnérable comme je me souvenais de lui le jour de notre première rencontre. Ses yeux étaient embués, ses paupières mi-closes. Il respirait faiblement, et son souffle chaud caressait ma gorge. Une humidité tiède recouvrit mon ventre et ma poitrine et, soudain, les doigts de Deuce furent en moi. Le plaisir me submergea alors.

Il ôta ses doigts et fit glisser sa main sur mon corps, faisant pénétrer ce fluide intime dans la chair de mon ventre, de mes seins, puis de mes cuisses et enfin entre les replis de ma féminité. Sans me quitter des yeux.

Il me marquait.

Me revendiquait.

Me possédait.

— Dis-le encore, exigea-t-il.

— Je t'aime, Deuce, chuchotai-je.

6

Je battis des paupières et cillai, endormie. Le bras d'acier qui entourait ma taille resserra sa prise.

J'enroulai le mien autour du cou de Deuce, attirant sa tête vers moi jusqu'à pouvoir voir ses yeux.

— Bonjour, soufflai-je.

Sa main quitta mon ventre, s'aventurant plus bas jusqu'à recouvrir mon sexe. Je levai la jambe pour venir accrocher mon pied derrière son genou. Il émit un grognement de désir qui se répercuta dans tout mon corps.

— Tu as mal ? demanda-t-il rudement.

— Hum, murmurai-je. D'une manière très très agréable.

Il gloussa.

— Tu en veux encore ?

— Oui, soufflai-je.
— À la manière dure ?
— Je t'en prie…
— Cette fille va me tuer, rit-il. Elle n'arrête pas d'en vouloir.
Oh, Seigneur, il me taquinait. Nous étions là, allongés dans son lit, et il se moquait de moi. C'était tellement… de l'ordre du quotidien. J'adorais ça.
Il gronda en entrant en moi, et mon corps s'offrit à lui pour enfin l'accepter avidement.
Je jouis alors, fougueusement.
Secouant la tête, il laissa échapper un soupir amusé.
— J'ai jamais vu une femme s'enflammer comme toi. Quand tu prends ma queue en toi pendant que ton corps tremble, que tu cries en me tirant les cheveux et en me serrant si fort. Lorsque je t'autoriserai à quitter mon lit, ma belle, je passerai le reste de ma vie à rêver de ta petite chatte sachant que je n'en trouverai aucune semblable. Et là, je vais exploser.
Nous changeâmes de position, et il reprit ses va-et-vient avec vigueur, nos corps se heurtant l'un l'autre. Puis, plus lentement, tout moites de sueur, ils glissèrent l'un contre l'autre.
C'était unique. Deuce était unique.
— Oh, Seigneur ! criai-je, tandis qu'un second orgasme me submergeait. Waouh !
Il m'offrit un large sourire.

— Voilà, fit-il, admiratif. Ça, c'est ma nana.

Sa nana.

Depuis combien de temps attendais-je qu'il dise cela ?

Deuce avait possédé Eva toute la matinée, et elle s'était de nouveau endormie. L'après-midi tirait désormais à sa fin. Avec quelques membres du club, il buvait des bières tout en faisant griller des steaks à l'arrière du bâtiment.

— Où est Mlle Canon ? demanda Tap par-dessus l'embouchure de sa bouteille de bière.

— Laquelle ? l'interrogea Jase. La blonde ou la brune ? Elles déchirent toutes les deux.

ZZ rit.

— La blonde est prise en sandwich par Ripper et Cox depuis son arrivée.

Hawk fit la grimace.

— C'est pas juste. Si j'avais été le premier à sortir, cette garce serait dans mon pieu.

Deuce haussa les épaules.

— Kami est une salope. M'étonnerait qu'elle s'oppose à ce que tu te joignes à eux.

— Nan, rétorqua Chips. J'ai déjà essayé. Ils refusent de partager. Non pas que je leur en veuille. Y a plus beaucoup de trous disponibles lorsqu'ils sont à deux dessus. Et la tienne, président ? Tu veux déjà la passer aux autres ?

ZZ cracha sa bière.

— Crétin, marmonna Jase. C'est pas une pute. C'est Eva Fox, la fille de Preacher. La fille qui semble faire perdre la tête à notre chef. Celle qui lui a valu de se faire tirer dessus.

Chips écarquilla les yeux.

— Si j'ai pris des balles, marmonna Deuce, c'était pas sa putain de faute. Elle avait seize ans. J'avais ma main dans son string et ma langue dans sa bouche. Son vieux, tu l'en tiens vraiment responsable ?

— Si tu meurs, dit Marsh avec une expression dure, alors oui, je l'en tiendrai responsable.

— Seize ans, hein ? lança Danny D. avec un large sourire, sympa.

Tap lui jeta un regard noir.

— T'es malsain, mec. J'ai une fille de quinze ans. Si n'importe quel vieux salaud comme notre président s'approche d'elle, je le butte. Pas question qu'elle sorte avec des mecs âgés d'au moins un an de plus qu'elle. (Tap se tourna vers Deuce.) Et dix-huit ans de plus, c'est inenvisageable.

— C'est pas ça, marmonna Deuce, se sentant étrangement embarrassé, ça n'a rien à voir avec son âge. Ça n'a jamais compté. Elle m'a plu toute gamine, et maintenant qu'elle est devenue une femme, ma queue l'aime aussi. Mais son âge n'est jamais entré en ligne de compte. Franchement, il ne s'est toujours agi que d'elle.

Ses hommes le dévisageaient avec stupeur.

— Bon sang, président, marmonna Jase. Bon sang…

7

En plus de Cox, Ripper et Mick – qui n'était pas revenu – je rencontrai Blue, ZZ, Chip, Bucket, Worm, Freebird, Hawk, Marsh, Danny D., Danny L., Tramp, Dimebag, Tap, Dirty et Jase. Et ce n'était là que les noms dont je me souvenais.

Parmi tous ceux que je croisais, Cox, ZZ et Freebird étaient mes préférés. ZZ était un prospect âgé de dix-huit ans. Tout comme moi, il était né dans le milieu. Il me rappelait aussi Frankie, avec ses iris couleur chocolat et ses cheveux châtains longs jusqu'aux épaules qu'il portait en queue-de-cheval. Il était grand, mince et avait un petit quelque chose d'innocent qui ne tarderait pas à lui être arraché.

Deviner comment Freebird[1] s'était attiré son surnom n'était pas difficile. Ses longs cheveux poivre et sel pendaient jusqu'au milieu de son dos, graisseux et filandreux. Il se dégarnissait sur le haut du crâne mais le cachait en copiant Bret Michaels[2], qui se coiffait d'un bandana pour dissimuler sa propre calvitie. Sa barbe grise était tressée en une longue natte lui atteignant la poitrine, et il portait encore des jeans pattes d'eph' sans doute mille fois rapiécés. Il avait les bras couverts de tatouages : des symboles de sagesse, le *yin* et le *yang*, et des mots comme « liberté », « paix », et « route ouverte ». Un peu hypocrite de la part d'un membre des Hell's Horsemen, mais qu'importe, il racontait des blagues salaces et me faisait rire.

Les nanas qui traînaient au club n'étaient pas pires que celles qui campaient au quartier général Demons à New York, la moitié de ces dernières étant effectivement bien des prostituées. Cela ne voulait pas dire que celles des Horsemen n'avaient pas leurs propres problèmes. Leur souci majeur était qu'elles souhaitaient désespérément devenir la régulière d'un

---

1. Titre d'une chanson du groupe Lynyrd Skynyrd, dont les membres portaient les cheveux longs. *(N.d.T.)*
2. Auteur, compositeur, musicien et chanteur, Bret Michaels apparaît aussi dans diverses émissions de télé-réalité américaine. Il porte les cheveux longs mais a fini par reconnaître qu'il était chauve sur le haut du crâne et qu'il utilisait une perruque ou un bandana pour le dissimuler. *(N.d.T.)*

membre du club tout en ayant fait l'erreur de coucher avec la moitié d'entre eux. Elles étaient maintenant coincées. Aucun biker n'allait installer à l'arrière de sa bécane une nana qui avait couché avec ses frangins.

Celle que j'aimais le moins était une blonde décolorée qui s'appelait Miranda. Elle avait vingt-cinq ans, avait laissé tomber ses études au lycée et était mère de deux enfants de pères inconnus. Lorsque je lui demandai où étaient les petits, ce qu'elle faisait d'eux lorsqu'elle était au club – ce qui semblait être le cas en permanence – elle m'expliqua que sa mère en avait la garde. Cela me dégoûta. Je n'avais aucune affection pour ce genre de maman.

Je demandai à Deuce s'il avait été avec elle, et il haussa les sourcils.

— Ma puce, fit-il.

Je me sentis alors complètement ridicule d'avoir posé cette question.

Je sortis de la pièce comme une tornade et il explosa de rire. La minute suivante, je me retrouvai jetée en travers de son épaule, et il m'entraînait au lit.

Quant aux autres filles qui fréquentaient régulièrement le club, elles étaient d'âges et de tailles variés, tout comme les bikers auxquels elles se donnaient. Certaines étaient très jeunes, d'autres d'âge moyen. Certaines étaient filiformes ; d'autres étaient rondes, voire grassouillettes par endroits. La plupart étaient des femmes communes, trop maquillées et trop dévêtues. Toutes étaient pathétiques.

Excepté Dorothy, une rousse assez menue avec d'adorables taches de rousseur. Elle avait vingt-quatre ans, était mariée et mère d'une fille de sept ans. Son mari était une ordure de chauffeur poids lourd absent trois semaines par mois. Elle se réveillait le matin, conduisait sa fille à l'école et rejoignait directement le club. Sa relation exclusive avec Jase mise à part – lui-même ne se contentait pas d'elle et était marié – elle était payée pour faire le ménage, préparer les repas des Horsemen et faire leur lessive. Jase était là tous les jours où elle était présente ; ils passaient une heure ou deux dans sa chambre, puis il partait et elle retournait travailler. Vers quinze heures, elle allait chercher sa fille à l'école et revenait le lendemain matin. De temps à autre, elle déposait la petite chez sa sœur, et Jase et elle pouvaient ainsi passer une nuit ensemble. Je savais tout cela parce qu'elle nous avait préparé à déjeuner à Kami et moi, et nous avions discuté tout l'après-midi.

À vingt-cinq ans, Jase était beau garçon. Marine réserviste à la coupe en brosse, il avait un corps de rêve. Les filles lui tournaient autour comme des mouches avec un pot de confiture, et Dorothy – jolie, mais dans le genre ordinaire – le savait. Elle avait tout pour être une régulière. Elle était bonne et l'aimait visiblement, acceptait la situation et ne voyait pas de problème à en supporter plus encore. Seulement, elle ne serait jamais son officielle, parce que Jase en avait déjà une.

Que penser de lui, en étant au courant de tout ça ? D'après ce que j'avais pu remarquer, il la traitait bien. Je le voyais glisser de l'argent dans son portefeuille à son insu, et plus important : il ne faisait pas la bringue devant elle. Mais...

Il était marié à une fille avec laquelle il avait couché au lycée – information glanée elle aussi auprès de Dorothy – et, bien que je puisse comprendre que cette situation ne le rende pas heureux, il aurait dû y remédier avant d'entrer dans la vie de Dorothy.

Mais c'était typique. Et j'y étais habituée. Tout comme je l'étais à garder mes opinions pour moi-même.

— Allô, Eva ? lança Dorothy d'une voix chantante tout en agitant sa petite main devant mes yeux.

Je relevai brutalement la tête, et elle se mit à rire.

— Tu as entendu ce que je viens de dire ?

— Non, répondis-je avec sincérité. J'étais perdue dans mes pensées.

— Elle est toujours perdue dans ses pensées, intervint Kami.

Je lui lançai un regard tranchant.

— À propos de se perdre, où sont Cox et Ripper ?

C'était l'heure du déjeuner et je n'avais vu ni l'un ni l'autre depuis qu'ils avaient entraîné Kami à leur suite la veille au soir.

— Ils se remettent de mes exploits, déclara-t-elle avec fierté.

Dorothy et moi éclatâmes de rire.

— Ceci étant dit, continua-t-elle en avalant sa dernière bouchée de sandwich au jambon, je devrais aller les réveiller.

Elle glissa de son tabouret et traversa la cuisine d'un pas nonchalant, gracieuse et superbe malgré l'épuisement.

— Hé, Deuce, ronronna-t-elle.

Je pivotai. Deuce se tenait sur le seuil, les bras au-dessus de la tête, les mains accrochées à l'encadrement de la porte, les muscles saillants. Son tee-shirt noir remontait, révélant ses abdominaux incroyables. Il était aussi entièrement couvert de graisse.

Kami le dévisageait comme s'il était une glace particulièrement alléchante.

— Vas-y mollo avec mes potes, femme. Ils ont des trucs à faire aujourd'hui.

Il se mit sur le côté pour la laisser passer et se laissa glisser sur le tabouret vide.

— Tu vas me tuer, ma puce.

Je bus une gorgée de café.

— Pardon ?

— Cette foutue robe. Elle me tue.

Je contemplai ma robe sans bretelles. Elle était d'un vert foncé, plutôt informe et descendait à mi-cuisses. Elle était simple, confortable, tout à fait mon genre. Et pas du tout sexy, comparée aux vêtements que les femmes comme Kami portaient.

— Hum, vraiment ? C'est une sorte de grand sac vert.

Il étrécit les yeux.

— Non, pas du tout.

Jase choisit ce moment pour foncer dans la cuisine. Il traversa la pièce et souleva Dorothy du sol pour une étreinte passionnée, digne d'un film.

— Tu m'as manqué, ma puce, grogna-t-il, lèvres contre lèvres.

Elle gloussa.

— Tu m'as vue hier.

Avec les jambes de Dorothy enroulées autour de sa taille et les bras à son cou, il repartit à grands pas.

— Eva ! hurla Dorothy, tu seras là pour le barbecue ?

— Vingt-quatre heures, gronda Jase. Ça fait vingt-quatre horribles heures qu'on s'est pas vus, et tu parles de barbecue. C'est mon moment à moi, et je veux que tu restes concentrée. Tu dois me laisser te trouver un endroit rien qu'à toi et quitter cet homme pour que je puisse te voir dès que j'en ai envie. Et tu seras concentrée. Sur moi. Tu dois me laisser m'occuper...

Les portes se refermèrent derrière eux, nous laissant seuls, Deuce et moi.

— À propos du barbecue, tu es là jusqu'à quand, ma belle ?

Mon regard se reporta sur Deuce. J'étais incapable de dire à son expression s'il souhaitait que je reste ou pas.

— Ma belle ?

— Hum.

En riant, il m'attira sur ses genoux. Il enroula ses bras autour de ma taille et enfouit son visage dans mon cou.

— Tu as jusqu'à quand ? murmura-t-il.

— Tout l'été, chuchotai-je.

— Alors, tu restes à mon chalet.

Oh, mon Dieu. Il voulait que je reste tout l'été. Dans *son* chalet.

— Le club me convient, dis-je à voix basse, encore sous le choc.

— Non. Je sais que tu en as l'habitude, mais je ne veux pas que tu sois témoin de tout ce dont mes tordus d'hommes sont capables.

— Ça ne me gêne pas.

Il eut un reniflement.

— Que je baise Miranda te gênait pourtant.

— Pas si tu emploies le passé. (Mon regard se fit étroit.) Cela se conjugue bien au passé, non ?

— Tu es ici ; c'est au passé.

Hum. Je n'étais pas sûre d'aimer cette réponse.

— OK, dis-je lentement. Alors, cela ne m'embête pas.

— Ma puce, les régulières ne traînent pas au club. Et il est plus que certain qu'elles n'y dorment pas. Tu le sais.

Quoi ?

Quoi !

Je me tournai sur ses genoux et nous nous retrouvâmes face à face.

— Tu m'as appelée comment ?

Il haussa les sourcils.

— Ma puce ?

— Non, hurlai-je, tu m'as traitée de régulière ! Je ne suis pas une régulière ! Je suis une Demon ! Je suis née et j'ai grandi dans ce monde et je ne vais pas me faire enfermer dans un chalet quelconque au milieu de nulle part à attendre que tu viennes passer du temps avec moi !

— Tu as fini ? s'enquit-il d'un ton égal.

— Tu vas me laisser traîner ici ?

— Non.

Je me dégageai de ses genoux.

— Non ? murmurai-je.

— Tu as bien entendu. Non. Tu vas chez moi et j'y serai avec toi quand je serai absent du club.

J'en restai bouche bée.

— Tu ne me laisseras pas au club, mais Kami oui ?

Son expression se durcit.

— Kami est une pute, fit-il d'un ton plat. Enfermée dans une chambre avec deux de mes gars à la minute même.

— Va te faire foutre, crachai-je. Si j'avais envie d'être traitée ainsi, je serais dans le lit d'un Demon, pas dans le tien.

En un clin d'œil, Deuce était descendu du tabouret et m'agrippait par les épaules.

— Premièrement, tonna-t-il, tu ne me parles pas comme ça. Jamais. Deuxièmement, il n'est pas question que je te laisse au club, alors arrête de poser la question ! Troisièmement, tu me balances encore des conneries sur le fait d'être dans le pieu de quelqu'un d'autre, et je te mets dans le premier avion pour New York, comme ça tu pourras y grimper directement. Et tu pourras y rester, bon sang.

Toute mon attention était concentrée sur lui, sur les lignes qui entouraient ses yeux, sur ses narines qui frémirent, sur ses lèvres pincées en une fine ligne blanche. J'entendais la rage dans sa voix et sentis une boule se former dans mon estomac. Ce n'était pas le Deuce que je connaissais qui me foudroyait ainsi du regard ; c'était Deuce – le biker impitoyable, tueur de sang-froid – et furieux contre moi. Moi.

Qu'avais-je fait ?

Ma lèvre se mit à trembler, et je la mordis.

— Tu m'as compris, Eva ?

Je hochai la tête.

— Réponds, gronda-t-il.

La vache. Mon propre père, même en colère contre moi, ne m'avait jamais parlé sur ce ton.

— Je t'ai compris, murmurai-je.

Il me poussa vers les portes.

— Va dans ma chambre si tu veux pleurer. La dernière chose dont j'ai besoin est de filles qui pleurnichent dans mon putain de club.

Mes larmes se déversèrent sur mon visage quand je poussai les portes battantes à l'aveuglette. Je remontai le couloir, passai les portes des chambres jusqu'à la suite de Deuce qui se trouvait tout au bout. Fouillant dans mon sac à dos, j'en sortis ma carte de crédit et appelai la compagnie aérienne. Je rentrais chez moi.

Deuce fit courir ses mains dans ses cheveux. Elle le rendait furax.

Elle avait dit qu'elle était un Demon ! À quoi donc pensait Preacher en l'élevant au club ? Tout le circuit connaissait Eva Fox. Pourquoi, bon sang, Preacher avait merdé comme ça ?

Il n'allait tout de même pas réorganiser sa vie entière pour une nana juste parce qu'elle l'obsédait.

— Hé, toi ! (Il se tourna pour découvrir Miranda qui franchissait les portes de la cuisine.) Tu veux manger quelque chose, Deuce chéri ? J'allais me faire une salade.

— Ouais, je veux quelque chose à manger, dit-il vulgairement.

Miranda était sa chose. Il ne la partageait pas. Il lui donnait une chambre au club, et l'avait ainsi à disposition chaque fois qu'il le désirait.

Depuis l'arrivée d'Eva, il avait réfléchi au fait de l'envoyer dans l'appartement qu'il payait.

Idée qu'il reconsidérait maintenant sérieusement.

Attrapant la taille fine de Miranda, il la souleva sur le comptoir devant lui et repoussa les bretelles de son débardeur, dévoilant la poitrine imposante qu'il lui avait payée quelques années plus tôt.

— Tu en as fini avec cette petite fille ? ronronna-t-elle.

— La ferme, marmonna-t-il, embrassant Miranda à pleine bouche.

Après avoir réservé un vol pour le lendemain après-midi, je séchai mes yeux et partis à la recherche de Kami. Je la trouvai dans la chambre de Cox dans une position sérieusement compromettante avec ce dernier et Ripper. Cette vision allait me hanter à coup sûr jusqu'à la fin de mes jours. Je l'informai que je lui parlerais plus tard et claquai la porte en sortant. Je me dirigeai ensuite vers l'avant de l'entrepôt pour annoncer mon départ à Deuce. Il n'était pas dans la pièce centrale ni dans son bureau, ce qui me laissait deux options : la cuisine ou les toilettes. Je vérifiai la cuisine en premier.

Si le dos de Miranda me faisait face, je pouvais très bien voir Deuce.

Je n'allais pas me mettre à pleurer. Non. Pas parce qu'il n'était pas celui que je croyais.

C'était uniquement ma faute, je l'avais placé sur une sorte de piédestal, alors qu'en réalité, il n'était rien qu'un motard menteur, infidèle, voleur et incapable de résister à une partie de jambes en l'air avec les traînées du club.

Il leva la tête et me vit dans l'embrasure de la porte. S'il en était surpris ou s'il éprouvait quelque sentiment de honte, il n'en montra rien. Je lui en fus reconnaissante. La colère devança les larmes qui menaçaient de couler – une colère qui me permit de lui retourner ses regards noirs.

J'étais toujours à la même place lorsque l'alarme du portail se déclencha.

ZZ descendit le couloir à toute allure, me dépassant en beuglant :

— RAID !

Plusieurs autres membres le suivaient, l'air paniqué. Cox et Ripper arrivèrent ensuite, renfilant leurs jeans tout en courant.

Je fuis la cavalcade et entrai dans la cuisine. Miranda s'était dégagée de Deuce et rajustait son débardeur. Quant à lui, il me dépassa sans même un coup d'œil dans ma direction.

Miranda et moi-même nous dévisageâmes.

— Eva, commença-t-elle doucement, je vais te dire cela parce que tu es une gentille fille. Deuce n'est pas l'homme d'une seule femme. Il ne le sera jamais. Tu ferais donc bien de te trouver un mec sympa qui appréciera toutes tes qualités. Pas seulement de temps à autre, mais en permanence.

Elle se montrait sincère, elle avait même l'air de s'excuser.

Je haussai les épaules.

— Pas de problème. J'étais en vacances et voulais m'amuser sans avoir mon frère et mon père sur le dos, tu vois ?

Un mensonge. Le plus gros que j'aie jamais dit. Mais la dernière chose que je souhaitais était qu'une fille facile ait pitié de moi. Elle accepta mon explication et partit se cacher dans sa chambre. J'étais toujours plantée là, les yeux dans le vide, lorsque Deuce réapparut.

— Les hommes de l'ATF[1] sont dehors ; dans deux minutes, ils feront sauter la porte, dit-il. Je suppose que Preacher t'a déjà utilisée dans ce genre de situations, non ?

— Oui, répondis-je.

Il me tendit un anneau rempli de clés.

— Elles ouvrent les portes. Le code du portail est le 009673.

J'acquiesçai.

— 009673, répétai-je.

Il me lança un regard sombre.

— Vas-y, dis-je, et fais ce que tu as à faire. Je vais les retarder.

---

1. ATF, ou *Bureau of Alcohol, Tobacco, Firearms* est une instance fédérale dépendant du ministère de la Justice américain. Le bureau lutte contre la possession et la vente illégale d'armes à feu, le trafic d'alcool et de tabac, ainsi que les incendies criminels. *(N.d.T.)*

Derrière le portail se tenaient des agents fédéraux, portant des gilets pare-balles sur leurs chemises fermées jusqu'au cou. Derrière eux, les hommes du SWAT, équipés de leurs bottes militaires et de leurs tenues de combat, descendaient en nombre de leurs véhicules de transport. Eux aussi avaient des gilets pare-balles mais, contrairement aux agents du bureau, leurs Glocks étaient attachés à leurs cuisses et des fusils d'assaut pendaient à leurs épaules.

— ATF, lança un agent plus âgé, en guise de salut. Ça vous dérangerait d'ouvrir la porte ?

Je souris.

— De quoi s'agit-il ?

Un autre agent – jeune et propre sur lui – agita une feuille de papier avec humeur.

— Mandat de perquisition, aboya-t-il. Ouvre cette putain de porte !

— Puis-je le voir ? demandai-je gentiment.

Il balança la feuille par-dessus le portail, et je la passai rapidement au crible. C'était bien un mandat de perquisition dont la date était celle du jour, signé par un juge. Tout était légal.

Je le leur rendis, mais pris mon temps pour taper plusieurs mauvais codes, jusqu'à ce qu'une dizaine minutes se soient écoulées et que les agents commencent à s'énerver contre moi.

Quand l'ouverture se fit, les membres du SWAT envahirent le terrain devant le club, se précipitant vers le bâtiment.

— La porte de devant est verrouillée !

— Celle du côté aussi !

Je levai les yeux au ciel. Bien sûr qu'elles l'étaient !

— Allez chercher le bélier !

— Attendez, hurlai-je, ne faites pas ça ! J'ai les clés !

Le jeune agent si séduisant se tourna vers moi pour me décocher un regard noir.

— Ouvre-les, siffla-t-il.

J'essayai la première clé, sans succès. Pour être honnête, je ne savais pas laquelle était la bonne. Deuce ne m'avait rien dit.

Arrivée à la troisième clé, deux agents me hurlaient dessus. À la sixième, M. Séduisant m'empoigna les cheveux et me rejeta durement sur le côté.

— Donne-moi les clés, gronda-t-il avant de les arracher de mes mains tremblantes.

Lorsque les portes furent déverrouillées, on me repoussa et tous s'engagèrent à l'intérieur. Or, mis à part les agents de l'ATF, il n'y avait personne d'autre dans l'entrepôt. Je me mis à l'abri dans un coin près du bar et les observai mettre tout sens dessus dessous. Ils tranchèrent le cuir des canapés, fracassèrent les télévisions et dégondèrent les portes des placards. Des bruits fracassants, ceux du bois volant en éclats et du plastique se brisant s'échappaient du bureau de Deuce et de la cuisine.

Tout était si confus que je ne vis pas M. Séduisant avant qu'il ne soit juste devant moi, la respiration lourde, le visage rouge de colère.

— Où sont-ils ? beugla-t-il, m'envoyant des postillons au visage.

Essuyant ma joue, je secouai négativement la tête.

— Je ne sais pas, murmurai-je avec franchise.

Il m'attrapa par le bras et me secoua brutalement.

— Où sont-ils ? hurla-t-il de nouveau en détachant les syllabes.

Les larmes me brûlaient les yeux. Les Horsemen ne versaient sûrement pas de pots-de-vin aux Fédéraux, auquel cas on n'en serait pas là.

— Je vous en prie, suppliai-je, je n'en sais vraiment rien.

Une explosion de douleur me traversa le visage. Ma bouche s'emplit de sang. Son poing avait atterri sur le côté gauche de ma mâchoire. Sous la puissance du coup, je m'étais retrouvée projetée contre le mur. L'agent se rapprocha plus près de moi, et je détournai la tête, me préparant à une nouvelle attaque. Il me frappa au ventre et mes poumons explosèrent. Je me pliai en deux, mains serrées sur l'estomac, prise de haut-le-cœur et cherchant à reprendre mon souffle.

— JE LES AI ! tonna une voix. Y a une trappe ! Et un sous-sol !

Les Horsemen furent menés en file dans la pièce, les mains attachées dans le dos. Un par un, on les aligna contre la cloison du fond.

Deuce était au centre, étudiant la pièce bondée avec nonchalance. Son regard tomba sur moi – allongée sur le flanc, me tenant le ventre, essayant de respirer – ; il se raidit et ses yeux lancèrent des éclairs de rage. De nouvelles larmes inondèrent mes yeux, et tout devint flou.

Je reconnus la voix de M. Séduisant.

— J'ai des témoins qui ont vu vos hommes de L.A. rencontrer ceux de Curtis à Las Vegas. Je sais que vous vous occupez de leur distribution. Je sais aussi que vous n'avez pas encore commencé vos opérations. Alors, rendons les choses faciles. Vous me dites où vous planquez les armes, vous vendez Curtis et je me montrerai bienveillant avec vous.

— Aucune idée de c'dont vous parlez.

Je pensais qu'il pouvait s'agir de Cox, mais n'en étais pas sûre.

— Vraiment ? ricana l'agent. Des AK-47, fusils et revolvers, des FN 5.7 × 28 mm, et des calibres .50 – deux cent cinquante en tout et provenant de Curtis – ça ne vous évoque rien ?

— Nan.

C'était la voix de Deuce.

— Et qu'en est-il des 20 kilos de cocaïne, d'un kilo de crack et d'une livre de méthamphétamine ? Tous saisis hier. Ils portent ta signature, West.

Bon sang. Ça allait directement sortir de la poche de Deuce. Je ne savais pas dans quel état étaient les finances des Horsemen, mais cela serait douloureux pour n'importe qui.

— Vous avez des preuves ?

Plusieurs secondes s'écoulèrent.

— Nous en aurons.

— Bonne chance avec ça, connard.

Sans aucun doute, cela venait de ZZ. Sa déclaration fut suivie d'un souffle d'air, de haut-le-cœur et d'une toux. ZZ venait juste d'être frappé au ventre.

— Où est l'équipe de Davis ? brama une voix inconnue.

— Toujours en train de fouiller, répondit quelqu'un.

— Dites-moi que quelqu'un a trouvé quelque chose ?

— À part quelques filles cachées dans les chambres, les lieux sont clean. Ces connards ont des permis pour toutes les armes présentes ici. Il n'y a rien. Pas un truc qui traîne. Pas même un sac d'herbe.

Si mon corps n'avait pas été si douloureux, j'aurais ri. Qui appelait l'herbe « de l'herbe » ? Trop drôle.

— Vous avez vérifié les identités des filles ?

— Toutes, sauf celle qui est au sol. Mais regarde ça, l'une d'elles est la fille d'un sénateur et l'héritière de l'empire Carlson Food.

Je déglutis. Ils parlaient de Kami. Si ses parents apprenaient ça… elle aurait de gros soucis.

Une paire de chaussures élégantes s'arrêta devant mon visage, et le bout de l'une d'entre elles me donna un léger coup à la jambe.

— Ton nom ? exigea une voix masculine.

— Eva… Fox, croassai-je.

La jambe de l'homme se plia. Son visage rouge et grassouillet entra dans mon champ de vision.

— Eva Fox ? répéta-t-il lentement. Qui est ton père ?

Soit cela irait très mal pour moi, soit très bien. Je ne savais pas de quel côté la balance allait pencher et je répondis donc d'une voix timide et terrifiée :

— Damon Fox.

— Merde, marmonna-t-il.

Il glissa son bras sous le mien pour me soutenir le dos et me souleva, m'installant sur un tabouret du bar. Tenant toujours mon ventre en ayant la sensation que je risquais de vomir à n'importe quel moment, je m'affalai la tête sur le comptoir.

— Qui a tabassé la gosse de Damon Fox, bordel ? tonna M. Grassouillet.

Le silence régnait.

— Moi. (Je reconnus la voix de M. Séduisant.) Elle se foutait de nous et nous retardait.

— Espèce de crétin ! hurla quelqu'un.

OK, donc tout allait bien se passer. Soit ils touchaient des pots-de-vin de mon père, soit ils flippaient carrément devant lui.

Une main pleine de douceur se posa sur mon épaule.

— Mademoiselle Fox ?

Je tournai légèrement la tête. M. Grassouillet baissa la sienne vers moi.

— J'ai noté sur ma carte de visite le nom du salaud qui vous a frappée. Donnez-la à Preacher en lui expliquant ce qu'il s'est passé. Et j'apprécierais que vous lui précisiez que personne d'autre ne vous a touchée.

Définitivement corrompu. Il devait probablement percevoir un joli pourcentage sur les ventes d'armes qu'ils étaient supposés confisquer. Ou probable aussi qu'ils en envoyaient la moitié directement à mon père pour qu'elles soient redistribuées.

— OK, murmurai-je, sachant pertinemment que je ne dirais rien à ce dernier.

Eva disparaissant pour réapparaître tabassée par l'ATF… Ça ne passerait pas tellement bien. Pour moi comme pour l'ATF.

La main me tapota le dos.

— D'accord, chuchota l'agent.

Il glissa sa carte sur le bar et s'éloigna.

Deuce porta Eva jusqu'à sa chambre.

Refermant la porte d'un coup de pied, il l'allongea sur le lit et observa l'énorme bleu sur son visage. Dans la mesure où son paternel n'avait pas la moindre idée d'où elle se trouvait, il savait qu'elle ne lui raconterait pas ce qui s'était passé. Il lui incombait donc à lui de s'occuper de l'agent, ce qui ne lui posait pas de problème. Eva venait de prendre une dérouillée pour lui et son club.

— Je vais bien, murmura-t-elle. Il frappe comme une fille.

Que ce type aille se faire foutre ! Elle était parfaite : un visage en forme de cœur, de grands yeux gris, une peau douce, des lèvres faites pour l'amour. Des seins sublimes, de longues jambes et un ventre plat. Des courbes idéales sur lesquelles faire courir ses mains et de longs cheveux à empoigner.

Mais il s'était mis en colère, et il avait tout foiré.

En soupirant, il s'assit à son côté sur le lit.

— Au sujet de tout à l'heure, commença-t-il, je...

— Chut, l'interrompit-elle à voix basse. Je comprends. J'étais stupide d'attendre quoi que ce soit de toi. Je pars demain de toute manière.

Sa poitrine se serra. Il avait été trop dur avec elle. Il avait un caractère épouvantable et était incapable de réfléchir lorsqu'il s'emportait. Alors avec Eva Fox dans l'équation, il devenait carrément débile.

— Non, ma belle, tu ne pars pas.

Voilà. Maintenant elle allait rester.

Les yeux d'Eva s'enflammèrent.

— Si Deuce, je m'en vais. Tu as été très clair sur le fait que je ne pourrais pas rester au club et que tu ne voulais pas me voir côtoyer tes hommes. Et je refuse d'être enfermée dans un chalet quelconque pour le reste de l'été. En plus, avec Kami, on avait prévu d'aller à Hawaï.

Elle mentait. Il pouvait le voir dans son regard.

— Chérie, calme-toi. Tu peux m'accompagner au club quand je n'ai pas à travailler.

Elle renifla et grimaça de douleur.

— Désolée, *chéri*. J'ai déjà pris ma décision. Tu as plus ou moins mis un terme aux négociations en décidant que je devais te partager avec une autre. Mon père sera suffisamment en colère quand je vais rentrer. Alors si je ramène en prime une MST en souvenir, il m'envoie direct au couvent.

La voilà qui se montrait de nouveau insolente, et il en perdit son calme.

— Femme, si tu t'imagines que je vais te laisser sortir d'ici, tu es complètement idiote. Tu débarques de nulle part parce que tu me veux, eh bien voilà : tu m'as. Et soyons clairs, quelques foutus jours avec toi, ce n'est pas assez. Alors, change d'attitude car tu vas rester ici, c'est clair ?

Le visage d'Eva ne révélait aucune émotion.

— Laisse-moi, finit-elle par dire d'un ton plat. Maintenant.

Il serra les poings.

— Eva, gronda-t-il. Arrête ton petit jeu.

Elle roula sur le côté, se détournant de lui.

Il se leva avec raideur et regagna la porte à grands pas. Il lui lança un dernier coup d'œil. Elle avait le regard dans le vide.

Je me réveillai dans le noir lorsque le lit s'incurva et que Deuce s'y glissa. Au lieu de venir près de moi, il resta du côté opposé du matelas. Je ne pouvais pas laisser les choses se terminer ainsi. Pas avec lui. Mon ventre était douloureux, mais pas autant que mon visage. J'étais capable d'y arriver. Je roulai donc vers lui et lui grimpai dessus.

— Hé, murmurai-je.

Il m'étreignit.

— T'es toujours énervée, chérie ?

Au lieu de répondre, je l'embrassai. Lorsque nous reprîmes notre souffle, nous respirions tous deux avec difficulté.

Je frottai mes lèvres aux siennes et chuchotai :

— Tu veux la manière dure ou la douce ?

— Ma belle, dit-il d'une voix de gorge, je veux que ça soit doux.

Et j'exauçai son souhait.

Il se réveilla seul.

Il roula sur lui-même mais ne rencontra que le vide. Il tapota autour de lui pendant un moment à la recherche d'Eva, mais en vain. Il alluma la lampe de chevet. Elle avait disparu. Pas d'iPod sur la table de nuit. Pas de Converse près de la porte. Pas de sac à dos au sol. Il avait une boule au ventre.

Il enfila un jean et se dirigea directement vers la chambre de Cox, ouvrant la porte d'un coup de pied. Ripper ronflait bruyamment, son long corps affalé sur un fauteuil. Cox, allongé sur le ventre, redressa vivement la tête.

— Président ?

Deuce passa la pièce en revue. Pas de Kami.

L'étau autour de sa poitrine se resserra douloureusement.

— Où est votre putain ?

Cox regarda à droite, puis à gauche.

— Merde, marmonna-t-il. J'ai bien cru entendre un truc plus tôt. J'ai pensé qu'elle se tapait de nouveau Ripper. Bon sang, j'allais lui demander de m'épouser.

— Tu es déjà marié, connard. On n'est pas dans l'Utah.

Deuce claqua la porte derrière lui et prit la direction de la pièce centrale.

Blue était installé seul au bar, dans l'obscurité. Soixante-douze ans, deux paquets de cigarettes par jour et alcoolique enragé ; le biker était pourtant aussi en forme qu'un gamin de vingt ans.

— Eva ? demanda Deuce.

Blue avala une gorgée de tequila.

— Partie.

Sa poitrine était si serrée qu'il dut se donner des coups de la paume de la main sur le cœur et le frotter avant d'être capable de respirer de nouveau.

— Quand ?

Blue se servit un nouveau *shot* avant de le descendre d'un trait.

— Y a deux heures, à peu près.

Merde.

MERDE.

— Désolé, prés', j'aurais dû te réveiller et te dire ce qu'il se passait mais elle pleurait à chaudes larmes. Une hystérique. Elle m'a supplié de lui ouvrir la porte. De ne pas te sortir du lit. Suis pas capable de faire face aux femmes hystériques. Ça me donne envie de boire.

— OK, dit Deuce, l'air hébété.

— Elle t'a laissé ça.

Blue lui tendit la main. Deuce y prit le petit bout de papier plié qui s'y trouvait et l'ouvrit.

Deuce,
Je suis désolée.
Je n'aurais pas dû venir et m'imposer dans ta vie.
<3 Eva
P.-S. : *Prends soin de toi.*

— Prés' ?

— Quoi ?

— C'est une bonne fille, dit Blue. Gentille, aussi. Elle sait comment se comporter dans un club, et elle s'est pris une raclée pour ça. Elle t'adore aussi, bon sang. Elle te regarde comme si t'étais le roi d'Angleterre. En plus, elle s'entend bien avec les frangins, elle ne les emmerde pas au sujet des filles, elle leur apporte des bières, papote et plaisante avec eux, et a même sympathisé avec Jase. J'ai jamais vraiment apprécié Miranda…

Blue s'envoya un nouveau *shot* et gloussa.

— Mais j'peux pas vraiment lui en vouloir, à Eva. À ta place, j'aurais fait tout ce qui était en mon pouvoir pour la garder dans mon lit.

Qu'aurait-il pu faire de plus, à moins de l'y attacher ou de la droguer ?

— Ouais, marmonna Deuce. Trop tard, maintenant.

Son poing se referma sur le mot qu'elle lui avait écrit. Il le froissa.

— Sers-m'en un, grommela-t-il en prenant un siège à côté de Blue.

Qu'Eva Fox avec son visage et ses seins sublimes aille se faire foutre. Il lui fallait continuer son chemin.

Et c'est ce qu'il fit.

Pendant trois longues années, il vécut sa vie.

Sa misérable vie.

Puis, il la croisa de nouveau.

Et tout devint alors bien pire.

8

En grognant, Frankie s'écroula sur moi.

— Dégage, lui intimai-je en le repoussant. Je ne peux pas respirer.

Il leva la tête, un large sourire aux lèvres.

— J'aime bien là où tu te trouves, ma puce. Nue et sous moi.

Frankie était insatiable. J'en venais presque à espérer qu'il se tape les traînées du club et me lâche un peu.

— Frankie ! Je ne peux pas respirer ! Décale-toi !

Il grommela en se déplaçant de quelques centimètres.

— J'essaie, mais tu ne me laisses pas faire.

Je hurlai en le repoussant aussi fort que j'en étais capable – c'est-à-dire peu, et parvins à me dégager puis à rouler sur le côté.

Il fit de même, dans ma direction. Je sautai en arrière et lui donnai une claque sur les mains. Le fusillant du regard, je me dirigeai vers la salle de bains pour m'habiller.

— Rappelle-moi pourquoi nous avons dû dormir au club ? lui demandai-je, en enfilant mes dessous puis ma robe fourreau en coton.

— J'ai une réunion ce matin.

Je relevai mes cheveux et ouvris le robinet. Prenant l'eau qui coulait dans mes mains, je m'aspergeai le visage.

— Et pourquoi devais-je rester au club ?

— Peux pas dormir sans toi, ma puce.

J'attrapai la brosse à dents de Frankie, y mis du dentifrice et l'enfonçai dans ma bouche.

— C'est à propos de quoi, cette réunion ? marmonnai-je.

— Plusieurs clubs ont des problèmes avec Angelo Buonarroti. Il semble que ce con a lancé plusieurs offres pour les mêmes boulots. C'est un vrai merdier ; des frangins ont trouvé la mort. Faut remettre ça en ordre. Peut-être que Buonarroti devrait être buté. On verra.

Je crachai, rinçai la brosse à dents et la remis dans son gobelet. Puis j'attrapai ma trousse à maquillage et travaillai à me rendre présentable.

— J'vais aller prendre un petit-déjeuner avec Kami pendant que tu travailles.

— Chez elle ?

Je me penchai en avant, appliquant de l'anticerne sous mes yeux.

— Probablement.

— J'aime pas le con qu'elle a épousé, marmonna Frankie.

Je souris largement.

— Qui l'apprécie ?

Chase Henderson était un avocat aux tarifs élevés qui travaillait pour un cabinet reconnu et qui était devenu associé à vingt-cinq ans. Nous étions tous allés ensemble en prépa, mais lui avait intégré Harvard alors que Kami et moi étions restées à Manhattan pour étudier à l'Université de New York. Leurs parents s'étaient accordés sur leur mariage il y avait bien longtemps. C'était complètement vieux jeu, et pourtant chose courante dans leur milieu. Il y avait beaucoup de familles riches impliquées dans le monde de la politique qui agissaient ainsi.

Chase était extraordinairement séduisant, du type mannequin pour Calvin Klein. Je ne l'avais jamais vu autrement que rasé de près et avec un costume de couturier sur le dos. Jamais une mèche de ses cheveux gominés n'était décoiffée, et il arborait toujours une expression excédée, hautaine. Il n'y avait rien de simple ou de détendu chez lui. Il me faisait penser à une maison trop chère, trop récente, trop propre, bref trop parfaite pour qu'on s'y sente bien.

Kami le méprisait.

Elle l'avait trompé avec son coach personnel depuis leur retour de voyage de noces. Il faisait de même avec toute une flopée de femmes qui le quittaient au bout de quelques semaines.

C'était ridicule.

— J'aime pas comment il te reluque.

J'eus un reniflement.

— Frankie, tu n'aimes pas que qui que ce soit me reluque, point barre. Tu n'aimais pas que mes profs à la fac me regardent lorsque je levais la main. Tu te souviens de M. Reynolds ? Papa a dû lui donner un gros chèque pour qu'il oublie la raclée que tu lui avais infligée. En plus, Chase pense que je suis une racaille.

— Mais ouvre les yeux, bon sang ! hurla Frankie. Ce connard te mate comme s'il mourait de faim et que t'étais un morceau de viande !

Laissant retomber mes cheveux, je levai les yeux au ciel. Les hommes. Toujours insatiables.

— Tu n'as pas une réunion qui t'attend ?

— C'est toi que j'attends, comme ça je peux t'escorter dehors.

Je secouai la tête et lui souris.

Frankie était un bel homme. De longs cheveux châtains, une barbe hirsute, un corps sensuel couvert de tatouages et de cicatrices. Il était à la fois plein d'attentions et d'exigences, et il ne s'éloignait pas de moi. Je le savais parce que, où que je sois – à la maison, au club, au supermarché, dans la douche – Frankie y était aussi. Ou pas loin. Ou en chemin pour m'y rejoindre. Ou en train de me Skyper. Ou de me suivre via mon portable depuis le sien.

Trois ans plus tôt, j'étais rentrée du Montana pour faire face à une insanité comme je n'en avais jamais été témoin auparavant.

Le club était alors en plein chaos – premièrement, parce que j'avais disparu, et deuxièmement, parce que Frankie avait complètement pété les plombs et tabassait quiconque s'approchait de lui. Il se donnait des coups avec la crosse de son revolver, tapait de la tête et des poings contre les murs jusqu'à en saigner, jurait et me maudissait.

Ignorant l'humeur caractérielle de mon père et son discours responsable, j'étais allée directement à la chambre de Frankie et l'avais trouvé dans un coin de la pièce, recroquevillé sur lui-même et ensanglanté.

— Merde, marmonnai-je en me mettant à genoux à côté de lui. Frankie, murmurai-je, regarde-moi.

Il avait agi avec vélocité. Ses mains s'étaient tendues pour agripper mes avant-bras. Il m'avait tirée au sol et avait roulé sur moi. Ses paupières incrustées de sang cillaient au-dessus de mon visage.

— Eva, croassa-t-il. T'étais où, Seigneur ?

— J'ai juste besoin d'un peu d'air, tu sais. Pardon de t'avoir laissé.

Il avait pris mes joues en coupe, fait courir ses doigts à travers mes cheveux, puis sur mes épaules, les descendant et remontant le long de mes bras. Avant que je ne m'en sois rendu compte, ses mains étaient partout sur mon corps, baissant le haut de ma robe bain de soleil, dévoilant mes seins. Il en avait empoigné un et pris l'autre dans sa bouche.

— Merde, soufflai-je, Frankie, non…

— Pas question d'attendre encore, ma puce, grommela-t-il, la bouche sur ma poitrine.

Soulevant les hanches, il avait relevé le bas de ma robe.

J'avais essayé de le repousser.

— Je ne te quitterai plus ! promis-je. Nous n'avons pas besoin de faire cela !

Il avait planté ses doigts entre mes genoux et tiré sur mes jambes pour les écarter. Ses hanches poussaient en avant, m'obligeant à rester ouverte, et il avait tiré d'un coup sec sur sa ceinture. Je m'étais mise à paniquer.

— S'il te plaît ! criai-je. S'il te plaît ! Ne fais pas ça !

— Non, ma puce, grogna-t-il. Ne pense même pas à refuser une fois de plus. T'as compris ? Plus jamais tu t'enfuiras loin de moi. J't'ai dit il y a longtemps déjà que tu m'appartenais, et il est temps que tu te rentres ça dans le crâne !

Il m'avait balancé tout cela en déboutonnant son jean. Il s'était attaqué à ma culotte et tentait de me pénétrer.

— Attends ! hurlai-je en repoussant son torse. Ne fais pas ça !

— Merde, marmonna-t-il.

Il avait craché dans sa main, l'avait fait courir sur mon intimité pour m'humidifier, puis il se prépara de nouveau à me pénétrer.

— Frankie !

Je hurlai, essayant de gigoter en arrière pour l'empêcher d'entrer complètement en moi.

— ARRÊTE !

Sa main était venue s'écraser sur ma bouche. Je continuais à m'époumoner, mais mon cri était étouffé, et personne d'autre que nous ne pouvait l'entendre.

— Ça fait trop longtemps que j'attends ça, grogna-t-il, poussant plus fort, son corps lourd réduisant à néant mes tentatives pour me dégager. Tu ne m'arrêteras pas. Plus jamais.

Il avait donné un coup de hanche. Et obtenu satisfaction. Je m'étais figée, des larmes plein les yeux, le regardant fixement. Frankie venait juste de me posséder de force. Mon Frankie. C'était surréaliste, tel un rêve ou un film qu'on aurait vu des années plus tôt.

— Mets tes chevilles autour de mon dos, ordonna-t-il d'une voix rauque.

Abasourdie, j'avais obéi. Il relâcha ma bouche pour agripper mon dos et accélérer ses coups de boutoir. Paralysée, j'avais écouté le bruit de nos chairs en contact, sa respiration haletante et ma tête qui cognait contre le mur.

— Comment t'as pu me laisser, bon sang ? J'peux pas dormir sans toi, j'ai pas fermé l'œil depuis des jours. Tu m'as joué un sale tour, salope.

C'était vrai. Je savais très bien qu'il flipperait, mais j'étais quand même partie. J'aurais dû me douter que cela finirait ainsi – qu'il allait complètement perdre la tête et me lier à lui d'une manière indélébile.

Mon Dieu, tout cela était ma faute.

— Je suis désolée, chuchotai-je, la voix brisée. Mon Dieu, Frankie, je suis tellement désolée. Cela n'arrivera plus, promis.

— Tu m'étonnes, siffla-t-il. Tu n'aimerais vraiment pas ce qui se passerait si tu… Eva, merde… Je viens…

Ses hanches avaient claqué sur moi, et ma tête, frappé plus durement contre le mur.

— J'y suis, ma puce, j'y suis…

J'avais les yeux rivés au plafond. Je ne prenais aucun moyen de contraception. Il faudrait que je me procure la pilule du lendemain. Je cillai. Est-ce que le plafond de toutes les chambres ressemblait à ça ? Je n'en étais pas sûre. J'avais pris note de vérifier.

— Putain, je t'aime, Eva, souffla Frankie.

J'avais essuyé mes larmes et enroulé mes bras autour de son cou.

— Je t'aime aussi, bébé, chuchotai-je, le tenant étroitement, caressant son dos et murmurant des excuses.

Ce n'était pas un mensonge. J'aimais Frankie. De tout mon cœur. Mais ce n'était pas la bonne façon d'aimer. Je l'aimais comme un meilleur ami ou un grand frère – absolument pas comme un amant. Mais il en était désormais un, et je ne pouvais rien y faire. Il avait besoin de moi. Il n'allait pas me laisser partir, donc je lui donnais ce qu'il voulait et essayais d'en tirer le meilleur parti possible.

Cela s'était passé trois ans plus tôt.

Trois ans passés derrière Frankie, sur sa moto, et dans son lit – qui était en fait le mien. Ma chambre au club était plus spacieuse.

— C'est qui que tu aimes, ma puce ?

Je finis de me brosser les cheveux et sortis de la salle de bains.

— Toi, répondis-je.

— Oh que oui.

Frankie termina de s'habiller et s'assit sur le lit pour enfiler ses bottes. Il me jeta un coup d'œil et fronça les sourcils.

— T'as les jambes bien dénudées, ma puce.

Je reniflai.

— À peine.

Soudain, il fut debout, détachant sa ceinture, se dirigeant vers moi.

— Seigneur ! criai-je, m'éloignant en vacillant. Pense à autre chose, espèce d'animal ! Tu as une réunion et j'ai rendez-vous pour le petit-déjeuner !

Moins de deux secondes plus tard, il me collait face contre le mur. Sa langue passa sur mon cou.

— J'm'en fous. Tu peux pas te balader à moitié à poil et t'attendre à ce que je ne te touche pas.

— Tu ne joues pas le jeu, chuchotai-je.

— Lorsqu'il s'agit de toi, Eva, je ne joue pas du tout.

Une heure s'était quasiment écoulée avant que Frankie ne décide qu'il était temps pour lui d'aller à sa réunion, et quand bien même, il s'y rendit à reculons.

Deuce regardait Preacher, les sourcils froncés.

— Aucune idée de ce dont tu parles, mon vieux. J'ai aucun lien avec Angelo Buonarroti. Avec son paternel, oui. Certains de ses cousins, aussi, mais avec lui en personne, non. Si ton marché avec eux a foiré, j'y suis pour rien.

— Tu bluffes, gronda Preacher. Mes gars ont vu les tiens sur les docks.

— Qu'est-ce que j'y peux si mes frangins du Queens traitent leurs propres affaires ? Ils ont charge de famille.

Preacher étrécit les yeux et lança un regard perçant sur sa droite, où Dog, One-Eyed Joe et Tiny étaient assis. Aux côtés de Joe se trouvaient les frangins de Deuce : Mick, Cox et Jase. Lui-même se trouvait en bout de table, face à Preacher. À sa droite étaient installés Kickass Charlie, le président des Notorious MC et deux de ses sbires. L'ambiance était tendue. Aucun des types présents dans la salle ne désirait s'y trouver – Deuce et Preacher pour des raisons qui leur étaient personnelles impliquant une Eva de seize ans et une arme ; et Charlie parce que Frankie avait mis en terre son père quelques années plus tôt. C'était l'un des quelques contrats de ce timbré à avoir été acté. Le paternel de Charlie avait été un pourri jusqu'à l'os.

Ouais, l'ambiance était sacrément tendue.

La porte de la salle de réunion s'ouvrit brutalement avec un bruit sourd. Surpris, plusieurs hommes se levèrent vivement, sortant leurs pistolets.

Frankie entra alors d'un pas nonchalant, un large sourire aux lèvres. Il remontait la fermeture Éclair de son jean, bouclait sa ceinture et semblait n'avoir aucune conscience des armes pointées sur son crâne.

— Désolé, je suis en retard, dit-il en ne s'adressant à personne en particulier avant de se glisser sur sa chaise à la gauche de Preacher.

Ce dernier le foudroya des yeux.

— T'étais où, bordel ?

Frankie avait ouvert la bouche et était sur le point de répondre quand une tasse à café vide fusa par-dessus la table et vint le frapper à la poitrine.

One-Eyed Joe jeta un regard mauvais à Preacher.

— Il entre là, souriant fièrement, refermant son froc et tu lui demandes où il était ! Tu le sais bien, crétin, et tu sais aussi ce qu'il était en train de faire et avec qui, parce que tous deux ne font rien d'autre ! Se fesser nuit et jour, sans se soucier qu'on entende tout ! Et tu vas lui poser des questions idiotes, en sachant qu'il va raconter comment il se tape ma nièce ! J'peux pas supporter ça. S'il dit un mot de plus en rapport avec une chatte sexy ou une branlette espagnole en relation avec la petite, et je le renvoie à l'hosto !

Frankie eut un large sourire.

Un poids tomba sur l'estomac de Deuce.

Preacher soupira.

— Tu essaies de me dire que je dois garder ma gamine éloignée du club ? Pas sûr que je puisse supporter de ne pas la voir tout le temps.

Dog eut un hoquet. Un bon vieux hoquet. Comme une petite fille.

— Personne ne garde Eva loin du club !

— Pas question ! brama Tiny. Elle empêche ma régulière de me chercher des poux et fait ma lessive !

— Carrément ! (Le poing de Joe s'écrasa sur la table.) Elle est à nous ! Si nous n'avons pas Eva ici, qui tiendra la compta ? Qui nous cuisinera le petit-déjeuner ? Si quelqu'un doit partir, c'est Frankie !

Ce dernier souriait toujours.

— Vous pouvez pas me jeter dehors. Votre petite m'aime. Au cas où vous n'auriez pas remarqué, c'est dans sa chambre que je dors.

Deuce laissa échapper son souffle. Il n'avait pas voulu venir à New York, ni rencontrer

Preacher ou Charlie, d'autant plus que la réunion se tenait au club des Demons. Il avait souhaité de tout son cœur ne pas avoir à croiser Frankie.

Et maintenant qu'il savait qu'Eva se donnait à lui… il avait envie de dégommer chaque crétin qui se trouvait là.

Ce n'était même pas le pire. Ces hommes – le père d'Eva, ses oncles, et même les cent cinquante kilos d'un Tiny couvert de sueur – tous semblaient horrifiés à la pensée d'une Eva gardée éloignée du club, comme l'étaient leurs régulières. Le fait qu'elle soit consciente de la débauche qui régnait au club, qu'elle en ait probablement été témoin et qu'elle ait dû tant de fois passer derrière les membres pour nettoyer les conséquences de leur dépravation ne semblait pas les choquer le moins du monde.

Elle avait même sa propre chambre. *Sa propre chambre*. Dans un foutu MC. Bon sang !

L'erreur qu'il avait commise le frappa de plein fouet. Il l'avait crue capricieuse et obstinée, mais elle n'avait fait que réagir au fait qu'il veuille la repousser loin de ce qu'elle avait toujours connu. En se sauvant, elle ne l'avait pas quitté ; non, elle avait fui la cage dans laquelle il voulait l'enfermer.

— Vous pourriez remettre à plus tard ce mélodrame ? demanda Charlie. Peut-être qu'on peut revenir à nos affaires ?

Frankie se tourna vers Charlie et lui offrit un sourire mauvais, le regard fou.

— Bien sûr, mon lapin, se moqua-t-il. J'ai vachement apprécié négocier avec ton vieux, je vais adorer le faire avec toi.

Les narines de Charlie frémirent, mais il garda sagement la bouche fermée. Tous les clubs savaient que Frankie n'était pas porteur de bonne nouvelle. Il était trop heureux d'appuyer sur la détente et de se battre à la première occasion venue.

— D'accord, grogna Preacher. Si nous jouons franc jeu les uns avec les autres, alors c'est ces sacrés Buonarroti qui se foutent de nous. Quelqu'un doit aller rendre visite à Sal et lui demander s'il sait ce que mijote son fils. On a le sentiment qu'il…

La porte s'ouvrit brutalement et, une fois de plus, les armes pointèrent dans cette direction tandis qu'Eva se précipitait dans la pièce. Frankie se laissa glisser sur sa chaise pour disparaître sous la table.

— Je t'ai vu ! hurla-t-elle. Sors de là ! Donne-moi mon sac et mes Converse ! J'avais rendez-vous avec Kami il y a une demi-heure !

Cox se redressa sur son siège.

— Kami ? Où est-elle ?

— J'sais pas de quoi tu parles, ma puce, fut la réponse à la fois étouffée et riante qui parvint de sous la table.

— Oh, Seigneur, marmonna Preacher en se pinçant l'arête du nez.

— PAPA !

— J'suis occupé, Eva chérie, soupira-t-il. Ça peut attendre ?

— NON !

Dieu qu'elle était superbe ! Ses cheveux, longs et sombres, tombaient en douces vagues sur ses épaules. Elle était maquillée comme il ne l'avait jamais vue, et ça lui allait bien car elle paraissait raffinée, bien qu'il n'aimât pas ça. Il ne pouvait voir les taches de rousseur de son nez ou le rose naturel de ses joues. Sa robe en coton léger lui dégageait les épaules et dévoilait ses jambes, dans un style décontracté et sexy. Eva était absolument canon, mais Deuce la préférait en jean baggy taille basse et en tee-shirt court laissant apparaître son ventre. Ses yeux parcoururent son cou, puis se posèrent sur la chaîne en or et sur le pendentif aux couleurs de son paternel qu'elle portait toujours et qu'il savait pendre entre ses seins.

Elle était si furieuse, si accaparée par Frankie qu'elle n'avait pas encore remarqué Deuce. Il la scrutait, essayant en vain de lui envoyer des signaux silencieux.

— Frankie, dis à Eva où sont ses affaires avant que je t'en colle une !

Le corps de Preacher eut un brusque sursaut et un cri se fit entendre sous la table. Frankie en sortit en rampant et se tenant le flanc. Il regarda furieusement Preacher.

— Franklin Salvatore Deluva, lança Eva hargneusement. J'attends.

Se remettant sur pied, Frankie sortit un téléphone de sa poche arrière et le lui envoya. Elle l'attrapa d'une main.

— Où est le reste ? exigea-t-elle déjà plus apaisée.

— Tes Converse sont dans le congélateur, ma puce, lui dit Frankie, un grand sourire aux lèvres.

— T'as mis ses baskets dans le congélateur ? Avec notre bouffe ? s'indigna Dog.

— Yep.

— Beurk.

Eva se mit à taper de son pied nu.

— Mon sac à main, Frankie. Où est-il ?

— Sac à main ? (Joe renifla.) Tu parles de ce sac à patates dans lequel une famille de nains pourrait rentrer ?

Preacher, Dog, Joe, Tiny et Frankie éclatèrent de rire.

Énervée, Eva pivota, prête à sortir de la pièce. Ses yeux trouvèrent ceux de Deuce, et elle se figea alors, perdant l'équilibre. Il se leva vivement, mais Cox était le plus proche et il attrapa la jeune femme par la taille, lui épargnant de tomber et ce qui aurait donné lieu à un sacré débordement.

— Hé, Foxy[1], chuchota-t-il, en souriant.

Elle le regarda en battant les paupières. Il l'aida à se redresser et elle s'éloigna rapidement, lançant un coup d'œil prudent à Frankie.

Le visage de ce dernier était rouge vif, ses poings étaient serrés, ses veines saillantes. Il avait l'air d'un fou furieux – ce qu'il était véritablement.

Preacher roula les yeux.

— Frankie, il l'aidait juste. Arrête ton char immédiatement.

Il n'en fit rien. Son regard haineux restait posé sur Cox. Le biker n'avait jamais reculé face à un défi de toute sa vie, et il ne se déroba pas.

— FRANKLIN ! rugit Preacher.

Boudant comme un gosse de cinq ans, Frankie s'assit et croisa les bras sur sa poitrine.

Eva déglutit difficilement et se tourna vers Frankie, tout en évitant ses yeux.

— Mon sac à main, chéri, dit-elle doucement. J'en ai besoin.

Frankie sembla se calmer quelque peu, et il lui sourit.

— Dans le micro-ondes, ma puce.

Tiny s'esclaffa bruyamment et Preacher secoua la tête.

— Désolée de vous avoir interrompus, dit-elle en se tournant vers Preacher. Je t'aime, papa.

---

1. Jeu de mots avec Fox, le nom de famille d'Eva. *Foxy* signifie également « canon » en français. (*N.d.T.*)

Toi aussi, oncle Joe. Toi, oncle Dog. Et toi aussi, Tiny, mais avec plein de douceur en plus.

Ils se liquéfièrent tous. Elle n'était pas juste une satanée bikeuse ; elle était *la* satanée bikeuse par excellence. Le ciment qui liait les hommes. Eva Fox était la princesse du Silver Demons MC.

Même Charlie semblait ému. Cette fille était douce et lumineuse ; elle aveuglait tous ceux présents dans la pièce.

— Je t'aime, bébé, murmura-t-elle à Frankie.

Le cœur de Deuce se serra.

— Oh que oui, ma belle, répondit Frankie du même ton. Toujours.

Le regard de Preacher passait de l'un à l'autre et il souriait fièrement.

Poussé à bout, furieux, Deuce sortit.

— Mme Henderson vous attend-elle ?

Je fusillai du regard cette pimbêche.

— Oui.

— Vous n'êtes pas sur sa liste du jour, mademoiselle Fox, et j'ai bien peur de ne pouvoir vous laisser monter. Les Henderson n'aiment pas être dérangés durant le week-end.

Mon poing s'écrasa sur le bureau.

— APPELEZ-LA !

L'air renfrogné, elle se détourna et composa le numéro de l'appartement de Kami. Ou plutôt, son penthouse sur deux niveaux avec vue à 360° sur Manhattan.

— Madame Henderson, j'ai ici Mlle Fox qui…

La femme s'affaissa et je sus que Kami la tançait sérieusement. Je pouvais l'entendre hurler dans l'appareil depuis là où je me trouvais.

Elle raccrocha.

— Vous pouvez monter, dit-elle d'un ton vif en détournant les yeux.

— Merci, ricanai-je.

Je me précipitai dans le hall aux allures de basilique avec ses arcs romans, bousculai un Chase perplexe – qui portait de manière surprenante un pyjama en flanelle –, traversai une enfilade de pièces blanches aux meubles gris ou blancs, décorées d'œuvres d'art abstraites, monochromes et singulières – hormis peut-être une tache d'encre après l'explosion d'un stylo –, puis arrivai en trombe dans la chambre de Kami.

Elle était allongée sur son lit de princesse à baldaquin, vêtue d'une combinaison-culotte rose pâle et d'un déshabillé de la même teinte, ses longs cheveux blonds en éventail autour de la tête. Elle feuilletait un magazine de mode.

— Kami ! hurlai-je en me jetant sur elle. Tue-moi !

— Oh, Evie, qu'est-ce qui se passe ? Est-ce que Frankie est redevenu cinglé ?

— Non, chuchotai-je en roulant sur le lit pour la libérer. Eh bien, oui… quand ne l'est-il pas ?

— Je n'aime pas ce type, marmonna Chase, faisant son apparition sur le seuil de la chambre, une carafe à whisky et deux verres à la main.

Il tendit la carafe, me proposant explicitement un verre.

— Oui, s'il te plaît, chuchotai-je.

J'avalai rapidement l'alcool et lui présentai de nouveau mon verre pour qu'il le remplisse. J'engloutis le deuxième tout aussi vite. La brûlure provoquée par le whisky se calma et une douce chaleur se répandit en moi. Je pris une profonde inspiration.

— Je suis entrée dans le bureau de papa ce matin en criant après Frankie, et c'est alors que j'ai vu Deuce, et j'ai trébuché, et Cox m'a rattrapée, et…

— COX ! hurla Kami en se redressant immédiatement. Cox est ici ?

— Qui est Cox ? s'étonna Chase.

— C'est pas tes affaires, lança hargneusement Kami. Oh, mon Dieu ! Evie, il a demandé de mes nouvelles ?

— Hum…

Je jetai un coup d'œil à Chase.

Je savais qu'il était au courant des petites aventures de Kami, tout comme elle des siennes, mais ils n'en parlaient pas, tout du moins, pas l'un avec l'autre. Je n'étais pas sûre de savoir ce qu'il ressentirait en nous entendant en discuter.

Il haussa les épaules.

— Tu peux y aller, Eva. J'en ai rien à foutre de savoir qui elle baise.

— OK, souffla Kami, son regard dans le vide. Je vais aller me changer, et ensuite nous irons directement au club.

— Heu… Kami.

— Quoi ?

— Tu as entendu ce que je viens de dire ?

— Que Cox était ici.

Je lui donnai une tape sur le bras.

— Saleté ! J'ai dit que *Deuce* et Cox étaient ici.

— Qui est Deuce ? s'enquit Chase en buvant une gorgée de whisky.

— Ça ne te regarde pas, lança Kami. Oh, mon Dieu ! Evie, qu'as-tu fait ?

— Rien ! criai-je, enfonçant mon visage dans mes mains. Qu'aurais-je pu faire ? Frankie était juste là ! Tu sais, mon petit copain timbré, hyperprotecteur et aux envies meurtrières ? J'ai flippé en silence et je suis partie ! Maintenant, je flippe en hurlant parce que Frankie n'est pas là !

— Je n'aime pas ce type, marmonna Chase.

— Va-t'en, siffla Kami.

Ignorant la remarque, Chase s'assit au pied du lit. Kami en resta bouche bée.

Il prit une nouvelle gorgée.

— Nan. On est samedi matin. Que serais-je censé faire, bon sang ?

— Te taper ton assistante de dix-huit ans ? suggérai-je.

Kami se mit à rire.

Chase, que cela n'ennuyait visiblement pas, secoua la tête.

— Elle était trop collante. Je l'ai virée.

Kami eut un reniflement méprisant.

— Elle a dix-huit ans, Chase. Tu t'attendais à quoi ?

— Qu'elle ait du plomb dans la cervelle et se rende compte que cela ne menait nulle part, bougonna-t-il. Comment ignorer que je suis marié avec les tonnes de photos qui tapissent mon bureau grâce à toi ? C'est vraiment emmerdant. Qui plus est, des photos qu'elle a eu tout le loisir d'observer quand je la prenais par-derrière.

— Répugnant ! cria Kami. Tu aurais pu au moins les déplacer !

— Nan, répondit-il. J'aime bien te regarder quand je baise d'autres femmes.

— Hum, dit Kami pensivement. Moi je n'aime le faire dans aucune circonstance.

— Ah, répliqua-t-il. C'est pour ça que tu te mets un oreiller sur la tête lorsqu'on couche ensemble.

— Ça l'explique, dit-elle joyeusement.

— Vous êtes trop bizarres, les informai-je.

— Tu le serais aussi si ton père t'obligeait à épouser un parfait imbécile.

Chase leva son verre.

— Un toast à cette déclaration, murmura-t-il.

Kami roula sur le côté et repoussa les cheveux de mon visage.

— Allons faire du shopping, dit-elle doucement. Thérapie par l'achat. C'est Chase qui paie.

Je gloussai.

— Je ne suis pas exactement fauchée, Kam.

— Le mien est gagné honnêtement, déclara Chase. Pas une goutte de sang pour le ternir.

Je lui lançai un regard noir.

— Tu es avocat, Chase. Tu es couvert de sang.

— Pervers, Eva, murmura-t-il d'une voix soyeuse. Ça me plaît.

Je plissai du nez.

— Peut-être que tu devrais boire un café.

Il arqua un sourcil.

— Si j'admets que j'ai un problème avec l'alcool et que je me tourne vers Dieu, cela voudra-t-il dire que tu acceptes enfin de devenir ma maîtresse ?

C'était exactement pour cela que Frankie détestait Chase.

— Mon Dieu, Chase, tu es tellement pathétique. Eva ne coucherait jamais avec toi. Bon sang, la seule raison qui explique que moi, je le fasse, c'est parce que je le dois.

— Eva finira par coucher avec moi, dit-il paresseusement. Tout le monde a son prix. Je n'ai juste pas encore découvert quel était le sien.

N'importe quel être humain normal aurait trouvé cela insultant, mais il s'agissait de Chase et j'y étais habituée. Je décidai donc de le prendre à son propre jeu.

— Chase, ronronnai-je. Tu veux savoir pourquoi tu n'auras jamais cela ? lui demandai-je en désignant mon corps.

— Dis-le-moi, je t'en prie, répondit-il, les yeux fixés sur ma poitrine.

— Parce que, chéri, je suis une chatte sauvage et qu'on ne peut pas acheter un tel animal. Les chattes sauvages n'aiment pas qu'on leur jette de jolies choses et qu'on s'attende en retour qu'elles dansent la samba sur la queue de quelqu'un. Les chattes sauvages ne concluent pas de marché. Elles vivent libres, pour elles-mêmes, et le font où cela leur chante – un lit, un canapé, le coffre d'une voiture, contre le mur d'une ruelle – et en rient tout du long. Je te connais depuis un moment maintenant, Chase. Je sais que tu n'as jamais connu de chatte sauvage, et que tu n'en connaîtras jamais. Les chattes sauvages ne se tapent pas de mecs coincés. Et il est plus que sûr qu'elles n'aiment pas les boxers en soie.

Chase était bouche bée.

Le rire aigu de Kami se répercuta à travers l'immense chambre.

— Il est temps d'aller faire des emplettes, dit-elle d'une voix chantante.

— Prends-moi des caleçons en coton, tant que tu y es, marmonna Chase.

— Occupe-t'en toi-même !

— Impossible. Je vais me caresser toute la journée en rêvant au superbe minou d'Eva, vision qu'elle m'a si gracieusement offerte.

Kami et moi-même passâmes la journée à faire les magasins – merci, Chase. Grâce à lui, Kami pouvait faire du shopping des semaines entières sans s'en lasser, et moi, je pus me tenir éloignée du club.

Vers vingt-trois heures et après plusieurs verres dans un bar du quartier, le chauffeur de Kami nous conduisit au club. Trois Harley à l'immatriculation du Montana étaient garées devant, et Kami était totalement excitée.

Pour ma part, j'étais complètement anxieuse.

Nous les trouvâmes dans le spacieux salon avec plusieurs de mes Demons et des nanas. Mick en avait une installée sur les genoux, et Cox était en plein débat houleux avec mon cousin Trey. Pas de Deuce. Je ne savais pas si je devais en être soulagée ou déçue.

À la seconde où nous passâmes le seuil, Cox et Kami ne se lâchèrent plus du regard.

— Ma puce, grogna-t-il, tu m'as planté au milieu de la nuit. Je dors mal depuis.

Kami eut un large sourire.

— Aurais-tu besoin que je t'épuise ?

Cox traversa la pièce comme une fusée, la souleva de terre et prit la direction de l'escalier.

— Seigneur, marmonna Mick.

— Premier étage ! criai-je dans leur dos. Y a des lits de libre ! (Puis, je me tournai vers Split, un Demon.) Où est Frankie ?

Son visage se fendit d'un sourire.

— Il est tombé raide y a un bon moment. Il a fallu qu'on s'y mette à trois pour le trimballer en haut.

Je déposai un baiser sur sa joue, fit un signe de la main à Trey et me tournai pour partir.

J'avais gravi la moitié de l'escalier lorsqu'une main imposante s'abattit sur mon épaule. Je me dégageai rapidement de la poigne de Mick.

— Je t'interdis de me toucher, lui dis-je d'un ton égal.

Il haussa les sourcils.

— Je n'impliquais rien, ma belle. Je voulais juste m'excuser pour ce qui s'était produit la dernière fois que nos chemins se sont croisés. Deuce est mon président et un frère, j'ai de l'amour pour lui, tu comprends ?

— Oui, je te comprends très bien, lançai-je hargneusement. Mais cela ne change en rien la manière dont tu m'as traitée alors que tu ne savais rien de moi ! Alors n'oublie pas que tu te trouves dans mon club, avec mes gars, et que si tu agis mal envers qui que ce soit, je t'écraserai.

Il me dévisagea.

— Tu es devenue plus dure. Tu t'enflammes plus vivement. La vie a prélevé son dû, hein ?

Je cillai et ce fut le visage de Deuce qui m'apparut.

« Tu es une chouette gosse, ma belle. Une douce et gentille gamine. Promets-moi de ne pas changer, hein ? Quoi que tu vois, quelles que soient les merdes qui t'arriveront, tu ne laisseras pas cette vie te rendre amère. »

Je n'étais pas dure, n'est-ce pas ? Pas amère le moins du monde, en tout cas. Non ? Pourquoi me sentais-je soudain prête à pleurer ?

— Qu'importe, Mick. Contente-toi de rester éloigné de moi et de ne rien foirer.

Il sourit.

— Bien reçu, ma belle. Tu aimes le club, et j'admire ça chez une régulière. J'ai entendu chanter tes louanges toute la journée.

Je le fusillai du regard.

— Je ne suis pas une régulière.

— Tu es bien dans le lit de Frankie ?

— Nan, lui renvoyai-je. Frankie est dans le mien.

Tournant les talons, je le laissai encaisser le coup.

Après avoir laissé mes sacs de courses dans ma chambre et avoir débarrassé Frankie de ses bottes et de son jean, je redescendis. Je poussai la porte de la cuisine en bâillant et cherchai l'interrupteur de la main. J'allumai.

Je me frottai les yeux de la paume des mains et me traînai jusqu'au frigo pour y attraper une boisson énergétique, puis me tournai pour quitter la pièce.

Je lâchai ma bouteille.

Deuce était là, appuyé contre le mur opposé – à quelques centimètres à peine de l'interrupteur – le pantalon aux chevilles, les mains enfouies dans une chevelure blonde décolorée. Je revins brusquement trois ans en arrière, dans la cuisine de Deuce, à voir Miranda sur ses genoux.

— Qu'est-ce qui se passe, Seigneur ? murmurai-je d'une voix rauque.

La fille redressa brusquement la tête ; Deuce la repoussa et eut un rire amer.

— Quoi ? Tu te tires en douce de mon lit pour aller directement te jeter dans les bras de Frankie, et après tu as le culot de me demander ce qui se passe ?

Sa partenaire eut à nouveau un mouvement de recul, et il la repoussa une seconde fois.

— Si tu t'arrêtes, je t'en colle une, menaça-t-il.

Je le regardai bouche bée.

— Tu me dégoûtes, m'étouffai-je.

— Ouais.

— Non, *vraiment*. Tu me dégoûtes.

— Ouais, chérie, je sais.

Furieuse, rompue, me sentant étrangement trahie et le cœur brisé – sans oublier tout un tas d'autres émotions sur lesquelles il m'était impossible de mettre un nom tant mon cerveau s'emballait – j'essayai en vain d'analyser la situation présente, puis me précipitai vers la porte. Deuce agrippa mon avant-bras d'une poigne ferme.

Les larmes me brûlaient les yeux.

— Laisse-moi partir !

— Non.

— C'est malsain, chuchotai-je.

— Ouais, ma belle, répondit-il du même ton. Mais je m'en fous.

Il me tira sur le côté d'un coup sec et je trébuchai sur les pieds de la fille. Deuce m'attira vers lui et je tombai contre sa poitrine, juste au-dessus de la blonde.

Mon ventre se retrouva contre la tête de cette dernière, tandis que je chevauchais son dos. J'allais d'avant en arrière avec elle pendant qu'elle continuait de le sucer.

Les lèvres de Deuce touchaient presque les miennes. Il respirait bruyamment, son haleine chaude sentant fortement le rhum. En fait, c'était tout son corps qui dégageait cette odeur, comme s'il en était imprégné.

— Je crierai, sifflai-je.

— Vas-y, me lança-t-il en réponse. J'en ai rien à taper.

Mon Dieu, c'était vraiment le cas. Ses superbes yeux semblaient vides. Mais je ne hurlerais pas. Mes cris auraient pour conséquence la mort de

Deuce. Et je l'aimais bien trop pour être la cause de ce coup fatal.

— Laisse-moi juste partir, murmurai-je, tu es bourré.

— Ouais. Par ta faute, ma belle. J'ai tellement envie de toi que j'en ai mal.

Une douleur et un regret si violents me submergèrent si brutalement que mes genoux cédèrent. Deuce me saisit sous les bras et me remit d'aplomb.

— Un seul putain de baiser, ma belle, murmura-t-il.

J'étouffai un sanglot.

— Deuce, dis-je à travers mes larmes, s'il te plaît, ne fais pas ça. C'est complètement tordu.

— C'est comme ça, chérie. J'ai toujours été complètement tordu. Pour je ne sais quelle fichue raison, tu ne t'en es jamais rendu compte. Enfin, tu le comprends maintenant, alors silence. Laisse-moi t'embrasser et croire que cette bouche autour de ma queue est ta douce chatte.

— Deuce, s'il te plaît…

— Ouais, souffla-t-il dans ma bouche, continue de supplier.

— Va te faire foutre.

— Non, ma belle. (Il me relâcha et ses mains agrippèrent de pleines poignées de mes cheveux.) Toi, va te faire foutre.

Il enfouit sa langue dans ma bouche et resserra sa prise sur mes cheveux pour me maintenir en place. Il jouit quelques instants plus tard, et je fondis en larmes.

— S'il te plaît, je t'en prie, suppliai-je, laisse-moi partir.

Ses narines frémirent.

— Te laisser partir ? siffla-t-il. Te laisser partir ?

Il me repoussa sur le côté, je trébuchai sur les jambes de sa conquête et atterris rudement sur les fesses. Deuce envoya la fille valser et remonta son jean. Il me jeta un regard noir.

— J'ai essayé de te laisser partir pendant plusieurs fichues années, dit-il durement. Et j'ai toujours pas compris comment y arriver.

Sans voix, je le suivis des yeux tandis qu'il quittait la cuisine à grandes enjambées.

La fille, qui, je venais juste de m'en rendre compte, était Lynn – la préférée de mon oncle Joe –, s'essuya la bouche du dos de la main et me jeta un coup d'œil.

— Les bikers, Eva, souffla-t-elle. Que des timbrés.

— Ne dis rien à Joe, demandai-je à voix basse.

— Ne t'en fais pas pour ça, ma douce.

J'entendis une Harley qui démarrait en grondant, puis le bruit s'évanouit. Était-ce la dernière fois que je voyais Deuce ? Je me suis posé la question cinq années durant.

Puis, une nuit d'été, j'eus la réponse.

9

Deuce coupa le contact, posa sa béquille au sol et étudia la ferme qui lui faisait face. Mick vint s'arrêter à son côté. Cinq autres de ses hommes suivaient.

— T'es sûr de ta décision, prés' ? demanda Ripper en s'appuyant sur son guidon.

Même dans l'obscurité, Deuce pouvait distinguer les horribles balafres qui marquaient tout le côté droit de son visage. Son œil avait disparu, une partie de sa bouche était tailladée, figée en un rictus monstrueux. Les dégâts étaient pires sur son torse. Merci, Frankie le Timbré, pour ce cadeau ! Car c'est lui qui avait infligé cela à Ripper environ deux ans plus tôt. Frankie adorait torturer avant de tuer. Heureusement, Ripper était parvenu à s'enfuir avant.

— Comment peux-tu poser la question ? intervint Mick. Après ce qu'il t'a fait !

Ripper haussa les épaules.

— Tu fais erreur, Mickey. Je veux voir ce salaud mort bien plus que n'importe lequel d'entre vous.

Deuce n'en était pas si sûr.

— Mais je m'inquiète pour le club, reprit Ripper. Si on passe à l'acte et qu'on se fait Frankie, nous serons en guerre contre Preacher. Une guerre totale. Et les choses ne seront pas faciles. Ce sera même un carnage.

Deuce reporta son attention sur le bâtiment. De la musique s'en échappait à plein volume ; des motos et quelques pick-up étaient garés dans le champ. À travers les fenêtres éclairées, il pouvait voir des gens en train de danser, bière à la main. C'était une fête de MC typique.

Mais il n'était pas là pour s'amuser. Il était venu pour liquider le vice-président des Silver Demons.

Il regarda à nouveau ses hommes.

— Soit nous sommes tous d'accord, soit nous partons.

Tag, ZZ, Cox, Mick et Jase firent un signe d'assentiment. Deuce se tourna vers Ripper. Ce dernier avait les yeux fixés sur la maison.

— Nous sommes assez nombreux pour nous dresser contre Preacher. Nous avons le réseau qu'il faut, l'argent, les Russes… merde, on a même certains des contacts de Preacher prêts à se rallier à nous si on y met le prix ! Alors ? Allons-y. Il est temps d'abattre ce chien enragé.

Deuce eut un mouvement de tête en direction de Cox.

— Toi et moi, on entre. Tag et ZZ, vous vous positionnez à l'arrière. Mick et Jase, restez devant, et Ripper… Tu te contentes d'attendre. Je traînerai ce connard jusqu'à toi, et tu pourras lui régler son compte, à cet enfoiré.

Ripper eut un sourire difforme.

— Y a pas de doute, tu sais comment motiver tes hommes, prés'.

— Je fais de mon mieux, répondit-il d'un ton sec.

Il attrapa le bras de Cox.

— Souviens-toi, on doit se montrer cool. Frankie sait qu'on a une dent contre lui. Donne l'impression d'être là pour t'amuser. Prends un verre, mais ne te bourre pas la gueule et ne drague pas. Garde l'œil sur ton téléphone.

— Compris.

Se taper une fille lors de la fête d'un MC était chose plutôt facile ; elles étaient en général partantes. Mais Cox étant Cox – tête rasée, piercings et tatouages sur tout le corps – il les attirait toutes sans même lever le petit doigt. Elles apparaissaient comme par magie et étaient à genoux devant lui.

Ils entrèrent et se séparèrent. Les Demons étaient partout. Deuce remarqua quelques blousons aux couleurs des Red Devil qui erraient parmi la foule, et quelques autres types n'appartenant à aucun club. Il ne faisait malgré tout aucun doute que les Demons dominaient. Il se dirigea vers la cuisine, effaroucha un inconnu, repoussa une nana accrochée à ses basques, puis déambula, se familiarisant avec les lieux.

— Horseman ! lança une voix familière.

Une lourde main s'abattit sur l'épaule de Deuce.

Il se tourna pour faire face à un crétin de cent cinquante kilos couvert de sueur.

— Tiny, répondit-il d'une voix égale.

— Qu'est-ce que tu fous en Virginie ?

— De passage.

— Veinard. Y a de la chatte en folie ici. Et de la came aussi.

Ces imbéciles qui sniffent ce qu'ils sont censés vendre… Vraiment cons.

— J'vais me chercher une meuf d'abord. Je suis sur la route depuis des semaines. Tu restes dans le coin ?

Tiny se frappa le biceps.

— Tire ton coup et viens me voir. J'ai des petites affaires en cours qui pourraient t'intéresser.

Deuce roula les yeux puis se remit en marche, enjambant des types ivres morts et des couples en plein ébat, soûls eux aussi. À l'arrière du bâtiment, il atteignit une véranda qui courait sur tout son long. Il s'arrêta et observa les lieux.

Appuyé contre le mur, détendu, coincé dans une longue file de Demons, se trouvait ce salaud de Frankie, le regard toujours aussi fou. Mais bien plus baraqué qu'avant.

Ses longs cheveux châtains étaient ramenés en chignon, dévoilant la toile d'araignée tatouée sur sa nuque, où se mêlaient de grosses cicatrices. Sa barbe était longue, en bataille, et son tee-shirt faisait ressortir ses muscles.

Deuce pouvait bien le dépasser de quelques centimètres, il n'en restait pas moins qu'ils étaient physiquement de puissance égale. Et ce type étant barge, Deuce n'était pas tout à fait sûr de remporter la rixe.

Frankie et ses yeux fous contemplaient quelque chose de l'autre côté de la pièce. Deuce regarda dans cette direction.

Merde.

Son tee-shirt Harley noir au col déchiré tombait sur son épaule, dévoilant un nouveau tatouage de fleurs aux couleurs vives. Elle portait un pantalon moulant en cuir et, aux pieds, des Converse argentées. Ses cheveux sombres et ondulés avaient encore poussé, atteignant presque ses fesses. Elle avait pris un peu de poids, ce qui n'était pas mal. Combien de temps s'était-il écoulé depuis qu'il l'avait vue pour la dernière fois, quand il s'était conduit comme un goujat ? Quatre ans ? Cinq ? Elle devait avoir la trentaine à présent. Elle ne les faisait pas. On penserait qu'elle avait à peine vingt ans.

Il la désirait toujours. Et pas qu'un peu.

Il reporta son attention sur Frankie. Obnubilé par Eva, il n'avait pas cillé. Chaque partie de son corps était tendue vers elle.

Dingue. Complètement dingue et flippant.

Eva discutait avec une femme plus âgée qui semblait usée et portait des chaussures de strip-teaseuse ; une brebis – quand elle releva la tête. Ses yeux rencontrèrent ceux de Frankie, qui s'enflammèrent sous l'effet de la possessivité et de la… folie.

Eva tendit sa bière à sa voisine et se dirigea vers le Demon. Ce timbré avait le regard rivé sur elle tel un vautour qui observe sa proie.

Lorsqu'elle l'atteignit, il enroula son bras autour de sa taille et l'attira contre lui. Il baissa la tête, sa bouche venant couvrir celle d'Eva, qu'il dévora. Elle le prit par la nuque et s'appuya contre lui, lui rendant son baiser avec la même sauvagerie.

Deuce les considérait, poings serrés, la poitrine méchamment douloureuse.

Frankie repoussa Eva.

— J'ai des trucs à faire, ma puce, hurla-t-il pour couvrir la musique. Reste là jusqu'à ce que je revienne, ou ça se passera sacrément mal et tu sais que je n'y tiens pas. Mais je le ferai si tu ne m'écoutes pas.

Elle opina. Elle *opina*, Seigneur.

Frankie disparut par la porte arrière.

Deuce se détourna, attrapa son téléphone dans sa poche et appela Cox. Ce dernier répondit à la première sonnerie, la respiration lourde. Le bruit d'une peau claquant contre une autre se fit clairement entendre dans l'appareil.

— Ouais ?

— On a un problème.

— Merde. Lequel ?

— Eva.

— Elle est ici ?

— Ouais.

— Aïe.

— Ouais.

— Et Kami ?

Deuce ferma les yeux.

— Non, idiot. Kami n'est pas là.

— Mince.

— Cox, appelle les gars. Dis-leur de rejoindre Ripper et de rester avec lui jusqu'à ce que je trouve une solution.

— Compris.

Il enfouit son téléphone dans sa poche et revint sur ses pas. Après avoir attrapé au vol une autre bière, il s'engagea dans la cuisine. La porte de la pièce se refermait à peine derrière lui qu'il sentit le canon d'un flingue pressé contre sa tempe. De surprise, il en laissa tomber sa boisson.

— Quoi de neuf, connard ? Tu crois que je ne t'avais pas vu, planté là à m'observer ? Tu crois que je ne sais pas que tu es là spécialement pour moi ? Ça fait un moment que je vous attends. J'ai bien cru que t'en avais rien à foutre que j'aie tailladé ton frangin, mais te voilà. Ça t'a pris du temps.

Deuce resta silencieux. Rien de ce qu'il pourrait dire ne ferait reculer Frankie. Il fallait réfléchir vite, ou c'était la mort assurée. L'autre timbré ne perdait pas de temps. Il joua donc la seule carte en sa possession : Eva.

— J'ai vu ta meuf. Elle a l'air en super forme.

La pression du canon sur la tempe de Deuce se fit plus forte.

— C'est ma femme, et t'as pas à la reluquer. Ceux qui le font ne se relèvent pas.

Femme ? Dieu tout-puissant.

Il haussa les épaules.

— Elle t'a jamais dit pour nous deux ?

Frankie se raidit.

— Y a rien à raconter, gronda-t-il.

Parfait. Absolument parfait. Ce crétin y allait tête baissée.

— T'as pas eu le privilège d'être le premier, petit. Moi, si. Au barbecue des Demons, y a à peu près quatorze ans. Juste après qu'elle t'a envoyé bouler, je l'ai collée contre un mur, une main sur son sein, deux doigts entre ses cuisses, et ma langue si loin dans sa bouche que je pouvais sentir les battements de son cœur. Elle a adoré, elle était même prête à bien plus. Elle se rappelait même pas ta saleté de nom, vu qu'elle murmurait le mien. Sa première fois, ça aussi je l'ai eue. Je l'ai déshabillée et prise dans une ruelle sous la pluie battante. Elle me suppliait de le faire.

Frankie prit une telle inspiration que Deuce sentit l'air se raréfier autour de lui. Il était temps de passer à l'acte. Il balança son coude dans la poitrine de son rival, attrapant en même temps le canon de l'arme puis le bras de Frankie qu'il tordit, le faisant tomber au sol. Une main toujours sur l'avant-bras de son adversaire, il posa sa botte sur son épaule et tira. Ce malade ne cria même pas lorsque son épaule se déboîta, ni même ne tressaillit.

Dingue. Complètement dingue.

Appuyant l'arme de Frankie contre le front de ce dernier, il se pencha sur lui.

— Tu sais comment j'ai su que j'étais le premier ? Sans compter le fait qu'elle était sacrément étroite ? Parce qu'elle est tombée à genoux et a sucé son propre sang sur ma queue. Elle savait même pas ce qu'elle faisait, mais elle l'a fait et m'a laissé venir dans sa bouche. Alors, tu vois, le nombre de fois où tu as pu la baiser ne compte pas : elle m'appartient. Tu peux t'étouffer sur cette nouvelle pendant que ta cervelle se répand partout au sol.

— Si tu me tues, dit Frankie avec un calme sinistre, tu tueras Eva.

Il cilla.

— Quoi ?

— Eva. Je meurs, elle meurt.

— Et tu t'y prends comment ?

Frankie eut un large sourire.

— Comme cadeau de mariage, j'ai passé un contrat sur sa tête. Je meurs, elle meurt. Elle est à mes côtés dans la vie et dans la mort. Comme cela devrait être.

Deuce se contenta de le dévisager.

Encore et encore.

Il n'y avait pas grand-chose dans ce monde infâme qui pouvait le choquer. Il avait été témoin de beaucoup d'horreurs durant les quarante-huit années de sa vie, et la plupart lui étaient arrivées personnellement. Si souvent d'ailleurs qu'il n'était pas surpris quand la moindre crasse lui tombait dessus. Mais ce qu'avait dit Frankie avec tout le sérieux possible, qu'il avait mis à prix la tête d'Eva, la femme qui l'avait obsédé toute sa vie, l'avait totalement ébranlé.

Ce qui signifiait aussi que Frankie devait mourir. Mais sachant que la vie d'Eva était en danger, il fallait pour le moment trouver une solution.

Visant toujours Frankie avec le revolver, Deuce prit son téléphone et appela Mick. Deux par deux, ses hommes firent leur apparition à ses côtés, formant un cercle autour du fou à lier. Deuce leva la main, paume dressée, les informant silencieusement de ne pas emmener Frankie dehors.

— Lève-toi, espèce de timbré, gronda Ripper.

Frankie se remit sur pied, son bras pendant mollement. Il leur tourna le dos et se tint contre la maison. Il souleva son épaule, poussa, et elle se remit en place. Tout le monde avait les yeux rivés sur lui. Ce connard avait un cran d'enfer.

Il se frotta le haut du bras, concentré sur Ripper.

— Beau visage, pauvre type. Si j'étais toi, j'aurais demandé à être fini. Maintenant, tu vas ressembler toute ta vie à Freddy Krueger[1].

La main de Ripper qui tenait son arme se mit à trembler. Jase lui attrapa le poignet et le dissuada.

Frankie eut un sourire narquois aux lèvres.

— Vous êtes tous des salopes. Vous pleurez sur vos cicatrices comme des fillettes.

Frankie se tourna vers Deuce.

— Donc, je me suis tapé les restes des Horsemen durant toutes ces années. La garce aurait au moins pu choisir un président de club qui vaille le coup d'être baisé.

Furieux, Deuce fit un pas en avant.

La main de Mick s'abattit sur son épaule et la serra.

— Il nous cherche, prés' chuchota-t-il. Ce barjot veut que l'un de nous s'en prenne à lui.

Frankie attrapa la cigarette qu'il avait derrière l'oreille et sortit un Zippo de sa poche de

1. Personnage de fiction monstrueux issu du film d'horreur *Les griffes de la nuit*, réalisé par Wes Craven en 1984. (*N.d.T.*)

devant, l'air insouciant, tandis que les sept hommes se tenaient prêts à tirer.

Il en tira plusieurs longues bouffées avant de reprendre la parole :

— Je savais qu'elle était plus vierge la première fois que j'ai couché avec. Elle pleurait comme si c'était le cas, mais je savais que non. Elle a jamais voulu me dire qui l'avait déflorée. J'essaie de la faire parler depuis des années. Elle dira rien parce qu'elle sait que je le tuerais.

La poitrine de Deuce se serra. Elle le protégeait de ce timbré de Frankie. Devait-il se sentir insulté qu'elle le croit incapable de se défendre ou devait-il être le plus heureux des hommes car elle se souciait encore de lui ?

— T'es sacrément tordu, cracha ZZ.

— Ouais, mais maintenant ça n'a plus d'importance, siffla Jase, parce qu'il est mort.

Frankie les ignora.

— Sachant qu'il s'agit de toi, tout s'explique maintenant. Cette garce pleure dans son sommeil, dit des trucs auxquels je comprends rien, mais elle est toujours en train de tripoter ce médaillon qu'elle a autour du cou et de le serrer fort quand je la baise. J'y ai jamais vraiment accordé beaucoup d'importance, vu qu'elle l'a eu presque toute sa vie, mais c'est toi qui lui as donné, hein ?

Deuce resta silencieux. Répondre n'était pas nécessaire. Frankie le savait.

— Tu dois comprendre, reprit l'autre fou, que je digère plutôt mal cette foutue histoire.

Tap rit.

— Et pourquoi Deuce devrait s'en préoccuper, connard ? C'est pas lui qui a sept flingues pointés sur la tête.

Frankie, comme toujours, ne semblait pas se soucier d'autre chose que d'Eva.

— Je suppose que ce sera le cas lorsque je lui arracherai les intestins et que je demanderai à Eva de décorer notre sapin de Noël avec.

— Prés', qu'est-ce qu'on attend ? s'impatienta Tap. Tue-le.

Frankie eut un large sourire, un sourire démoniaque, sadique, à tel point que Deuce en eut des frissons.

— Votre président ne vous laissera pas me descendre, dit Frankie d'une voix traînante. N'est-ce pas, président ?

— Non, dit-il d'une voix atone.

— Quoi ? hurla Tap. Regarde-nous !

Deuce dévisageait intensément Frankie, le cœur empli de haine.

— S'il meurt, Eva meurt. Cet enfoiré a mis sa tête à prix.

— Bon sang, souffla Jase.

— OK, on ne peut pas le tuer, intervint Ripper en sortant son téléphone de sa poche. Mais on ne le laissera pas partir, donc il peut aussi bien commencer à décorer des sapins de Noël.

— Salut, Gina. C'est Ripper… ouais, ma belle, je sais… ma belle… attends, je… non, je me suis excusé pour ce truc… MA BELLE… Ouais, avec un SMS, qu'est-ce que tu veux, à la fin ? Un télégramme chanté ? Tu voudrais pas la boucler et m'écouter ? J'ai besoin que tu vérifies un Franklin Deluva pour moi et me dises ce que tu trouves.

Frankie, l'air de s'ennuyer, était appuyé contre le mur de la maison, souriant dans le vide d'un air narquois.

Ripper éloigna le téléphone de son oreille et lui lança un regard noir. Lorsque Gina cessa de hurler, il le replaça contre sa joue.

— Deluva, c'est ça. D-E-L-U-V-A… oui.

Il y eut une longue pause durant laquelle Ripper se mit à sourire.

— C'est parfait… putain, je suis fou de toi, là… (Une autre longue pause.) Ah, Seigneur, Gina, ne recommence pas…

Deuce attrapa l'appareil et appuya sur la touche mettant fin à la communication.

— Ça t'ennuierait de nous mettre au parfum ? grogna-t-il.

— Il y a quatre mandats d'arrêt à son nom pour agressions, et il est peut-être impliqué dans deux affaires de meurtres. Gina est à six heures d'ici donc elle contacte un certain Crank qui, lui, est dans le coin. Il devrait arriver dans cinq minutes.

Jamais Deuce n'aurait pensé être un jour heureux que Ripper soit un chasseur de primes, compte tenu que son équipe nageait en plein dans l'illégalité. Et pourtant, si.

— Tap, tiens-toi à la porte de devant, Jase à celle de derrière. Assurez-vous que tout soit OK jusqu'à ce que ce truc soit réglé.

La dernière chose dont ils avaient besoin était un face-à-face Demons-Horsemen.

— Quant à toi, Ripper, débarrasse-toi de Nikki et fais plutôt monter à l'arrière de ta bécane cette Gina.

— Hé, mec, intervint Mick, Nikki est une conne.

Ripper haussa les épaules.

— Ouais, mais elle a une poitrine de rêve.

ZZ s'étouffa de rire.

— Parce que t'as payé pour qu'elle le soit.

Ripper fit un doigt d'honneur à ZZ.

— Gina pige vite et ne foire jamais. Pourquoi irais-je m'envoyer en l'air en attendant ?

Il rit.

— Tu vas vraiment oser nous déclarer que t'as rien à te taper à part Gina et Nikki ? Quelles conneries. Depuis que tu as eu le visage bousillé, ces traînées se précipitent pour que tu souffres moins. Je vois ta queue si souvent qu'on pourrait penser que je te saute.

— Ouais, mec, jamais tu la ranges.

Ripper fusilla ZZ du regard et ce dernier haussa les épaules.

— Quoi ? Personnellement, j'en ai assez de la voir.

— Tap !

— Prés' ?

— Trouve qui a accepté le contrat de Frankie à propos d'Eva. Utilise tous ceux dont tu as besoin : les Russes, les Japs, fais payer tous ceux qui me doivent une faveur, j'en ai rien à foutre. Contente-toi de trouver les types et de les buter.

— Je m'y colle.

Tap attrapa son téléphone et s'éloigna.

— Prés' ?

Deuce se tourna pour découvrir Jase et… Eva. Ses yeux pleins de larmes étaient fixés sur Frankie.

Aïe.

— Elle est sortie, expliqua Jase, elle cherchait Frankie. Elle t'a entendu.

— Tu as placé un contrat sur ma tête ? murmura-t-elle.

Frankie ne souriait plus. Eva fit un pas vers lui, et Cox s'interposa entre eux, posant le canon de son arme sur la gorge de Frankie.

— Ne t'approche pas de lui, Foxy.

— Pourquoi, chéri ? dit-elle à voix basse. Qu'est-ce que je ne t'ai pas donné dont tu avais besoin ?

Frankie cilla.

— Ne pleure pas, ma puce, dit-il calmement. J'essayais pas de te faire du mal, je te voulais juste pour toujours. J'peux pas dormir sans toi, et mourir, c'est dormir pour toujours. J'peux pas dormir pour l'éternité sans toi.

Les larmes d'Eva inondèrent son visage et Frankie se raidit.

— Je t'aime tellement, bébé, chuchota-t-il. J'ai pensé que tu voudrais être avec moi à tout jamais.

Laissant échapper un sanglot étranglé, Eva tenta de se rapprocher de lui. Il eut un brusque mouvement en avant pour l'attraper, mais ZZ fut plus rapide. Tenant la jeune femme par la taille, il la tira vers l'arrière.

— Non ! hurla-t-elle en le rouant de coups, laisse-moi avec lui !

En voyant Eva lutter, hors d'elle, le visage de Frankie se fit de glace. Son regard passa à Cox. Les choses allaient mal tourner.

— Cox ! brailla Deuce.

Frankie attrapa l'arme, donna un coup de boule à Cox puis se laissa tomber à genoux. Il envoya un coup dans les testicules de Cox, puis sauta sur ses pieds, l'arme pointée sur Deuce.

Ce dernier ne réfléchit pas. Instinctivement, il fonça sur Frankie et tous deux roulèrent au sol. Il le frappa à son épaule endommagée et se débrouilla pour faire mordre la poussière à son adversaire.

Cox était allongé au sol, les mains en coupe sur ses attributs, grognant qu'il ne serait plus jamais capable de les utiliser. Eva hurlait, hystérique, tout en luttant violemment, et ZZ avait des difficultés à la maintenir.

— Je trouverai un moyen pour mettre un terme à ta vie, connard, souffla Deuce dans l'oreille de Frankie.

Ce dernier rit.

Il riait encore quand des phares illuminèrent l'allée.

Crank était un type baraqué. Cet ancien marine n'eut aucun problème à s'emparer de Frankie et à l'enchaîner à l'arrière de son véhicule. Certes, ce n'était pas la meilleure issue possible, mais c'était mieux que rien. Eva serait en sécurité jusqu'à ce que Deuce règle ce que la folie de Frankie l'avait poussé à faire.

Et en parlant de folie…

— Non ! hurlai-je, luttant pour me libérer tandis que Frankie était emmené. Mon Dieu, non ! Vous ne pouvez pas faire ça ! Il n'y survivra pas !

Il était impossible que Frankie aille en prison. Il ne tiendrait pas. Ne pourrait pas dormir. Ou jouer le jeu avec les autres. C'était un désastre annoncé.

— Bien, ricana Mick. Espérons qu'il ne survive pas plus de cinq secondes.

Je tournai vivement la tête dans sa direction.

— Connard ! hurlai-je. Tu peux pas t'empêcher de l'ouvrir ? Toujours à te mêler de ce qui ne te regarde pas !

— Calme-toi, Eva, gronda Deuce.

Je cessai de me débattre et le regardai fixement. Avait-il perdu l'esprit ? Mon mari était envoyé à la mort, et il me disait de me calmer.

Je laissai échapper un hurlement à glacer le sang, me libérai de l'étreinte de ZZ en me tordant, et me jetai sur Deuce.

— Salaud ! criai-je, lui envoyant des coups, griffant tout ce qui me tombait sous la main. Salaud !

Il ne lui fallut pas longtemps pour me mettre à terre. Me chevauchant et clouant mes poignets au-dessus de ma tête, il me foudroya du regard. Je remarquai avec joie sa lèvre gonflée, son nez sanglant et ses joues balafrées.

— Qu'est-ce que c'est que ça, Eva ? rugit-il. Tu découvres que ton homme a mis ta tête à prix et tu m'attaques, moi ?

J'étais à tel point énervée, en colère, peinée… Je me sentais absolument sans défense, détruite, déchirée. Cela faisait maintenant si longtemps que je prenais soin de Frankie, et j'étais si fatiguée. Ce n'était pourtant pas sa faute s'il était malade et s'il percevait les choses différemment.

Quant à Deuce, pour qui se prenait-il ?

— Pour qui te prends-tu ? lui demandai-je dans un hurlement.

— Le crétin qui essaie de te sauver la vie, connasse !

— Connasse ? *Connasse !* Épargne-moi tes faveurs ! Je n'ai jamais eu besoin de ton aide, et je n'en ai pas besoin maintenant !

Ses yeux bleus s'enflammèrent. Il baissa son visage vers le mien.

— Idiote, grogna-t-il, nous sommes venus ici pour butter ton mari. Que se serait-il passé s'il ne nous avait pas parlé du contrat ? Hein ? Réponds !

Je rassemblai autant de salive que je le pus et lui crachai à la figure.

— Va te faire voir ! criai-je avant de frapper son front du mien.

Ma vision se brouilla. Ce n'était définitivement pas aussi cool que cela en avait l'air dans les films. Deuce fit passer mes deux poignets dans l'une de ses mains et appuya sa paume contre mon front, maintenant ma tête au sol ainsi.

— C'est bon, t'as fini ? rugit-il.

Oh que non.

— La dernière fois que je t'ai vu, tu te faisais sucer par une brebis tout en essayant de me rouler des pelles en même temps ! La fois précédente, je t'ai trouvé dans la cuisine avec une traînée quasi nue sur les genoux seulement quelques heures après que tu avais couché avec moi ! Tu me dégoûtes, Deuce ! T'es une ordure ! Qu'est-ce qui te fait penser que je te serais reconnaissante de quoi que ce soit ?

Les yeux de Deuce lui sortaient de la tête ; son corps tremblait de fureur. Avoir un tueur de sang-froid penché sur vous avec une expression meurtrière aurait affolé n'importe qui, mais moi, j'étais dans un autre monde. L'adrénaline était plus puissante que n'importe quelle drogue, et je planais totalement.

Même l'arme de Mick appuyée contre ma joue ne parvenait pas à me refroidir.

— Calme-toi ! gronda ce dernier.

— Vas-y, fais-le, lançai-je entre mes dents. Je t'en défie, connard. Abats chaque Demon que compte ce foutu pays !

— Arrête, Eva ! mugit Deuce.

Je reportai mon attention vers lui.

— Dis-lui de le faire, sifflai-je. Mais laisse-moi d'abord fermer les yeux. Je ne veux pas que ton horrible visage soit la dernière image que j'emmène avec moi.

Ses narines frémirent.

Mick eut un brusque mouvement de la main.

Et ce fut la dernière chose que je vis… pour un petit bout de temps.

10

Deuce sortit à grandes enjambées du bureau d'un motel où l'on pouvait louer les chambres à l'heure, trois clés en main. Il en jeta une à Mick, l'autre à Jase.

— Et quoi ? se plaignit ZZ. Il n'y a que deux lits par chambre.

— Tu dors par terre, lui dit Ripper.

— Tu peux te brosser, lui renvoya-t-il. Toi et Cox vous pouvez en partager un ; c'est pas comme si vous ne partagiez pas tout le reste.

Ripper eut un large sourire.

— Les quelques meilleurs jours de ma vie.

— En parlant de Kami… (Cox baissa les yeux vers Eva, évanouie dans ses bras.) Prés' ?

Deuce secoua la tête.

— Si elle se réveille avec moi, les choses vont mal tourner. Je suis le dernier qu'elle a envie de voir.

Mick jura.

— Pourquoi on ne la laisse pas juste là ?

— Mec, intervint Jase, tu laisserais un petit cul sexy et inconscient à une fête sans son homme ? Autant y coller une étiquette qui dirait « open bar ».

— Qui en a quelque chose à carrer ? gronda Mick. Elle était même pas reconnaissante alors qu'on tentait de la sauver ! J'aurais dû la frapper plus fort, au moins on n'aurait pas cette discussion.

Deuce savait que ses gars discutaient, mais il n'écoutait pas. Il avait les yeux rivés sur Eva, qui pendait mollement dans les bras de Cox, repassant encore et encore dans son esprit tout ce qu'elle lui avait dit.

« Tu me dégoûtes, Deuce ! T'es une ordure ! Qu'est-ce qui te fait penser que je te serais reconnaissante de *quoi que ce soit* ? »

C'était bien Eva qu'il regardait alors, mais c'était la voix de son paternel qu'il entendait.

Quelle sacrée coïncidence. La dernière fois qu'il avait vu son vieux était aussi la première où il avait rencontré Eva. Son sang se glaça. C'était les couleurs de son paternel qu'elle avait autour du cou.

Le fumier était encore là, à ruiner sa vie et faire flipper la seule fille qui ait jamais compté pour lui.

Eva et lui n'avaient passé que quelques moments ensemble, ici et là – certains agréables, la plupart douloureux. Cela n'avait aucun sens. Il aurait dû la laisser partir bien longtemps auparavant. Mais il n'en était pas capable. Ni alors ni maintenant. Parce qu'il ne le voulait pas. Parce qu'il l'aimait.

Il composa le numéro de Preacher.

— Ouais ?

— C'est Deuce.

— Qu'est-ce que tu veux ?

— Frankie est en route pour la taule. On lui a trouvé un aller simple ce soir. J'l'aurais bien abattu, mais il se trouve que ton gars a mis la tête de ta fille à prix. S'il est flingué, elle aussi. T'es au courant ?

Silence radio.

— Seigneur, finit par dire Preacher d'une voix rauque.

— Ouais. Mes gars travaillent à savoir qui a accepté le contrat. Ça va être coton. Je doute que Frankie ait laissé des traces écrites, et les tueurs à gages ne sont pas particulièrement causants.

— Bordel ! rugit Preacher.

Deuce éloigna le téléphone de son oreille et se contenta de le regarder pendant que son interlocuteur hurlait des inepties, cassant tout, semblait-il, sur plus d'un kilomètre à la ronde. Les flambées de caractère étaient visiblement un trait de famille.

— Horseman, lança Preacher dans l'appareil, la voix toujours rauque, où est ma petite fille ?

— Avec moi. Et six des miens. Elle est en sécurité.

— Bien, aboya-t-il. Laisse-moi lui parler.

Deuce jeta un coup d'œil à Eva. Elle était encore dans les vapes.

— Elle dort. Je ne tiens pas vraiment à la réveiller. Elle est pas vraiment de bonne humeur.

Mick renifla.

— Euphémisme, ajouta Cox.

— Ouais, marmonna Preacher. J'imagine.

— Preacher, on annule le contrat qui concerne Eva, et si Frankie n'est pas buté dans la semaine, je m'en charge.

— On en parlera. Pour le moment, Frankie est sous les verrous et j'ai un tueur à trouver. Contente-toi de t'occuper de ma fille.

— Preacher, gronda Deuce, Frankie doit mourir.

— C'est de mon gendre que tu parles ! C'est une affaire de famille, et j'aimerais que cela le reste ! Maintenant, boucle-la et ramène-moi ma fille, ou je te fais la peau !

Preacher raccrocha.

Grand Dieu. Dingue. Complètement dingue.

Je roulai sur moi-même en grognant, m'agrippant la tête. Où étais-je, bon sang ? Pourquoi mon crâne me donnait-il l'impression que Hulk avait dansé à l'irlandaise dessus ?

J'avais bu… trois bières ? Rien qui justifiait une gueule de bois de cette envergure.

Me tenant le front d'une main, de l'autre je tapotai autour de moi dans l'obscurité. OK. J'étais sur un matelas aux draps de piètre qualité et qui grattaient, avec un dessus-de-lit en nylon.

Frankie et moi avions-nous pris une chambre de motel ? Pourquoi l'aurions-nous fait lors d'une virée alors que nous pouvions rester dans les clubs ?

— Frankie ? croassai-je, grimaçant alors que ma propre voix se répercutait douloureusement dans mon crâne.

Pas de réponse.

Je fis le tour du lit à tâtons jusqu'à en trouver le bord. Avec précaution afin de ne pas secouer ma tête, je balançai mes jambes sur le côté et posai les pieds au sol. J'entrouvris une paupière, jetai un œil au réveil qui se trouvait à ma gauche. 2 h 43 du matin. J'avançai lentement et tâtai autour de moi jusqu'à trouver une lampe.

J'allumai.

Exact. Motel. Miteux. Des murs orange foncé et des dessus-de-lit au motif floral. Une moquette qui avait probablement été neuve dans les années 1970 et des meubles qui avaient connu des jours meilleurs.

Abritant mes yeux, je pris la direction de la porte. La chaînette de sécurité n'était pas mise.

J'attrapai la poignée branlante, la tournai et ouvris.

Deuce et Cox firent volte-face.

Je les regardai bouche bée. Deuce fit un pas dans ma direction.

Je refermai la porte en la claquant et mis la chaînette.

Merde.

Merde.

Deuce avait fait arrêter Frankie et m'avait kidnappée. Non, il m'avait assommée, puis kidnappée !

La porte s'ouvrit brutalement sur trente centimètres, freinée par la chaînette.

— Eva !

— Dégage ! hurlai-je, avant de me laisser tomber au sol en boule et de me tenir le crâne.

J'entendis claquer la chaîne, et la porte alla frapper le mur. Il y eut de lourds bruits de pas, et je sentis ensuite qu'on me soulevait contre un corps puissant et chaud avant de me poser avec douceur sur le lit inconfortable.

— Je dois aller à l'hôpital, gémis-je.

— Vraiment ? demanda Deuce. Ou essaies-tu juste de t'éloigner de moi ?

— Oui et oui ! répondis-je brutalement. Je ne fréquente pas souvent des types méprisables qui envoient mon mari en prison et permettent à leurs potes de m'assommer à coup de crosse !

— Eva, dit-il d'un ton égal, je comprends que tu sois en colère. Mais je n'avais pas tellement le choix.

Je reniflai. C'était douloureux, mais je le fis quand même.

— Je me suis pointé à la fête dans l'idée de le liquider pour venger Ripper, puis je t'ai vue, et ça m'a alors déstabilisé. Frankie m'a pris par surprise, menacé de son arme et a commencé à débiter des horreurs. La seule façon que j'avais de prendre l'avantage était de lui dire l'unique chose au monde qui détournerait son attention de sa proie. Tu sais ce que c'est, n'est-ce pas ?

Oh, mon Dieu.

— Non, chuchotai-je.

— Mouais. C'est là qu'il a décidé de me parler du contrat qui pesait sur toi. Je ne savais pas du tout quoi faire. Si je le laissais partir, il allait s'en prendre à toi pour avoir couché avec moi, et je savais que si je le tuais, tu serais la suivante. Aucune de ces deux options ne me convenait, et donc, voilà où nous en sommes.

— Va-t'en, sifflai-je.

— Désolée, ma chère. J'ai payé pour cette chambre et je prévois d'en avoir pour mon argent.

— Va te faire voir, répliquai-je.

— Plus tard, répondit-il. Pour le moment, je dois enlever à une fille ses vêtements boueux.

Il ôta d'abord mes Converse, puis mon pantalon et enfin ma chemise, me laissant en sous-vêtements. Ses yeux tombèrent sur ma poitrine.

Je l'observai tandis qu'il se penchait en avant et soulevait le médaillon de son père. Il le regarda fixement, les narines frémissantes.

— Tout est sa faute, gronda-t-il.

Puis, il donna un coup brutal à la chaîne et elle se brisa.

Je me relevai trop rapidement et m'agrippai le crâne.

— Qu'est-ce que tu fais ? criai-je.

Deuce se précipita pour traverser la pièce. Il ouvrit la porte violemment et jeta le collier dehors.

— Débarrasse-toi de ça, aboya-t-il à quelqu'un que je ne pouvais voir, puis il claqua la porte. Je n'aurais jamais dû te le donner, dit-il durement à mon attention.

J'en restai bouche bée.

— Quoi ? murmurai-je.

— Tu m'as entendu. Tu as porté ce bijou merdique pendant dix-huit ans. Pendant tout ce temps, mon paternel a été pendu à ton cou, et j'en ai marre.

Les larmes me brûlaient les yeux.

— Mais il était à moi. Tu me l'as offert, je l'adorais, et je…

— Stop, gronda-t-il. Reaper était un sale type qui se fichait bien de qui il avait à baiser, battre ou tuer pour obtenir ce qu'il voulait. Je n'aurais jamais dû te filer quelque chose lui appartenant.

Mon menton se mit à trembler. Qu'essayait-il de me dire ? Que tout ce qu'il s'était passé entre nous avait été une erreur ? Je ne pouvais faire face à cela maintenant. Pas après une telle journée.

Frankie avait toujours eu des problèmes, mais agir ainsi… mettre ma tête à prix. À moi. Qui lui avait tout donné – mon être, mon amour, mon corps, ma vie.

Je ne pouvais le comprendre. Ne le voulais pas. Ou en étais incapable. Je l'ignorais.

Je savais que les sentiments que Frankie éprouvait pour moi allaient au-delà de l'amour, et ce depuis longtemps déjà, à supposer que cela soit ce qu'il ait jamais ressenti. Il s'était convaincu à un très jeune âge qu'il avait besoin de moi pour respirer. C'était malsain pour lui, pour moi, pour notre relation, mais je pensais avoir un pouvoir relatif sur lui. Je m'étais bien trompée.

C'était terriblement douloureux.

Et maintenant, ça. De la part de Deuce.

Je roulai loin de lui et ramenai mes genoux contre ma poitrine. Mes premières larmes étaient petites, s'évadant du coin de mes yeux pour glisser lentement le long de mon nez et de ma joue. Mais une fois que je m'y laissai aller – que je relâchai la colère, la douleur, le regret et la culpabilité que je gardais en moi – ce fut un déluge. Je pleurai de manière incontrôlable, prise de hoquets, cherchant à inspirer tout en me balançant d'avant en arrière, pleurant, pleurant jusqu'à ne plus pouvoir.

Lorsque je m'éveillai, le soleil était levé. Je ne me rappelais pas m'être endormie, et certainement pas dans les bras de Deuce. Je m'en dégageai et me rendis dans la salle de bains. Mes cheveux étaient en fouillis, j'étais couverte de poussière et de taches de sang. Pas le mien, mais celui de Deuce. Avec hésitation, je touchai le côté de mon crâne. J'avais une bosse de la taille d'un œuf plutôt douloureuse. Hormis cela, j'allais bien.

Après une longue douche, me sentant engourdie, je m'enroulai dans une serviette et revins dans la chambre. Deuce avait repoussé les draps et roulé sur le côté. Il ne portait rien de plus que son caleçon, les couleurs des Hell's Horsemen tatouées dans son dos luisant sombrement sur sa peau bronzée.

Il devait approcher maintenant de la cinquantaine. Sa barbe naissante était poivre et sel ; dans ses cheveux, le gris ne se remarquait pas aussi facilement, mais se trouvait bien là malgré tout. Son corps était en tout point aussi impressionnant qu'il l'avait toujours été, les muscles plus marqués encore. Il était toujours beau. Le plus bel homme que j'aie jamais vu, et le pire salaud jamais rencontré.

Et je l'aimais malgré tout. Comme autrefois.

Je passai un rapide coup de fil à la réception du motel, puis un autre à Tiny, lui disant où et quand venir me chercher. Puis, je remontai dans le lit à côté de Deuce. Nous étions face à face, chacun allongé sur le côté. Je le contemplai. Mon Dieu, qu'il m'avait manqué ! Surtout lorsque j'étais éveillée la nuit, réfléchissant à tout ce qui aurait pu être mais n'arriverait pas. Bien entendu, ça le concernait. Si j'avais pu remonter le temps et ne pas prononcer ce que j'avais dit sur le fait d'être sa régulière, je l'aurais fait. Je le serais devenue, serais restée éloignée du club, et aurais dit oui à tout ce qu'il aurait voulu. J'aurais été heureuse parce que je l'aurais eu, lui.

Mais les choses ne s'étaient pas passées comme cela. Et il n'était pas possible de revenir sur les décisions que j'avais prises au fil des ans.

Sans réfléchir, agissant juste selon mes sentiments, je le repoussai doucement jusqu'à ce qu'il se retrouve sur le dos. Puis, je baissai son caleçon, le touchant délicatement au début, le tenant, le caressant, me familiarisant une fois de plus avec son anatomie.

Lorsqu'il s'agissait de Deuce, mon corps prenait le contrôle – mon corps et mon cœur. Mon cerveau était aux abonnés absents en sa présence.

Je le pris dans ma bouche et il grogna dans son sommeil, se déplaça légèrement, mais continua à ronfler.

Lorsque son sexe fut raide et prêt, je le chevauchai et l'acceptai lentement en moi. Je tremblai lorsqu'il me pénétra et laissai échapper un gémissement.

Ses mains vinrent sur mes hanches, et il ouvrit les yeux.

— Salut, murmurai-je.

— Bon sang, dit-il d'une voix rauque.

Je me mordis la lèvre.

— Tu veux que j'arrête ?

— Oh, non.

— Je suis terriblement désolée pour la nuit dernière.

— Eva ?

— Oui ?

— Tout va bien, ma belle. Tu n'as pas à t'expliquer.

— Deuce ?

— Hum ?

— Je vais te faire l'amour.

Il expira durement.

— OK, ma belle.

Deuce baissa les yeux sur Eva. Allongée sur le dos, nue, endormie à son côté. Il fit courir sa main de la nuque aux boucles sombres entre les cuisses de la jeune femme, puis accomplit le chemin inverse.

— Je ne te laisserai pas partir, cette fois, murmura-t-il. Je t'enchaînerai, te droguerai s'il le faut.

C'était fou et il le savait. Il ne s'en souciait juste plus. Il en était malade de penser à elle tout le temps, à se demander ce qu'elle faisait, et si elle pensait à lui. Il en avait assez d'avoir mal d'elle. Il en avait assez de ce jeu-là, à tomber l'un sur l'autre, à s'aimer ou lutter, puis à se quitter. Il voulait plus. Il en avait besoin.

Il retira les couleurs des Horsemen qu'il portait autour du cou et, délicatement, les fit glisser autour du sien. Elle n'aurait jamais dû porter celles de Reaper ; elle aurait dû avoir ce médaillon. Elle aurait dû l'avoir, lui.

Puis, il l'attira contre son corps, coinça sa tête sous son menton, passa sa jambe sur celle d'Eva et s'endormit.

Lorsqu'il se réveilla, elle avait disparu. De nouveau.

11

J'étais à la maison depuis trois semaines. Trois semaines durant lesquelles j'avais rencontré les avocats du club et tous ceux de la ville. Mais aucun d'entre eux ne parvenait à répondre à mes requêtes aussi vite que je le souhaitais. Durant cette période, j'avais aussi supplié Chase de jeter un œil au dossier de Frankie, d'utiliser les relations dont je savais qu'il disposait – ainsi que sa famille, relations qu'ils avaient tous utilisées pour se frayer un chemin jusqu'aux postes de pouvoir qu'ils occupaient désormais. Kami avait tenté de menacer Chase pour qu'il s'occupe de ce dossier. Aussi, pendant ces vingt et un jours, j'avais perdu l'esprit.

J'étais à bout de nerfs. Frankie perdait la tête. Chacune de mes visites à Queenboro me laissait sous le choc. Son emprise sur la réalité était devenue inexistante ; jamais auparavant je ne l'avais vu aussi mal, et je ne pouvais absolument rien faire sans une aide légale. J'avais absolument besoin de Chase.

Le matin où Kami m'appela pour m'informer que Chase avait enfin accepté de me rencontrer, j'en tombai pratiquement du lit. Je faillis même me tuer en esquivant la circulation dans Manhattan jusqu'au trente-cinquième étage de la tour Martello, où se trouvait le cabinet de Fredericks, Henderson & Stonewall.

— Madame Fox-Deluva ?

J'arrêtai mon tapement de pied nerveux en rythme avec le *Me and Bobby McGee* de Janis et ôtai mes écouteurs de mes oreilles.

— Oui ?

— M. Henderson va vous recevoir.

Je ne m'étais rendue dans le bureau de Chase qu'à une seule occasion, lorsqu'il avait été fait associé et voulait s'en vanter. Il était aussi nanti et extravagant que son domicile. La pièce elle-même était immense, avec une moquette luxueuse, des étagères qui couraient d'un mur à l'autre, un coin salon intime et une salle de bains avec douche. Son bureau trônait au centre – en chêne massif, imposant – et deux fauteuils en cuir attendaient les clients.

Lorsque j'entrai, Chase se tenait près de son minibar, en train de préparer deux verres de whisky. Il se tourna en m'entendant franchir le seuil et s'arrêta pour lisser des plis inexistants sur son costume à rayures dont je savais qu'il avait coûté plus que ce que la plupart des gens dépensaient pour s'offrir une voiture.

— Eva, dit-il d'une voix traînante en m'indiquant d'un geste un fauteuil. Je t'en prie, assieds-toi.

J'étrécis le regard.

— Allons à l'essentiel, Chase. Pourquoi tu m'as fait autant attendre ?

Il prit un air étonné.

— Je suis désolé. Tu étais depuis longtemps dans la salle d'attente ?

Bon sang. Il avait besoin d'un bon coup de pied bien placé.

— Non, Chase. Tu m'as fait attendre trois semaines pour un simple entretien ! Qu'est-ce que ça signifie ?

Il sourit. Si un requin pouvait sourire, il aurait le même air que Chase à l'instant présent.

Il me fit de nouveau signe de m'asseoir. Lorsque je fus installée, il me tendit le verre de whisky. Je le pris, bouche bée.

— Tu réalises qu'il est neuf heures du matin, non ? Et qu'il s'agit d'un verre de vingt-cinq centilitres d'alcool ?

Il s'assit derrière son bureau.

— Eva, ne traite pas un Macallan single mat de simple alcool. À 75 000 dollars la bouteille, je pense qu'il mérite un peu de respect.

Je plissai le nez.

— Tu as donné 75 000 dollars pour une bouteille ?

Il arqua un sourcil.

— J'ai donné plus cher pour mieux.

Je haussai les sourcils.

— Hum… Contente de l'apprendre.

Il eut un sourire narquois.

— Oui, je peux voir que tu es comme toujours impressionnée par les choses les plus raffinées.

Je roulai les yeux.

— Laisse tomber, Chase. Alors, Frankie ?

Il tapota des doigts sur son bureau.

— J'ai déjà passé au peigne fin le dossier extrêmement épais de Frankie.

Cela me ragaillardit.

— Et ? Tu peux l'aider ?

Il m'offrit son large sourire aux dents blanches et, de nouveau, il m'évoqua un requin.

— Je peux, dit-il doucement. Je suis presque certain qu'avec l'aide de certains de mes collaborateurs, je peux le faire placer sous traitement médical, ce dont il a visiblement besoin depuis un certain temps déjà. Je crois que les médicaments d'un psychiatre non seulement amélioreront son séjour en prison, mais lui permettront en plus de communiquer avec les représentants de la justice sans essayer de les tuer. Lorsque sa santé mentale sera meilleure, il sera possible de commencer à étudier les charges retenues contre lui.

— Oh, mon Dieu, soufflai-je, merci.

— Ah, ah, ah. (Il agita son index dans ma direction.) Voilà maintenant la raison qui explique ton verre d'alcool. J'ai pensé que tu en aurais besoin lorsque je te dirai combien mes services vont te coûter.

— L'argent n'est pas un problème ; tu peux demander la somme que tu veux.

Son sourire malicieux illumina ses iris.

— Comme tu le sais parfaitement, j'ai plus d'argent que je pourrais en dépenser en dix vies.

J'étrécis les yeux.

— À quoi joues-tu, Chase ?

— Frankie s'en est pris à un garde la nuit dernière et l'a presque tué, continua-t-il, ce qui explique que j'ai accepté de te rencontrer aujourd'hui.

Seigneur.

Oh non.

« Eva finira par coucher avec moi. Tout le monde a son prix. Je n'ai juste pas encore découvert quel était le sien. »

— Chase, murmurai-je, me sentant malade. S'il te plaît, ne fais pas...

Il leva la main pour m'arrêter.

— Frankie est en cellule d'isolement, Eva. Au trou.

Je me mordis la langue pour éviter de pleurer. Frankie ne survivrait pas au confinement.

— Bon sang, Eva, pauvre de toi. Tu dois te sentir plutôt désespérée et prête à faire n'importe quoi pour sauver ton psychopathe de mari.

Je cillai, et deux larmes m'échappèrent.

— Tout le monde a un prix, n'est-ce pas, Chase ?

Il eut un large sourire. Puis, il indiqua du doigt mon verre anormalement rempli de whisky.

— J'ai pensé que tu en aurais besoin.

— Tu es malade, m'étouffai-je. Tu as planifié tout ça. Tu as volontairement attendu jusqu'à ce que Frankie ne dispose plus de temps.

Imperturbable, il avala une gorgée d'alcool et acquiesça.

— C'est bien ce que j'ai fait.

— Va te faire foutre, dis-je d'une voix grinçante. Je pensais que tu étais mon ami.

Il eut l'audace de prendre un air offensé.

— Nous sommes amis, Eva. En fait, nous sommes si bons amis que je veux être celui qui sauvera le maniaque sanguinaire que tu as épousé.

— Pourquoi ? exigeai-je de savoir. Je ne suis qu'une racaille, non ? Tu l'as dit un million de fois. Mes revenus proviennent d'argent sale, et ma famille, le club, est un affront à la société. Alors pourquoi tiens-tu à tout prix à me sauter ?

Il avala une nouvelle rasade d'alcool.

— Puisque tu as eu conscience de mes tentatives pour te traîner au lit durant toute l'époque du lycée, puis de la fac, j'ai pensé que tu étais peut-être une de ces filles qui réagissent lorsqu'on les repousse. J'avais tort. Rien ne fonctionne avec toi. Sauf quand tu es avec Frankie, tu portes une ceinture de chasteté.

— Tu es fiancé à Kami depuis que vous portez des couches !

Il eut une moue de dégoût.

— Je sais, ricana-t-il. Et j'aurais dit à mon père d'aller se faire foutre lorsqu'il m'a ordonné d'épouser cette fille infâme si je n'avais pas rencontré sa meilleure amie.

— Tu es sérieux ? murmurai-je.

— Plutôt. Tu vois, concernant ma future épouse, je savais qu'il ne serait question que de politique et d'alliances familiales ; ce qui signifiait que je serais libre de me taper qui je voulais. Mais je me suis rendu compte de mon erreur trop tard. Tu n'es pas le genre de femme à avoir une aventure avec un homme marié, ou à tromper le tien.

La fureur s'empara de moi. Chase m'avait coincée ; il s'était assuré de ne me laisser aucune issue possible, de ne m'offrir d'autre choix autre que celui qu'il attendait de moi.

Pour la première fois de ma vie, j'avais des pulsions homicides.

— Tu as tort, Chase, sifflai-je. Sur ces deux aspects. J'ai trompé Frankie. En fait, cela fait douze ans que je me tape un homme marié.

Il haussa les sourcils, interloqué.

— Donc, tu vois, poursuivis-je, l'image que tu as de moi est fausse. Il n'y a qu'avec toi que je n'ai pas envie de coucher.

Il serra les mâchoires.

— Que va-t-il se passer, Eva ? lança-t-il d'un ton mordant. T'abaisseras-tu à répondre à mes avances ou Frankie sera-t-il livré à lui-même ?

Je levai mon verre de whisky au prix ridiculement élevé.

— Je t'emmerde, Chase.

Pendant que je buvais, Chase prit son téléphone portable dans la poche de son costume.

— C'est Henderson, annonça-t-il. Sortez Deluva d'isolement immédiatement… oui, j'ai conscience de combien il est violent… J'ai aussi conscience des sommes que je vous verse… Alors assurez-vous qu'il soit sous calmants et attaché avant de le bouger… ça ne m'intéresse pas de savoir combien d'hommes ça va demander pour lui administrer les sédatifs. La seule chose qui m'intéresse est que ce soit fait, et immédiatement… Bien. Assurez-vous aussi qu'il soit directement conduit au centre médical, et vous m'appellerez lorsqu'il sera réveillé. Je vais envoyer un médecin et une équipe de psychologues pour un bilan mental complet. Vous et votre personnel serez d'accord avec leurs conclusions, signerez et daterez où cela vous sera demandé, et vous attendrez mes instructions suivantes.

Je terminai mon verre et le posai brutalement sur le bureau.

— Très bien, poursuivit Chase en me reluquant. Puis-je supposer qu'on s'est occupé du gardien en question ?

Je pris une profonde inspiration qui n'aida en rien à me calmer. Bien que mon ventre se soit réchauffé sous l'action du whisky et que mon corps se soit détendu, mon cœur restait fermement coincé dans ma gorge. J'aurais peut-être besoin de descendre toute la bouteille et ses 75 000 dollars.

Comme s'il lisait dans mon esprit, Chase poussa son verre à demi vide sur le bureau dans ma direction.

— Merveilleux, dit-il à son interlocuteur. Je vous recontacterai.

Il raccrocha puis appuya sur un bouton de l'appareil posé sur son bureau.

— Oui, monsieur Henderson ? s'enquit la voix qui s'échappait du haut-parleur.

— Annulez mes rendez-vous de la journée.

— Pardon ? Vous avez deux réunions, l'une avec le juge…

— Annulez tout.

— Mais…

— Si vous voulez conserver votre emploi, obéissez.

— Bien, monsieur.

L'interphone s'éteignit dans un cliquètement, et Chase leva les yeux vers moi. Frémissante, je me détournai et bus d'un trait ce qu'il restait dans le verre.

— Eva, je n'ai pas besoin de te dire qu'il ne s'agira pas d'une seule et unique fois, n'est-ce pas ?

— Ce n'est pas ce que tu viens juste de faire ? demandai-je, sarcastique.

Il me lança un regard noir.

— Cela ne marchera pas si tu prends ça pour une corvée.

— Oh, ricanai-je, et comment devrais-je le voir ? Une séance de gym ? Un rendez-vous amoureux ?

— Nous pourrions aller quelque part, dit-il calmement. Commencer par déjeuner. J'ai des réservations en attente dans tous les lieux incroyables de la ville.

J'eus un reniflement.

— Nous ne nous fréquentons pas, Chase. J'ai juste accepté d'écarter les jambes pour toi. Tu n'as pas besoin de me courtiser.

Son regard déjà éteint se fit alors de glace. Il était bel homme, mais quelqu'un – probablement ses parents – l'avait brisé à plusieurs reprises jusqu'à ce qu'il ne reste rien à réparer.

— Bien, dit-il brutalement. Déshabille-toi.

Nous nous fusillions du regard.

— Déshabille-toi, répéta-t-il, cinglant. Maintenant.

Bouillonnant, je fis passer mon tee-shirt par-dessus ma tête et le jetai sur le côté. J'ôtai d'un coup sec mes Converse grises, puis me levai pour déboutonner mon jean trop large. Il tomba au sol, et je l'envoyai valser du pied. Puis j'enlevai ma culotte.

Chase se rassasiait, les yeux assombris par le désir.

— Où veux-tu me prendre ? demandai-je, sarcastique.

— Où veux-tu le faire ? demanda-t-il sur le même ton.

Je me penchai sur son bureau, mes seins se balançant en avant. Les yeux de Chase suivaient leur mouvement. J'éprouvais tant de haine envers cet homme… cet homme que j'avais quelque part considéré comme un ami.

Et, à mon grand étonnement, j'étais furieuse contre Frankie.

Quelque chose se passa en moi alors que j'observais Chase – quelque chose de terrifiant et profond. Je n'étais pas juste furieuse contre Frankie ; je le haïssais. Il m'avait à tel point détruite que je ne savais plus qui j'étais.

La seule chose que j'avais toujours connue, c'était lui. Et ses désirs.

Ma vie entière avait tourné autour de Frankie… et de quelques rêves secrets auxquels je m'étais si rarement laissée aller.

En prendre conscience ne fit que renforcer ma colère.

Que Frankie aille au diable !

Lui et tout le reste.

D'un violent balayage de la main, j'envoyai valdinguer à travers la pièce tout ce qui était à ma portée sur le bureau de Chase. Son ordinateur portable alla s'écraser sur les étagères. Des photos encadrées de son mariage, d'autres de Kami seule, et quelques-unes de Kami et Devin – leur fils de quatre ans – volèrent et se brisèrent en morceaux. Des documents suivirent le même chemin. Je n'étais pas sûre de savoir où avait atterri son téléphone.

Je sautai sur son bureau et m'y laissai glisser jusqu'au bord, juste face à lui. Je posai les pieds sur ses cuisses et écartai largement les jambes.

Chase eut un hoquet entre ses dents serrées.

— C'est ce que tu veux, n'est-ce pas ? grondai-je. Tu veux de la chatte sauvage, hein ?

Il m'agrippa les mollets et leva les yeux vers mon visage.

— Oui, siffla-t-il.

Et je voulais lui en donner. Je ne m'étais jamais montrée sauvage qu'avec Deuce. Et je désirais l'être à l'instant présent. Sauvage et libre. Que mes rêves secrets deviennent ma réalité.

— Alors, embrasse-moi, murmurai-je en me penchant en avant.

Juste avant que sa bouche ne rencontre la mienne, je reculai et lui envoyai ma main dans la figure aussi violemment que j'en étais capable. Sa tête bascula sur la droite.

Lorsqu'il se tourna de nouveau vers moi, son regard froid était enflammé par la colère.

Et cela m'excita.

Je fis passer mon pied de sa cuisse à la bosse de son érection et lui offris un méchant sourire. Le caressant, je recourbai un doigt.

— Je pensais que tu voulais du sexe sauvage, Chase. Si c'est ce que tu veux, il va falloir travailler pour.

Ses yeux s'écarquillèrent tandis qu'il comprenait.

— Putain… murmura-t-il. Je le savais.

Je me penchai en avant et fis passer mes ongles entre les boutons de sa chemise de prix.

— Tu ne sais rien, sifflai-je.

Et je tirai.

Les boutons volèrent en tous sens, et je sautai sur ses genoux.

Chase et moi ne couchâmes pas ensemble, et il est certain que nous ne fîmes pas l'amour. Nous luttâmes. Je le fis marcher pour obtenir chaque baiser et chaque caresse. Perversement, il s'avéra que cela accrut mes ardeurs. Mais le moment le plus fort fut cet instant où il m'allongea sur le dos pour ouvrir mes jambes et me pénétrer de force.

Je me sentais prête à hurler à pleins poumons : « VA TE FAIRE FOUTRE, FRANKIE ! »

Je cessai alors de me débattre.

C'est alors que nous baisâmes d'une façon totalement dépravée, malsaine.

Chase prit plaisir à des choses qui auraient choqué la plupart des gens. Il m'en fit faire que je n'avais jamais tentées auparavant, que je ne m'étais pas imaginée capable de faire, et encore moins d'apprécier.

Et je suppliai d'en avoir plus.

Épuisée, le corps douloureux, je quittai son bureau les jambes flageolantes, une clé de sa suite au Waldorf dans la main et une invitation à appeler son chauffeur privé chaque fois que je le désirerais.

J'avais touché le fond, et m'en contrefichais. Tout m'était égal.

Allongé sur son lit, Deuce suivit des yeux la ligne de son corps jusqu'à la tête qui s'agitait entre ses jambes, eut un tremblement et avala une autre longue gorgée de Jack Daniels. Il n'allait pas jouir ; il le souhaitait désespérément, mais cela n'arriverait pas. Il était ivre, énervé et souhaitait cette détente qui suit l'orgasme trop violemment.

Putain d'Eva. Il aurait dû la laisser à cette soirée. Cette nana n'était pas la sienne et ne l'avait jamais été. Elle avait toujours appartenu à Frankie, et lui, qu'avait-il représenté pour elle ? Une distraction de temps à autre ? Une foutue plaisanterie ?

En jurant, il repoussa Miranda, la positionna sur les genoux et plongea en elle. Il la posséda jusqu'à s'oublier lui-même et s'évanouit sans avoir atteint le plaisir.

Et il rêva d'Eva. Il rêvait toujours d'elle.

12

Il ne fallut pas beaucoup de temps avant que mes rendez-vous avec Chase deviennent de plus en plus fréquents. Il m'appelait quatre fois par semaine, me faisait rester avec lui pour la nuit au Waldorf et m'achetait des trucs dont je ne voulais pas mais que je ne cessais de lui demander, leurs prix augmentant chaque fois. Il commença à m'emmener dîner dans des restaurants chics et dans des lieux de débauche dont les habitants « normaux » de Manhattan ignoraient l'existence. Il me demanda alors de m'apprêter pour lui et me fit porter des vêtements auxquels je n'aurais pas accordé un regard, sachant qu'ils étaient encore plus ridicules que ceux de Kami. C'était pour nos dîners. Ceux qu'il exigeait de moi pour nos sorties privées étaient bien, bien pires. Tout comme l'étaient ces endroits – des clubs échangistes, des fêtes durant du vendredi soir au lundi matin. L'alcool, les drogues, les pratiques perverses, violentes et tout ce qui pouvait s'imaginer, pratiquées en public.

Quelques inhibitions que j'aie pu avoir, elles disparurent dès que je fus possédée dans une boîte pleine à craquer – reluquée, touchée par certains tandis que d'autres étaient eux-mêmes impliqués dans leur propre scène de débauche.

Je coupai tout contact avec Kami. Je n'allais plus au MC. J'annulais constamment les déjeuners ou dîners avec mon père, à moins que Chase ne m'y accompagne pour discuter du cas « Frankie ».

Quant à ce dernier… Il avait disparu de ma vie. Je ne lui rendais pas visite, je ne lui écrivais pas et je refusais ses appels. Disparu. Et je ne m'en souciais pas. Et puis si. La moitié du temps, je ne savais pas ce qui comptait pour moi ou ce que j'éprouvais – peut-être parce que Frankie n'était pas là pour me le dire. Quant à Chase, la seule chose qui l'intéressait était ses propres sentiments.

Mon monde, déjà instable, était à présent hors de tout contrôle. Les soucis glissaient à sa surface pour être aspirés dans l'espace. Je ne faisais rien contre ; je ne faisais à vrai dire pas grand-chose, mis à part exécuter les quatre volontés de Chase, ce qui impliquait généralement son sexe et une partie de mon corps. Ou plusieurs.

Puis, un jour, la planète sur laquelle j'étais s'arrêta de tournoyer et je tombai face contre terre.

C'était un jeudi, fin août. J'étais assise sur mon lit au club, observant d'un air renfrogné mon téléphone portable. Il n'arrêtait pas de sonner, sonner, sonner. J'étais supposée retrouver Chase une heure plus tôt pour déjeuner à son bureau, mais je ne pouvais détacher mes yeux du test de grossesse que j'avais dans la main. Celui sur lequel je venais d'uriner, et dont le résultat était indéniablement positif.

Mon téléphone sonna de nouveau. Sachant que Chase n'arrêterait pas de chercher à me joindre, je répondis.

— Où es-tu ? demanda-t-il.

— Au club.

Il ne dit rien. Il savait que je n'y allais plus. J'étais pratiquement capable d'entendre les rouages de son cerveau s'activer énergiquement pour comprendre ce qui se passait.

— Écoute, Chase. Je… heu… ne peux pas…

— Tu ne peux pas quoi ? grinça-t-il.

— Je ne peux pas te voir aujourd'hui, chuchotai-je. Je… heu… je ne me sens pas bien.

— Qu'est-ce qui se passe, Eva ? Tu étais en forme hier.

Non, j'avais des nausées la veille, je ne lui avais juste rien dit.

— Je crois que j'ai la grippe, continuai-je dans un murmure. Je veux juste rester au lit, OK ?

— Eva, que se passe-t-il, bon sang ?

Je pris une profonde inspiration.

— Rien, Chase. Je ne me sens pas dans mon assiette. Je ne suis pas en état de me lancer dans une séance de sport de combat avec toi aujourd'hui.

Il raccrocha.

Je restai à contempler le téléphone. Je devrais le lui dire. S'il était le père, il avait le droit de savoir. Seulement, je n'étais pas sûre que cela soit le cas. Début juin, j'avais couché avec Deuce. Je fermai les yeux, me souvenant d'avoir ondulé sur son corps puissant et imposant, observant chaque changement sur son visage dur, et ce merveilleux moment, à la fin, quand il s'était tendu alors que nos regards étaient verrouillés, quand je l'avais senti exploser en moi. Nous étions affamés. J'en avais conscience malgré le brouillard de mon désir, mais nous nous étions tous deux montrés avides l'un de l'autre. À ce moment précis, nous avions cessé de faire semblant. Je le voulais, il voulait me l'offrir. Puis je m'étais empressée de rejoindre Frankie.

Je ravalai un sanglot. J'étais tellement stupide. Et j'avais désespérément besoin de Kami.

J'attrapai mon sac à main – le Poppy Coach[1] à 400 dollars que l'assistant personnel de Chase

---

1. Ligne de sacs à main de la marque Coach, réputée pour la qualité de son cuir. *(N.d.T.)*

avait choisi pour moi la semaine précédente parce qu'il s'agissait de haute couture avant-gardiste, et pas horriblement chère. Puis je partis pour retrouver Kami. Je lui parlerais de ce qu'il se passait et ferais face à ce qu'elle pourrait me jeter au visage, quoi qu'il s'agisse.

Si je n'étais pas à l'aise dans le taxi, le voyage en ascenseur jusqu'à son penthouse fut tout bonnement terrible. Mes nerfs étaient à vif, le tout combiné à la nausée, j'allais droit vers une crise de panique généralisée. Quand les portes de l'ascenseur s'ouvrirent, j'étais couverte d'une sueur froide et m'agrippai le ventre.

Trouver Chase à la place de Kami n'arrangea rien.

— Merde, marmonnai-je avant de reculer dans l'ascenseur.

Il maintint la porte ouverte de la main.

— C'est quoi ce bordel ? s'emporta-t-il.

Je le dévisageai. Le voir là – chez lui, chez Kami – me fit prendre conscience de ce que j'avais fait et avec qui, d'une manière encore plus atroce que je ne l'avais imaginée.

— Je… hum…

— Je sais que tu m'as menti, dit-il d'un ton mordant. Et tu as deux putains de secondes pour m'expliquer pourquoi avant que je ne t'entraîne dans ma chambre et laisse Kami m'entendre te faire crier de plaisir.

— Chase…

— Je suis sérieux, Eva. À moins que tu ne veuilles que Kami t'entende hurler mon nom, tu ferais mieux d'avouer.

Je laissai échapper mon souffle.

— Je suis enceinte, lâchai-je. J'ai besoin de Kami.

Il écarquilla les yeux.

— Quoi ?

— Enceinte, Chase ! fis-je doucement. Je porte un bébé !

Il ne me quittait pas des yeux. Il n'était plus en colère. Son visage ne manifestait rien.

Puis, la chose la plus étrange qui soit se produisit. Ses yeux s'adoucirent. Chase n'avait pas ce type d'expression dans le regard, qui pouvait être froid, vide, calculateur, vicieux, mais jamais doux.

Cela en transformait tous ses traits. Tout comme le sourire qui suivit. Non pas son sourire de requin, mais un vrai et bon sourire.

Il semblait… humain.

Je ne me détournai pas, ne sachant que faire ou dire, me demandant ce qui le rendait si heureux. Puis, je me figeai parce que je compris qu'il l'était réellement. *Chase. Heureux*. Parce que j'étais enceinte. Cette révélation me ramena sur terre, et la planète recommença à tournoyer.

— Eva, murmura-t-il en tendant la main vers moi, je…

— Evie ! cria Kami, arrivant en courant derrière Chase.

Il se déplaça de côté, et j'entrai dans leur hall, attrapant une Kami en survêtement de velours qui se jetait sur moi.

— Où étais-tu passée ? couina-t-elle, me serrant fort.

— Occupée avec Frankie, murmurai-je en observant Chase par-dessus l'épaule de mon amie.

Bras croisés sur la poitrine, il était appuyé contre un pilier finement sculpté. Il me renvoya mon regard, souriant.

Je fermai les yeux et rendis à Kami son étreinte.

— Tu m'as manqué, dis-je d'une voix étranglée.

— Mon Dieu, Evie, toi aussi. Et tu as manqué à Devin.

Elle se recula.

— Devin ! brama-t-elle. Tante Evie est là.

Elle se tourna de nouveau vers moi. Son large sourire laissa place à la surprise. Elle m'étudia, bouche bée.

— Evie, c'est quoi ces vêtements ? s'étonna-t-elle tout bas.

Je baissai les yeux. Mince. Je m'étais habillée pour retrouver Chase pour le déjeuner. Certes je ne portais pas de tenue élaborée telle qu'il m'en achetait, mais rien non plus qui ressemblait à mes vêtements habituels. Un jean skinny haute couture, légèrement vieilli. Un débardeur en soie noire qui épousait mes formes sans être trop moulant. Une paire de sandales lacées Jimmy Choo et un sac noir Coach, couvert de strass. J'avais lissé mes cheveux et je m'étais fait un brushing à la Farrah Fawcett. J'avais une tonne de maquillage sur le visage et plus de bijoux que je n'en avais porté de ma vie, tous onéreux. Ce n'était pas moi, qui que je sois, et Kami le savait. Nous avions toutes deux eu des uniformes à l'école, mais je trouvais toujours le moyen de personnaliser le mien. Et même si j'avais revêtu une robe chic pour mon bal de promo, j'avais mis mes Converse aux pieds, et ne m'étais absolument pas souciée de me coiffer. Mes cheveux étaient encore humides de la douche lorsque la limousine était venue nous chercher, Frankie et moi.

Mes joues s'embrasèrent tandis qu'elle continuait à me dévisager, ébahie.

— Je trouve qu'elle a l'air incroyable, dit Chase d'une voix basse, le regard enflammé.

Une poussée de désir me submergea. Je voulais sentir ses mains sur mon corps. Je voulais la souffrance, le plaisir, l'humiliation qu'il m'apportait, et tout de suite. Ma respiration se fit plus lourde rien que d'y penser. Il le remarqua et afficha son air de requin.

— On se fiche de ce que tu penses ! lança Kami hargneusement. (Elle étrécit le regard dans ma direction.) Qu'est-ce qu'il se passe ? exigea-t-elle de savoir.

Je déglutis à plusieurs reprises.

— J'avais un rendez-vous avec le procureur ce matin. Les conneries de Frankie, tu sais ? Je ne voulais pas avoir l'air d'une racaille.

La vache. Je mentais à Kami et me sentais honteuse. Immonde. Je ne l'avais jamais fait auparavant, pas une seule fois durant nos vingt-cinq années d'amitié.

Cela sembla la calmer, mais elle avait encore l'air suspicieux.

— Tu ne t'en es jamais souciée avant, et tu n'as jamais eu l'air d'une racaille car tu n'en es pas une.

J'ouvris la bouche, un nouveau mensonge sur le bout de la langue, mais n'eus pas à m'enfoncer plus car Devin déboula dans la pièce comme sa mère savait si bien le faire.

— Tante Evie ! hurla-t-il tandis que je me baissais pour l'étreindre avec force.

J'enfouis mon visage dans son cou qui sentait bon et luttait contre le besoin de pleurer. J'avais évité à la fois Kami et Devin – deux personnes que j'aimais plus que tout – pour ces horreurs avec Chase.

— Tu es très jolie, dit-il en posant un adorable baiser sur ma joue.

— Merci, mon bébé, chuchotai-je. Et tu es très, très beau.

— Surprenant, n'est-ce pas, combien mon très beau fils ne ressemble en rien à son père ou à sa mère, mais plus à Mme Gonzalez, notre femme de ménage, ricana Chase.

Je le foudroyai du regard. Le fait que Devin n'était pas son fils n'était en rien un secret. L'enfant avait la peau mate. Kami et Chase étaient de complexion claire. Devin avait les cheveux noirs et une peau brunie qui n'avait rien à voir avec l'exposition au soleil. Il était plus grand et plus large d'épaules qu'aucun autre enfant de quatre ans que j'avais rencontré. Il ressemblait trait pour trait à son père.

Son père... Cox.

Kami était en colère contre Chase. Dieu merci, Devin semblait inconscient, comme toujours, des piques lancées par ce dernier.

— Plutôt difficile d'avoir un enfant qui te ressemble, siffla-t-elle doucement, lorsque ta femme refuse de coucher avec toi.

Il haussa les épaules.

— Même si ça a été très amusant de baiser un poisson mort, j'ai trouvé bien mieux depuis. Bien, bien mieux.

Je fermai les yeux. Il fallait que je fuie.

Je donnai un autre câlin à Devin et me relevai.

— Déjeunons ensemble demain et allons faire du shopping, proposai-je à Kami. Il y a une nouvelle boutique d'occasions à Soho dont Snickers dit qu'ils ont une cargaison de vinyles comme neufs. (J'essayai de sourire.) Tu sais que je ne peux pas rater ça.

— Qui est Snickers ? demanda Devin.

— L'un des amis de Papa Fox au club, répondit Kami. Il ne mange que des Snickers.

— Quels noms charmants ils ont tous, marmonna Chase.

— Evie, restaurant plus shopping demain, c'est parfait, mais aujourd'hui aussi ce serait bien. J'étais justement sur le point d'emmener Devin chez un de ses copains. Ça ne me demandera qu'une minute, ensuite on peut aller se faire faire une pédicure. J'invite. Ça te dit ?

— OK, murmurai-je en jetant un coup d'œil à Chase, sachant qu'il allait être furax contre moi.

Le regard de Kami passa de Chase à moi.

— Une minute, d'accord ? Ne pars pas, dit-elle à mon intention en agrippant la main de Devin.

Les portes de l'ascenseur se refermèrent derrière eux.

— Annule Kami, exigea Chase. Va directement au Waldorf.

— Mon Dieu, tu es un vrai salaud, sifflai-je.

Je me retrouvai appuyée contre l'ascenseur, l'érection de Chase s'écrasant contre moi. J'eus un hoquet.

— Tu me veux, dit-il froidement.

Seigneur, c'était vrai. Je le désirais méchamment. Là, tout de suite.

— Allez, Eva. Je t'y retrouve très vite.

Trente minutes plus tard, j'étais au Waldorf, suppliant Chase de me prendre.

13

Deuce observa Eva qui se précipitait hors de l'immeuble de Kami, ressemblant à une version brune de cette dernière – cheveux, vêtements, maquillage… et elle avait bien perdu une dizaine de kilos. Que s'était-il passé durant les trois mois qui s'étaient écoulés depuis la dernière fois qu'il l'avait vue ?

Il était venu à Manhattan pour deux raisons. Premièrement, il avait une piste à propos du fameux contrat ; deuxièmement, il voulait voir Eva ; troisièmement, il voulait voir Eva ; quatrièmement, il devait absolument voir Eva, ou il allait en perdre la tête. Donc, il avait en fait plus que deux raisons d'être là.

Trois jours plus tôt, accompagné de Mick et Cox, il abandonnait le flot de la circulation de la mi-journée dans Manhattan pour venir se garer devant le club des Silver Demons. À peine après avoir retiré son casque, il vit un quelconque crétin séduisant franchir les portes du club, accompagné d'Eva et de Preacher.

Il fit signe à ses hommes de rester où ils se trouvaient tandis qu'il observait les trois autres. Preacher tendit la main pour serrer celle du beau gosse, puis rentra dans le club.

Le beau gosse concentra son attention sur Eva, et la poitrine de Deuce se serra. Il avait déjà vu ce regard. C'était celui qu'un homme affichait lorsqu'il voulait faire l'amour à une femme.

Attrapant le menton d'Eva, le type la fit reculer contre les portes du club.

La main de Cox se posa sur l'épaule de Deuce.

— Respire, Prés'. Ce n'est pas vraiment comme si elle se débattait.

Effectivement. Elle avait enroulé les bras autour du cou du type pendant que ce dernier lui dévorait le visage et lui tripotait les fesses comme s'il cherchait de la monnaie dans ses poches. Rien de cela ne faisait sens pour Deuce. Elle l'avait fuie pour aider Frankie, mais comment comptait-elle y parvenir en couchant avec un salaud des beaux quartiers ? Cela dépassait son entendement.

Il se tramait quelque chose. Et il était pratiquement sûr qu'il n'allait pas aimer ce quelque chose.

— Mick, siffla-t-il. Trouve l'identité de ce type.

Les yeux de son vice-président rencontrèrent les siens. Mick n'approuvait pas la relation que Deuce entretenait avec Eva, et il ne prenait pas de gants pour le lui dire.

Ils échangèrent un regard noir. Mick laissa tomber le premier.

— Je m'en occupe, Prés', dit-il calmement.

Le beau gosse avançait d'une démarche arrogante sur le trottoir. Il se glissa dans une Austin Martin DB9 argentée. Lorsqu'il rejoignit la route, la Harley de Mick s'engagea derrière lui, et tous deux disparurent dans la circulation erratique de New York.

Eva s'assit sur les marches du club et enfouit son visage dans ses mains.

Chiotte. Quelque chose clochait pour de bon.

— Prés', il se passe un truc, marmonna Cox. Ta nana n'a pas l'air en forme.

— Je m'en rends bien compte, grogna Deuce. Et c'est pas ma nana. Si tant est qu'elle l'ait été un jour.

— C'est des conneries, ça, rétorqua Cox. J'ai bien vu comment vous vous regardez. Comme si personne d'autre au monde n'existait.

Il se mit en colère contre son *road captain*.

— T'es un foutu poète ?

Cox haussa les épaules.

— Si c'est ce qu'il faut pour coucher, alors, ouais, je suis un poète. À d'autres moments, je suis comptable. Ou plombier. Parfois, un homme doit faire ce qu'il a à faire.

Cox se prétendant comptable avec tous ses piercings et ses tatouages était juste la chose la plus drôle que Deuce ait jamais entendue.

— Allez, prés', rejoignons le Queens, l'enjoignit Cox en lui balançant une tape dans le dos. Nous sommes venus ici pour une raison. Il s'agit de garder ta femme en vie.

Ils se rendirent dans le Queens, où ils liquidèrent deux gâchettes après les avoir questionnées sous la torture. Puis, ils traversèrent l'Hudson où ils supprimèrent le tueur à gages en question. Ce dernier possédait un dossier sur Eva aussi épais qu'un annuaire téléphonique, rempli de photos, d'adresses et d'emplois du temps. Bien qu'il n'eût pas à abattre la jeune femme tant que Frankie était en vie, ce type était minutieux, capable en un clin d'œil d'honorer son contrat.

Il avait été payé pour l'assassiner. S'il ne la connaissait ni d'Ève ni d'Adam, Deuce si, et il l'aimait. Aussi, plutôt que lui accorder une mort rapide, Deuce prolongea-t-il ses souffrances, le laissant se vider de son sang avant de mettre enfin un terme à sa vie. Cela ne lui fit pas pour autant oublier le beau gosse dont la langue usurpait la bouche d'Eva, mais lui permit toutefois de se défouler un peu.

Jusqu'à ce qu'il découvre qui était le beau gosse. Alors, toute sa haine revint à la charge, décuplée.

Il suivit donc Eva et la vit sortir comme une tornade de l'immeuble de Kami pour héler un taxi. Il la suivit jusqu'au Waldorf Astoria, où elle fit un signe de la main aux portiers comme s'ils lui étaient familiers, avant de disparaître à l'intérieur. Pas même dix minutes plus tard, Chase y arrivait avec sa DB9, jetait les clés au voiturier, puis passait les portes à vive allure.

Deuce avait des envies de meurtre. Non, pour être tout à fait exact, il voulait tuer Chase.

Au lieu de quoi, il attendit. Toute la journée et toute la nuit. Mais aucun d'eux ne ressortit.

À l'aube, lorsque le soleil se montra, Eva apparut, l'air à moitié endormi, pâle et les cheveux en désordre. Un portier s'activa pour lui héler un taxi, mais Deuce ne lui offrit pas cette chance. Sa Harley démarra dans un grondement. Il coupa les quatre files de la circulation et vint s'arrêter aux pieds d'Eva dans un crissement de pneu et d'odeur de caoutchouc brûlé.

Elle le dévisagea, bouche bée.

— Grimpe, ordonna-t-il. Je ne te le dirai pas deux fois.

Ses lèvres tressaillirent sans qu'elle émette le moindre son et, au moment où Deuce commençait à perdre patience, elle fondit en larmes et se jeta dans ses bras.

Seigneur.

Éloignant d'un geste de la main le portier abasourdi, il la tint contre lui pendant de longs instants, se contentant de humer son odeur, sachant qu'elle venait juste de coucher avec un autre type. Il le sentait, lui, sur sa peau, tout comme leurs ébats, et ça le rendait fou. Mais il garda son calme parce qu'elle était dans ses bras, qu'elle venait y chercher du réconfort, qu'elle avait besoin de lui. Soudain, tout ce qu'elle avait pu faire en son absence ne compta plus. À moins qu'elle ne recommence. Et, puisqu'il allait descendre Chase dès que l'occasion se présenterait, il se dit qu'il n'y aurait aucune chance que cela arrive.

— Monte, Eva, lui dit-il. Je te ramène chez toi, puis chez moi.

Elle le stupéfia quand elle grimpa sur la moto en silence, sans même lutter ou le toiser. Ses larmes et son sacrifice pour sauver Frankie le Timbré l'avaient moins effrayé encore. Si sa femme était brisée, il ne faisait sacrément aucun doute que quelqu'un payerait pour ça.

Preacher vint à leur rencontre dans le couloir du club. Cox et Mick étaient à ses côtés. En découvrant les yeux rouges, bouffis de sa fille et son visage marbré, il en perdit son calme.

— C'est quoi ça ? hurla-t-il. Que s'est-il passé ?

Lorsque son père essaya de la toucher, Eva se déroba et enfouit son visage sous le bras de Deuce. Comme cachette il y avait mieux, étant donné qu'il venait de passer les dernières vingt-quatre heures dans les mêmes vêtements. Mais Eva n'y attachait visiblement aucune importance, aussi se contenta-t-il de la tenir serrée contre lui.

Preacher semblait dérouté. Jamais il n'avait imaginé que quelque chose clochait chez sa fille.

— Que se passe-t-il ? exigea-t-il de savoir.

— Je ne sais pas, répondit Deuce. Où est sa foutue chambre ?

— Tu penses que je vais te laisser emmener ma fille dans sa chambre ? J'ai pas oublié ce que tu as fait alors qu'elle n'était qu'une gamine.

— Papa ! (Eva pivota, l'œil noir.) Je couche avec Deuce depuis que j'ai dix-huit ans ! J'avais envie de lui à seize, peut-être même à douze... qui sait ! Mais ce dont je suis sûre, c'est que je l'aime depuis mes cinq ans, alors fais avec ! Et n'envisage même pas de lui faire du mal ou tu me le paieras !

Cox mit sa main devant sa bouche et se détourna.

Mick roula les yeux.

Preacher en resta sans voix.

Oh... oh. Certes, il savait à présent qu'elle l'aimait toujours, mais bon... quand même... Il n'avait pas de bons souvenirs en ce qui concernait ses rapports avec les pères de ses ex. Pour une raison ou pour une autre, il ne leur revenait pas, et celui qui lui faisait face lui avait déjà tiré dessus à deux reprises.

— Ne t'avise plus jamais de me viser avec ton flingue, tonna-t-il. Je ne lui ai rien fait quand elle avait douze ans. Quand elle en avait seize, ce n'était pas ma faute. J'étais bourré et elle s'est jetée sur ma ceinture, ses seins juste sous mon nez et, bon sang, je ne suis qu'un homme. Je tiens ces seins pour responsables de toute cette histoire. Et je précise que, chaque fois que j'ai couché avec elle, elle avait l'âge légal. Alors, pas de coups de feu. Cette fois, j'y répondrai.

— Aie du tact, prés', marmonna Cox. T'en manques méchamment.

Eva et son paternel le dévisageaient, abasourdis.

— Est-ce que tu viens vraiment de dire tout ça à mon père ?

Deuce baissa les yeux vers elle.

— Hein ? C'est toi l'idiote qui a mis cela sur le tapis. De toute manière, c'est la foutue vérité.

— La foutue vérité, grommela Preacher, est que je savais déjà qu'elle était consentante, crétin. Cela ne change rien au fait que tu as tiré avantage d'une ado de seize ans.

— Papa, siffla Eva, quel âge avait ma mère… ?

Preacher reporta vivement son attention vers sa fille.

— Deuce a quarante-huit ans, Eva ! J'en ai cinquante-cinq ! Ça te semble pas un peu tordu ?

— Quel âge avait-elle ? insista-t-elle.

— Seize ans, dit-il sombrement en lui lançant un regard noir.

Bon sang. Il semblait que le paternel de Deuce et Preacher avaient des trucs en commun. Au moins, il n'appartenait pas à ce club. C'était déjà quelque chose. Enfin…

— Ouais, renvoya Eva. Et toi, tu avais quel âge ?

— Eva !

— Papa !

— Vingt-quatre ans, grogna-t-il.

Elle croisa les bras sur la poitrine et se déhancha.

— Hum, dit-elle, intéressant.

— Ouais, lui renvoya-t-il. Très intéressant. Ton vieux était un abruti fini et amoureux d'une junkie fugueuse qui a eu la trouille après t'avoir eue et s'est barrée ! Vraiment très intéressant ! J'ai pas eu assez de temps pour l'aimer, lui offrir ce que ses parents ne lui avaient jamais donné, et toutes les femmes que j'ai connues après n'ont servi qu'à réchauffer mon lit. Rien de plus ! Alors excuse-moi de ne pas souhaiter ce genre de vie pour ma petite fille !

Les yeux de Preacher s'étaient mis à briller tandis qu'il parlait, et maintenant, les larmes coulaient librement sur ses joues. Tout le monde le regardait. Preacher ne pleurait pas. Preacher tuait de sang-froid. Et pourtant.

— Ça n'a pas d'importance, parce que de toute manière je t'ai brisée, ma petite, ajouta-t-il d'une voix grinçante. Je n'ai pas compris à temps à quel point Frankie était mauvais. Je t'ai piégée sans même m'en rendre compte. J'aurais dû lui procurer de l'aide il y a longtemps. J'aurais dû t'éloigner de lui. J'aurais dû faire quelque chose, bon sang !

— Ça ne compte pas, murmura-t-elle. Il ne sortira pas de sitôt, et il reçoit l'aide dont il a besoin.

En réaction à cette déclaration, Mick descendit le couloir d'un pas lourd. Les hommes de Deuce voulaient voir Frankie mort. Lui aussi. Mais Eva et Preacher aimaient Frankie. Deuce le comprenait. On ne pouvait pas allumer et éteindre les émotions comme s'il s'agissait d'une simple lampe. Il le savait. Il avait essayé. Il avait tenté d'aimer son épouse, de fuir ses sentiments pour Eva. Ça n'avait pas marché.

Cela dit, Frankie devait malgré tout être abattu.

— Eva !

Kami franchit les portes comme une tornade.

Elle repoussa Deuce qui se trouvait sur son chemin, attrapa Eva par le haut des bras et se mit à crier.

— Espèce d'idiote ! Pourquoi ne m'as-tu pas dit ce qu'il faisait ? Pour l'amour de Dieu, Eva, tu n'avais pas à coucher avec lui ! Est-ce que tu as une idée du nombre de saloperies que je possède sur son compte ? Des tonnes, Eva, des tonnes ! Je l'aurais détruit au bon moment !

— Frankie ne pouvait pas attendre ! hurla Eva à son tour. Chase n'a pas voulu me rencontrer avant que Frankie soit placé en isolement !

Deuce vit rouge. Le salaud n'avait pas seulement joué de l'amour qu'elle éprouvait pour Frankie ; il l'avait purement et simplement coincée.

Preacher passait furtivement de Kami à sa fille.

— Eva, explique-moi ce que Kami vient de dire…

Toutes deux l'ignorèrent.

— Oh, Evie, poursuivit-elle, je vais le tuer ! Tu es trop bonne et trop douce, et un homme comme Chase ne méritait pas de goûter à ta beauté !

Si Kami poursuivait ainsi au sujet de sa femme, peut-être que Deuce pourrait apprendre à l'apprécier.

— Comment l'as-tu appris ? murmura Eva.

Son amie laissa échapper un soupir frustré.

— Il est revenu à la maison il y a une vingtaine de minutes pour m'annoncer la fin de notre mariage. (Elle eut un reniflement méprisant.) Tu peux le croire ? Je lui ai répondu : « Quel mariage ? » puis me suis moquée de lui. Il s'est énervé, m'a raconté pour vous, que vous étiez ensemble, que tu portais son enfant. Mais il n'a pas évoqué Frankie. Seulement je savais, je savais que tu ne l'aurais jamais touché sans raison ! Et je savais qu'il s'agissait de Frankie ! Tu m'as évitée pendant des mois… Tes vêtements, Evie, le maquillage, les Jimmy Choo… Je ne suis pas stupide !

— Je te pose la question pour la dernière fois, Eva, gronda Preacher : de quoi Kami est-elle en train de parler, bordel ?

Deuce ne quittait pas Eva des yeux.

Elle était enceinte.

Sa femme était enceinte. Et pas de lui.

Tous les regards étaient rivés sur Eva, mais elle ne voyait que lui et, Dieu, il était incapable de se détourner. Il ne pouvait même pas battre les paupières.

— Je suis désolée, chuchota-t-elle.

Il cilla.

— Kami ? fit Cox calmement, la voix inhabituellement basse.

Deuce tourna la tête vers son *road captain*.

Kami, remarquant Cox pour la première fois, eut un cri perçant et recula en vacillant. C'est alors que Deuce aperçut le petit garçon qu'elle cachait derrière elle. Eva se précipita à son côté pour dissimuler l'enfant.

— Attends, murmura Kami, levant les mains, paumes en avant. Tu ne comprends pas.

Perplexe, Deuce passa de l'expression furieuse de Cox pour revenir au garçonnet qui semblait terrorisé, observant la scène entre les jambes des deux femmes.

Le jour se fit en lui. Le petit ressemblait exactement au grand.

Bon sang. Ça sentait le roussi. Il y avait deux choses au monde qui comptaient vraiment pour Cox : le club et sa fille. S'il avait su qu'il avait un fils, le petit ferait partie de cette liste.

— Qu'est-ce que je ne comprends pas ? siffla Cox. Qu'il y a un gosse planqué derrière toi, qui doit avoir autour de quatre ans et qui me ressemble comme deux gouttes d'eau ? Que j'ai couché avec sa mère de toutes les manières possibles la dernière fois que je l'ai vue, il y a combien de temps, saleté ? Cinq ans ? C'est ça que je ne comprends pas ?

Preacher vint se placer devant Kami.

— Non seulement tu balances des saloperies sur la mère du gamin juste devant lui, mais en plus elle fait partie de la famille, tout comme le petit ! Alors tu la boucles car je refuse ça dans mon foutu club.

— Va te faire voir, Demon, cracha Cox. Au cas où tu n'aurais pas remarqué, il s'agit de mon fils !

— Ouais, crétin, je le vois. Difficile de passer à côté avec une telle ressemblance.

— Est-ce que tout le monde voudrait bien se taire ? hurla Kami. Il ne sait pas pour toi ! Tout ce que tu arrives à faire est de le terroriser !

Preacher se faufila entre les deux femmes et prit le petit dans ses bras.

— Quand j'aurai emmené Devin à l'étage loin de vous, vous pourrez hurler à nouveau les uns contre les autres. (Il regarda Eva.) Toi et moi, ma petite fille, nous aurons à parler. Si ce que je pense s'est vraiment produit, je vais avoir la détente facile.

Personne n'ajouta un mot avant que Preacher ait disparu dans l'escalier. Puis Cox explosa :

— C'est dégueulasse ! Cacher à un homme qu'il est père ! C'est vraiment dégueulasse !

— Espèce de dingue, hurla Kami. Tu vis dans le Montana. Tu es marié. Tu as déjà un enfant ! Je vis à New York et je suis mariée ! Qu'est-ce que j'étais supposée faire ?

— Ce que tu étais supposée faire, traînée, c'était m'informer que tu avais pondu un gosse !

— Tu m'écœures, siffla Kami. T'es un salaud de biker écœurant !

Les yeux de Cox lui sortaient de la tête.

— Ah ouais, tu penses ça ? Était-ce ou n'était-ce pas toi qui me chevauchais en me fichant tes seins dans ma bouche et en me suppliant de te mordre plus fort pendant que Ripper te prenait par-derrière ?

Eva se mit à crier comme une folle et eut un mouvement brusque en avant. Deuce essaya de l'attraper en jurant, mais elle l'esquiva et parvint à envoyer un puissant coup de poing dans la mâchoire de Cox, juste avant que Deuce ne la tire en arrière.

— T'es morte ! s'époumona Cox.

Deuce craqua. Repoussant Eva sur le côté, il pivota, agrippa Cox par sa chemise et l'envoya valdinguer contre le mur.

— Elle est enceinte, et tu la menaces ? Tu menaces ma femme qui est enceinte ?

— Oh, Evie ! cria Kami, oubliant totalement un Cox aux tendances meurtrières surdéveloppées.

Elle étreignit son amie, et toutes deux se laissèrent tomber au sol, leurs cheveux blonds et châtain foncé se mêlant.

Deuce relâcha Cox et s'affala dos contre le mur. Il n'avait pas dormi depuis plus de vingt-quatre heures et, sans sommeil, se sentait incapable de faire face à cette situation absurde.

— Tout est très clair dans ma tête, siffla Cox. Je ramène le petit à la maison.

— Tu ne me prendras pas mon fils ! hurla Kami.

Cox lui jeta un regard noir.

— Alors, tu ferais mieux de rassembler tes affaires et de trouver une retraite dans le Montana.

Kami se remit difficilement sur pied.

— Le Montana ! s'insurgea-t-elle. Devin n'ira pas dans le Montana !

Deuce ne fut pas assez rapide pour retenir Cox, qui se retrouva à quelques centimètres du visage de la jeune femme.

— Garce, siffla ce dernier, je veux connaître mon fils. Tu m'as déjà volé quatre ans de sa vie. Tu n'en voleras pas plus.

La lèvre de Kami tremblait.

— Tu ne comprends pas, chuchota-t-elle. Jusqu'à Devin, j'ai passé mon existence entière à faire ce qu'on me demandait et à trouver le moyen de combler le vide. Les drogues, l'alcool, le sexe, c'était parce que je ne savais pas quoi faire de moi-même, ni où était ma place. À l'instant où l'on a posé Devin dans mes bras, tout a enfin pris sens, et j'ai tout de suite su ce que j'étais supposée faire. Je me suis enfin trouvée. Je ne peux pas te laisser me l'enlever. (Sa voix se fit perçante.) Je ne peux pas te laisser me prendre le seul être au monde, mis à part Eva, qui compte pour moi !

Eva fondit en larmes. Convaincu qu'il était la seule personne encore saine d'esprit qui soit, Deuce l'attira vers lui pour la consoler.

Cox se détourna de Kami.

— Bon sang, grommela-t-il. Bon sang de bordel !

Il fit demi-tour et prit la main de Kami dans la sienne.

— Je ne te l'aurais pas enlevé. On aurait trouvé un arrangement, une sorte de garde partagée. Jamais je n'arracherais mon garçon à sa mère.

Kami se mit à pleurer, et ses genoux lâchèrent. Cox l'attrapa avant qu'elle ne s'écroule au sol, la prit dans ses bras, puis s'engagea dans le couloir. Deuce le vit déposer un baiser sur le front de Kami avant de tourner jusqu'à ce que tous deux disparaissent.

Il lui fallait reprendre les choses où il les avait laissées.

— Où est ta chambre, Eva ?

— Je suis désolée, murmura-t-elle.

Ses narines frémirent. Seigneur, tout ce qu'il voulait était l'emmener et prendre soin d'elle.

— Pour l'amour de Dieu, de quoi es-tu désolée ?

— Pour le motel, avoua-t-elle. Je ne réfléchissais pas et je ne t'ai pas mis un préservatif avant de… et tu ne t'es pas retiré… finit-elle en baissant la voix.

Il la dévisagea.

— Tu es en train de me dire que c'est mon enfant que tu portes ? Pas celui de ce minet ?

— Non, dit-elle en baissant les yeux. Je suis en train de te demander pardon parce que je ne sais pas qui en est le père.

Je n'avais jamais prévu de dire à Deuce que j'étais enceinte et, par conséquent, je n'avais jamais pu imaginer son éventuelle réaction. Une chose était pourtant sûre : celle qu'il eut quand je lui avouai que le bébé pouvait être le sien était bien loin de ce à quoi j'aurais pu m'attendre.

— Tu peux marcher ?

Hein ?

— Quoi ?

— Tu peux marcher ? répéta-t-il. Ou as-tu besoin que je te porte ?

Je cillai.

— Me porter ?

— Oui, ma puce. Jusqu'à la douche.

Oh, mon Dieu, il tentait de prendre soin de moi. Comment un homme pouvait-il être aussi bon et en même temps aussi néfaste pour moi ?

— Je suis répugnante, chuchotai-je.

Il haussa les sourcils.

— Exact, voilà pourquoi j'essaie de t'emmener sous la douche.

— Non ! m'écriai-je. Je veux dire que je suis une vraie traînée !

Son visage se fit dur comme la pierre.

— Écoute-moi bien : jusqu'à ce que tu demandes des faveurs en utilisant ton corps comme moyen de paiement, tu n'avais été qu'avec deux hommes. Moi et Frankie. Tu n'es pas une traînée. Tu es une idiote.

J'étais abasourdie.

— Oui, ma puce, une idiote. Ça fait si longtemps que tu t'occupes de ce malade mental que t'imagines que c'est ton destin. Chase le savait. Il a vu une ouverture, et il en a profité. Et pour ça, il va mourir. Mais tu n'es pas une traînée, tu en es tellement loin.

Je déglutis difficilement.

— Je suis répugnante malgré tout, murmurai-je.

Des éclairs de colère envahirent ses iris.

— Bon sang, Eva ! Qu'est-ce que je viens juste...

— J'ai aimé ça ! laissai-je échapper. Je n'apprécie même pas Chase plus que ça, mais j'ai aimé coucher avec lui et certaines choses... parce que je suis répugnante ! Avec lui, j'ai fait... (Ma voix se brisa et je déglutis de nouveau.) Des trucs dégueulasses... et j'ai aimé, tout comme le fait que ce soit lui qui les fasse, achevai-je d'une petite voix.

Deuce prit une profonde inspiration et relâcha lentement son souffle. On y était. Dans à peu près deux secondes, il allait me dire à quel point j'étais infâme, et ensuite je ne le reverrais plus jamais.

— Eva, gronda-t-il.

Je me préparai à la suite.

— Tu te conduis de nouveau comme une idiote.

— Pardon ?

— Tu m'as entendu. Tu es stupide. Mais je comprends pourquoi. Tu n'as jamais été avec quelqu'un juste pour le sexe. Je vais donc être clair avec toi : tu n'as pas besoin d'aimer quelqu'un pour apprécier de coucher avec. Tu peux même le détester et continuer à trouver vos parties de jambes en l'air super. C'est même parfois ton meilleur coup. De la débauche pure, agressive, tordue. Tu n'as pas à en avoir honte, chérie.

» Ceci dit, sache que je suis malgré tout furieux à l'idée que tu sois allée dans le lit d'un autre type et que ça t'ait plu. Et que peut-être l'enfant que tu portes n'est pas le mien. Sans compter que depuis maintenant huit ans tu me fuis. J'ai conscience d'être un beau salaud au sale caractère qui ne te mérite pas, mais bon sang, Eva, si tu étais restée là j'aurais fait mieux auprès de toi que tu ne l'as fait seule. Tu me suis ?

Je le contemplai. Et tombai de nouveau amoureuse.

— Je te suis, murmurai-je.

Son expression s'adoucit.

— Ma puce, dit-il gentiment, je connais ce regard. Tu ne peux pas me dire que tu portes peut-être mon enfant et me dévisager ainsi en espérant que je reste calme.

Je secouai la tête.

— Je ne peux plus faire cela.

— Quoi donc, bébé ? Tu ne peux plus essayer de sauver Frankie de lui-même ? Ou tu ne peux plus continuer à te taper Chase ? Ou prétendre que ce truc incroyable entre nous va disparaître juste parce que tu fuis ?

C'était exaspérant de voir combien il me comprenait sans même me connaître.

— Les trois, dis-je brutalement.

— Tant mieux, parce que moi non plus.

Sourcils dressés, j'affichai un air perplexe.

— Qu'est-ce que tu ne peux pas faire ?

— Je vieillis. J'ai des gosses déjà grands et des cheveux gris. J'ai passé trop de temps marié à une femme que je ne supportais pas, et trop encore à m'en vouloir parce que j'aurais aimé coucher avec une gamine de dix-huit ans plus jeune. Résultat des courses, je me sens misérable depuis bien trop d'années. Donc je ne peux plus continuer. Je ne peux plus vivre sans toi. Je te veux sur ma moto et dans mon lit. Je veux que tu portes mes enfants. Je te veux à mes côtés, bébé, pour le temps qu'il me reste à vivre.

« À mes côtés. »

— À tes côtés ? chuchotai-je.

Il mit sa main à mon cou et tira sur la chaîne qui s'y trouvait. Pendant un instant, je crus qu'il allait de nouveau briser le collier de son père. Au lieu de cela, il le sortit de mon haut et le tint devant mon visage. Le médaillon pivota dans sa main.

— Tu crois que j'aime juste te décorer ?

J'eus un hoquet.

Ce n'était pas celui de son père. Il avait l'air d'être exactement le même, sauf que sur une face de celui-ci, on lisait DEUCE.

Mon menton se mit à trembler.

— Je pensais... Je pensais que tu m'avais rendu celui de ton père.

Il secoua la tête.

— Je te l'ai dit, tu n'aurais jamais dû l'avoir. Mais le mien.

Aïe. Les larmes menaçaient de couler à nouveau.

— Écoute, Eva, et écoute bien. Les mots ne valent rien, et de toute manière, les déclarations, c'est pas mon truc. Donc, voilà la vérité : j'ai quarante-huit ans, quarante-neuf bientôt, et je sais reconnaître une belle chose quand j'en vois une. Et, ma puce, tout ce que j'ai jamais été capable de voir, c'est toi. Les probabilités pour qu'un homme agisse correctement dans sa vie, mérite l'amour d'une femme et éprouve ce qu'est la vraie liberté sont minimes. Et pour moi, tu es les trois à la fois. Depuis un bon moment déjà.

Il laissa tomber le bijou, prit mon visage en coupe et le leva vers lui.

— Quel que soit ce lien entre nous, il a toujours été là et le sera toujours. Je suis las d'essayer de l'ignorer. J'essaierai de me conduire convenablement à tes côtés, Eva. Tu seras la première, mais je ferai de mon mieux. Et la liberté, la vraie, c'est la route qui s'ouvre à toi, le vent sur ta peau et une femme de valeur à l'arrière de ta moto, qui te serre comme si tu étais sa raison de vivre parce qu'elle est sans aucun doute la tienne.

J'en restai bouche bée. Ne venait-il pas juste de me dire qu'il ne savait pas manier les mots avant de me déclarer tout cela ? J'étais déboussolée. Secouée. Je ne m'étais pas trompée à son sujet, après tout.

— Deuce, murmurai-je, tu m'aimes.

Il leva les yeux au ciel et renifla.

— Oui. Et depuis longtemps déjà.

Deuce vit Eva se liquéfier. Tout son corps s'adoucit alors. Ce qu'il adorait ce regard lui signifiant qu'il était tout pour elle…

— OK, dit-elle à voix basse, plus de faux-fuyant.

Il eut une inspiration que le soulagement brisa.

— Seigneur, marmonna-t-il en faisant courir l'arrière de ses doigts sur la joue d'Eva, il était sacrément temps. Maintenant, dis-moi où est ta satanée chambre.

14

Deuce, accompagné de Cox, pénétra dans les bureaux du cabinet Fredericks, Henderson & Stonewall, puis s'arrêta devant une réceptionniste particulièrement jeune, aux yeux écarquillés.

— Avez-vous rendez-vous ? s'enquit-elle.

— Ouais, marmonna Cox. (Il sortit une enveloppe de sa poche arrière et la jeta sur le bureau.) Un rendez-vous à trente mille dollars. Ce qui signifie que tu la fermes et n'appelles pas la sécurité. Tu vois ce que je veux dire ?

Bouche bée, elle contempla l'enveloppe.

— Trente mille dollars ?

— Yep.

— De l'argent propre ?

— Il n'est pas marqué, poupée.

Elle sauta de sa chaise et tourna sur elle-même. Ils ne la quittèrent pas des yeux. Quand elle se baissa pour farfouiller dans un tiroir, ses fesses se dressèrent sous sa jupe. Puis elle refit surface, munie de son sac à main et d'un gilet, et se saisit de l'enveloppe.

— Merci, dit-elle le souffle court. Je déteste M. Henderson ! C'est le pire patron que j'aie jamais eu ! Pas de doute, je retourne travailler dans un bar !

Elle laissa échapper un cri excité, leur lança un sourire à se damner et quitta la pièce en courant.

Ils échangèrent un regard.

— C'était facile, dit Cox.

— Elle a oublié ses photos, fit remarquer Deuce en les désignant du doigt.

Haussant les épaules, ils dépassèrent la réception pour se rendre directement dans le bureau de Chase.

Il leva la tête de son ordinateur.

Deuce s'avança.

— Eva Fox, gronda-t-il.

Le regard de Chase passa de Deuce à Cox et ne quitta plus ce dernier. Ses yeux s'écarquillèrent.

— Seigneur, marmonna-t-il. Il était temps que vous veniez chercher votre mouflet. Je pouvais plus supporter de jouer la comédie, à faire croire que ce petit latino était de moi.

Cox serra les poings.

— Eva Fox, rappela Deuce à Chase.

Ce dernier lui jeta un coup d'œil.

— Je suis un peu occupé, là. Cela ne vous ennuierait pas de revenir plus tard ? De prendre rendez-vous ?

Cox s'assit sur un fauteuil de cuir et posa les pieds sur le bureau de Chase.

— On attendra.

— Ouais, confirma Deuce, remarquant une photo d'Eva. Prends ton temps.

C'était sa remise de diplôme au lycée. Elle portait sa robe universitaire, le couvre-chef à la main, souriant largement et donnant l'impression d'être la plus heureuse au monde. La bouche de Deuce s'assécha. Ce cliché avait été pris immédiatement avant l'épisode de la ruelle, où il l'avait faite sienne pour toujours.

— Elle est belle, n'est-ce pas ? murmura Chase.

Oui, elle l'était, mais il n'avait pas l'intention de mâcher ses mots. Il s'était rendu ici pour une raison, non pour discuter d'à quel point sa femme était jolie.

— Tu pensais que tu n'avais à te soucier que de Frankie Deluva, hein ? Et puisqu'il est enfermé, tu croyais que tu n'avais pas à t'en faire.

Chase eut un sourire narquois.

— Je présume que je m'étais trompé ?

— Ouais, crétin, intervint Cox. Complètement.

Chase pointa son index, le faisant passer de l'un à l'autre.

— Et vous êtes tous deux ici pour défendre l'honneur de Mme Fox-Deluva ? Parce que si c'est le cas, je suis désolé de vous le dire, mais je suis pratiquement sûr de ne lui en avoir laissé aucun.

— Désolé, le rusé, lui dit Deuce. Eva a un feu intérieur que tu ne toucheras jamais.

— Si l'on prend en compte le fait que j'ai touché toutes les parties possibles de son anatomie, utérus inclus, je suis tenté d'être en désaccord avec vous.

Les narines de Deuce frémirent.

— Oh, poursuivit Chase avec arrogance, vous n'êtes pas au courant ? C'est le truc marrant avec les préservatifs. Ils ne marchent pas très bien quand on les perce avant de les mettre. Donc, en ce qui concerne le feu d'Eva, je pense que j'ai monopolisé le marché.

— Le truc marrant avec les préservatifs, gronda Deuce, c'est qu'ils ne marchent pas très bien quand on n'en utilise pas du tout. (Deuce observa, satisfait, tandis que le sourire de Chase s'évanouissait et que la colère dansait dans son regard.) Oh, tu l'ignorais, ajouta-t-il, je monopolise le marché depuis à peu près douze ans, maintenant.

Cox se pencha en avant et saisit une photo encadrée sur le bureau.

— Bon sang, Kami a l'air incroyable en bikini, dit-il d'une voix traînante. Je la préfère nue, malgré tout. Et chevauchant mon visage tout en hurlant mon nom.

Chase haussa les épaules.

— Si vous pensez que Kami hurle, vous devriez entendre Eva.

Bon sang, il voulait tuer ce salaud.

Chase croisa les bras sur sa poitrine et s'appuya contre le dossier de sa chaise.

— Ce bébé est le mien, dit-il d'une voix égale. Je m'en suis assuré.

Grinçant des dents, Deuce compta jusqu'à dix avant de commettre un acte qui l'enverrait direct dans la cellule voisine de celle de Frankie. Alors que les secondes s'égrenaient, il observait l'image d'Eva. Pourquoi ce connard en avait-il une à sa remise de diplôme ? À moins que…

Il dévisagea Chase. Ce type était un véritable salaud, cruel de surcroît. S'il avait juste voulu profiter d'Eva, il n'aurait pas tenté de la mettre enceinte. Il n'aurait pas son portrait sur son bureau, un cliché vieux de douze ans, et il n'en aurait rien à taper de savoir avec qui elle couchait.

Seigneur…

— Je sais comment est Eva quand elle crie, dit Deuce calmement, attendant la réaction qu'il savait provoquer. Je sais les sensations que procure le fait d'être en elle, sa douce chatte enserrant ma queue à tel point que ça en fait mal.

Le visage de Chase se durcit.

— Le meilleur moment, et tu devrais le savoir puisque tu la sautes, c'est quand elle jouit, qu'elle crie qu'elle m'aime, et…

Chase s'affala en avant sur sa chaise, et ses poings s'abattirent sur son bureau.

— Ferme-la !

Oh que oui, Chase Henderson était amoureux d'Eva.

— Le truc marrant avec Eva, intervint Cox, c'est que prés' ne cesse de parler d'elle. On n'essaie plus de le faire taire depuis longtemps. Il évoque toujours ses seins incroyables, sa petite chatte étroite…

— Sortez de là, siffla Chase, ou j'appelle la sécurité.

— T'en fais pas, mon grand, assura Deuce, nous partons. On est venus ici pour se faire une petite idée sur toi, cerner ton jeu. Voir s'il fallait que je te descende ou non. Enfin, j'ai compris maintenant, je sais exactement ce que tu as dans le ventre. Tu ne plaisantes pas. Tu veux juste ma femme, purement et simplement. Et depuis longtemps. À tel point que tu as été suffisamment désespéré pour mettre en place un service payant plutôt que de parler d'amour.

Chase avait les mâchoires serrées.

— J'ai pas à me faire de souci. Eva ne te considérera jamais comme rien de plus qu'un type avec lequel elle a pris son pied.

— DEHORS !

Un large sourire aux lèvres, Deuce leva le menton en direction de Cox, et ils se dirigèrent vers la porte. Un moment après qu'ils l'eurent refermée derrière eux, un objet vint s'y écraser avec force et fracas.

— On va pas le tuer ? demanda Cox.

— Fais-moi confiance, répondit Deuce, c'est bien pire. Le mec souffre comme un malade. Ça fait longtemps qu'il a été blessé. On a juste un peu aiguisé la lame. Il s'enterrera de lui-même rapidement… Enfin, si Frankie ne découvre pas tout et ne s'en charge pas à sa place.

Cox acquiesça.

— Sympa.

Une fois qu'ils furent dans l'ascenseur, Deuce attrapa Cox par le cou et le plaqua contre la paroi de la cabine.

— Tu parles encore une fois des seins ou de la chatte d'Eva, et je…

— Prés' ! répondit Cox en riant, c'était juste pour le show ! Détends-toi.

Douchée et sirotant du *ginger ale* dans un grand verre, j'étais installée sur mon pouf, observant Kami et Devin lovés sur mon lit, endormis. J'espérais dur comme fer que l'enfant n'aurait pas besoin de suivre une thérapie après les événements de la journée.

Parce que moi, il ne faisait pas de doute que j'en aurais besoin.

La porte de ma chambre cliqueta et s'ouvrit lentement. Cox entra en premier, suivi par Deuce. Le regard de Cox me survola avant d'aller se poser sur mon amie et l'enfant. On y lisait un sentiment de possession. Il n'allait pas laisser tomber son fils – c'était hors de question. Je n'étais pas sûre de ce que cela signifierait pour Kami, mais je n'allais pas tarder à le découvrir.

— Cox, chuchotai-je.

Il se tourna.

— Je ne suis pas certaine de tes plans, mais Kami et Devin restent ensemble. Si tu essaies de les séparer, tu auras affaire aux Demons. On est d'accord ?

Les lèvres de Deuce se serrèrent, mais Cox resta impassible.

— Ouais, Foxy, murmura-t-il. On est d'accord. T'as pas à t'en faire pour ta copine. J'ai eu le temps de me calmer. J'ai compris quelques trucs.

Cox alla jusqu'à mon lit et s'assit à côté de Kami.

— Réveille-toi, lui chuchota-t-il à l'oreille.

Kami battit des paupières, l'air ensommeillé, vit Cox qui se dressait devant elle et laissa échapper un cri perçant.

Cox lui plaqua la main sur la bouche.

— T'es dingue ? Mon fils dort.

Les beaux yeux bleus de Kami s'étrécirent, et elle marmonna une méchanceté contre la main de Cox.

— J'viens juste de rencontrer ton salaud de mari, et pas question que mon gosse soit de nouveau près de lui, et en particulier, je ne veux pas qu'il l'appelle « papa ». (Il repoussa avec douceur une boucle blonde de Kami qui lui était venue dans les yeux.) Et toi, tu ne retournes pas avec lui. Jamais.

Mon amie se détendit visiblement et replongea la tête dans l'oreiller. Cox ôta sa main.

— Je vais t'exposer les choses, bébé, continua-t-il. Je ne vais pas enlever mon garçon à sa mère. Donc, on peut trouver une solution. Je dois d'abord apprendre à le connaître, je veux qu'il se sente en sécurité avec moi, et ensuite, on pourra discuter du fait qu'il aille de l'un à l'autre, OK ?

» Ou tu peux faire tes bagages et ramener tes fesses maigrichonnes dans le Montana, et je t'aiderai à trouver où t'installer. Peut-être que des crasses pourraient arriver entre nous, peut-être pas parce que t'es complètement cinglée, mais il est hors de question que tu t'approches de Ripper. En gros, tu vas me promettre tout de suite que tu resteras éloignée de lui à partir de maintenant et pour toujours.

Choquée, je lançai un coup d'œil à Deuce. Il avait les yeux rivés au plafond, priant pour trouver de la patience, peut-être.

— Et ta femme, siffla Kami. Tu resteras éloigné d'elle ?

— Je m'en occuperai, répondit Cox sur le même ton.

Elle renifla.

— Et de quelle manière ?

— C'est pas tes oignons.

Kami se replia sur elle-même.

— Tu attends de moi que je remballe ma vie, déracine mon fils et déménage dans une ville où « Super Traînée » est le seul salon de beauté en vue ? Pour qu'ainsi, quelques *crasses* puissent ou non arriver entre nous ? Tu es canon et tu baises comme un dieu, mais, pardon, c'est non.

Cox attrapa Kami par le haut des bras et la tira en avant. Nez contre nez, ils se fusillaient du regard.

— Je vais être honnête avec toi : aucune femme ne m'a jamais fait autant d'effet au lit que toi. Pas une, et j'en ai sauté beaucoup. Ça me rend fou chaque fois que tu romps alors que j'en veux encore. Maintenant, tu as mon fils, tu es toujours superbe, et j'en veux encore plus. Tu viens dans le Montana et on voit si ça marche. Si oui, je quitte ma femme. Si non, pas question que je le fasse. Pas envie de laver mes fringues et encore moins de payer une pension alimentaire.

— Oh, mon Dieu, souffla Kami, tu es le plus bel enfoiré que j'aie jamais rencontré.

— Et tu es une sacrée foldingue, une pourrie gâtée.

Je ne peux dire lequel des deux fit le premier geste. Peut-être avancèrent-ils en même temps. Un instant, ils échangeaient des regards assassins, le suivant, ils s'embrassaient. Tout en luttant. Baisers de lutte ?

Ils roulèrent du lit, Kami tendant la main vers la ceinture de Cox tandis qu'il déchirait le tee-shirt de cette dernière.

Je courus vers Devin, puisque aucun de ses parents ne prenait en considération le fait que leur enfant de quatre ans se trouvait à quelques centimètres d'eux.

— Seigneur, tu es absolument parfaite, grinçât Cox.

— La ferme ! siffla Kami. Et prends-moi !

Deuce me tint la porte et je sortis Devin de la pièce.

La dernière chose que j'entendis avant qu'il ne la referme fut Cox qui grondait bruyamment.

— Oh, là là ! Pour sûr, tes fesses rentrent à la maison avec moi.

— Non, pas question !

Je secouai la tête. Il s'était passé tant de choses en une journée.

— Tu es prête au départ, chérie ?

Je regardai Deuce. Il avait les yeux scotchés au petit garçon dans mes bras.

— Oui, dis-je doucement. Je le suis.

Il leva la tête et sourit.

— C'est bien. Vraiment parfaitement bien.

Deuce s'engagea sur l'autoroute. Portant son casque, Eva était assise derrière lui. Les cuisses de la jeune femme ceignaient ses hanches, elle lui enserrait la taille, la joue appuyée contre le cuir qui recouvrait ses omoplates. Quelle belle sensation. Vraie. Ç'avait été sacrément long à venir, mais c'était ainsi à présent, et il pouvait enfin respirer.

Il tendit le bras et fit signe à ses frangins de ralentir leur allure. Puis, il étira le bras, index dressé. Les Horsemen se mirent en file indienne d'après leur rang : Deuce, Mick et Cox fermant la marche.

Ils rentraient chez eux.

15

— Je n'entrerai pas.

Deuce croisa ses bras musclés sur son torse imposant.

— Tu comptes dormir à la belle étoile ?

Je haussai les épaules.

— Dans la mesure où je ne compte pas entrer, ouais.

Il ferma les yeux et prit plusieurs profondes inspirations. Je savais que j'avais atteint les limites de sa patience, mais en toute honnêteté, j'étais incapable de m'en préoccuper. Ses intentions étaient certes bonnes, mais il ne m'écoutait pas et ne se souciait pas de ce que j'éprouvais. J'avais tout quitté pour lui, et il s'attendait à ce que je m'installe avec lui et ses enfants. Ses enfants déjà grands. Que je n'avais jamais rencontrés !

D'après ce que je pouvais voir, sa maison était superbe. C'était un chalet rustique du Montana à un étage, assez imposant, entouré par un porche et dont le terrain à l'arrière s'étendait sur des kilomètres. La maison était construite en retrait d'un chemin de terre battue – pas de voisins, pas de circulation, rien. Uniquement Deuce. Et ses deux enfants.

Bon sang. Il fallait que je parte loin, loin de là.

Y avait-il un arrêt de bus dans les montagnes ? Je ne me souvenais pas d'en avoir vu. En fait, je ne me souvenais pas d'avoir vu de bus non plus. Ou de gens. Ou quoi que ce soit. Mais il devait bien s'en trouver un, non ? S'il y avait une route, il était plus que probable qu'un bus finisse par se montrer… non ?

— Calme-toi, Eva, gronda Deuce. Tu crois que tu irais jusqu'où ? Tu ne sais même pas où tu te trouves !

— C'est un kidnapping, clamai-je. Et arrête de lire dans mes pensées !

— Merde, marmonna-t-il. Tu es toujours comme ça ?

— Oui ! hurlai-je. Raison pour laquelle tu dois m'emmener à un aéroport, un arrêt de bus ou dans n'importe quel endroit civilisé et me laisser rentrer chez moi !

Il m'ignora.

— Je ne me souvenais pas que tu étais aussi dingue.

— Tu veux savoir pourquoi ? Parce que sur les vingt-six années qui se sont écoulées depuis notre première rencontre, nous pouvons compter sur les doigts de la main le nombre de jours que nous avons passés ensemble. Et certains uniquement en partie !

— Eva, répondit-il, exaspéré, tu viens de vivre quatre jours à l'arrière de ma moto, à dormir sous la tente et à vomir tes entrailles. Tu as l'air d'une vraie souillon et je suis prêt à parier que tu adorerais te reposer dans un vrai lit. Alors que dirais-tu de poursuivre cette conversation à l'intérieur ?

Je priais pour retrouver mon calme et ne pas finir par l'égorger, lorsque j'entendis la chose la plus horrible de tout l'univers.

— Papa ?

Un clone de Deuce avançait d'un pas nonchalant dans l'allée. Je ne le quittai pas des yeux. Il était presque aussi grand que son père, pas aussi large d'épaules, mais impressionnant malgré tout pour un garçon de dix-huit ans. Il avait les cheveux longs et blonds ramenés en un chignon, et lorsqu'il me lança un sourire séducteur, ce fut le Deuce à Rikers que je retrouvai. Or, il n'avait pas les yeux de son père. Alors que ceux de Deuce étaient d'un bleu glacial, ceux de son fils étaient marron.

Deuce indiqua du doigt son mini-moi.

— Cage, gronda-t-il. (Il me désigna ensuite.) Eva.

Bon sang, on aurait dit un homme de Néandertal : « Moi, homme ; toi, femme. »

Le clone m'offrit de nouveau un large sourire et leva le menton.

— Super, Eva.

J'enfouis mon visage dans mes mains.

— Oh, mon Dieu, il me faut un arrêt de bus.

— Papa !

Je jetai un coup d'œil entre mes doigts en direction de la masse de cheveux blonds qui criait et gloussait en dévalant l'allée. Seigneur. Cette fille était une vraie midinette. Jean skinny et débardeur rose scintillant assorti à des bottes à poils roses, le tout souligné par de longs cheveux blonds en dégradé et à la frange parfaitement asymétrique. Avec bien trop de fard sur les yeux. Cela ne présageait rien de bon pour moi.

Je n'étais pas pareil. Aucun de mes vêtements n'avait jamais été poilu.

La mini-diva se jeta sur Deuce et l'étreignit. Puisque personne ne me regardait, je décidai de descendre l'allée sur la pointe des pieds. Allait-il être vraiment compliqué de trouver un bus ?

— Eva ! beugla Deuce. N'y pense même pas !

Je m'arrêtai et lançai un coup d'œil derrière mon épaule. Deuce s'élançait dans ma direction pendant que ses deux enfants observaient la scène avec curiosité.

Je fis ce que n'importe quelle femme obligée de vivre avec les deux adolescents d'un homme ferait : je courus à perdre haleine. En vérité, je n'avais aucune idée d'où j'allais, mais il y avait une route, et elle devait bien mener quelque part. Si ce n'était pas le cas, comment les gens se déplaceraient-ils ?

Les bottes de Deuce martelaient le sol derrière moi, se rapprochant encore et encore, jusqu'à ce qu'il soit suffisamment près pour m'attraper. Je hurlai et pris brutalement un virage sur la droite, sautai par-dessus un petit fossé, et me dirigeai droit vers les bois.

Sans les atteindre.

— Je n'étais pas en pleine hallucination quand tu m'as dit que tu en avais assez de fuir ! gronda-t-il.

— Va te faire foutre, sifflai-je. VA TE FAIRE FOUTRE.

— C'est de ça que tu as besoin, Eva ? Que je te saute pour te rappeler où est ta place ?

— Papa ?

— Bon sang, marmonna-t-il. Retourne à la maison, Danny.

— Je veux parler à Eva.

— Danny. À la maison. Tout de suite.

— Non, papa. Je veux lui parler.

En soupirant, Deuce me reposa au sol. Je m'éloignai de lui en vacillant, le regard noir. Il me renvoya le même.

— Salut, dit Danny joyeusement. Papa m'a beaucoup parlé de toi !

L'ado me lança un large sourire. Elle était tout simplement superbe. Elle avait les yeux de Deuce – d'un bleu glacé et hypnotisant. Son visage cependant était celui de sa mère, les traits adorables, délicats.

— Je pensais que tu serais plus âgée, dit-elle avant de glousser. De l'âge de mon père, ou peut-être de ma mère. Mais tu es si jeune.

— Enfin, grommela Deuce. Elle n'est pas si jeune.

J'affichai un air renfrogné.

— J'ai trente ans.

Danny éclata de rire.

— Elle est plus proche de mon âge que du tien, papa ! T'as quoi ? Cinquante ans ?

Deuce leva les yeux au ciel avant de fermer les paupières.

— Je serai sous le porche, grogna-t-il. Si elle s'enfuit encore, dit-il en me désignant du doigt, tu hurles.

Il partit à grandes enjambées.

Deuce s'assit sur les marches menant au porche, coudes sur les genoux, le visage dans les mains. Il était destiné à une vie de fou.

— Elle est sexy, papa. Carrément sexy.

Il tourna la tête vers son fils.

— Ouais, marmonna-t-il.

— Ses jambes sont canon, poursuivit Cage. Et ses seins. Pas de soutif avec des seins pareils… *La vache*.

Deuce lui lança un regard noir. Si Cage ne la bouclait pas, il allait l'assommer.

— Quand t'en auras fini avec elle, prête-la-moi.

— Arrête, grogna-t-il. Ou je t'en colle une.

Cage le dévisagea.

— T'es sérieux ?

— On ne peut plus.

— Depuis quand tu t'intéresses à si je me tape une nana de club ?

— Depuis la minute présente. Et ce n'est pas une brebis. Tu l'appelles comme ça une fois de plus, et tu t'en mordras les doigts.

Cage éclata de rire.

— Oh, là là, haleta-t-il, se tenant le ventre et riant encore. Tu l'aimes bien, elle !

Aimer bien ? Cela ne commençait pas même à couvrir l'étendue de ses sentiments pour Eva.

Il attrapa son fils par le devant de son tee-shirt et le tira sur les marches jusqu'à ce qu'ils se retrouvent nez contre nez.

— Tu es sacrément jeune. Tu penses que rouler et coucher, c'est tout ce qui compte. Je comprends. Je suis passé par là. Mais tu vas vite apprendre à respecter les femmes, les filles faciles, les bonnes, les régulières… toutes… ou je te règle ton compte. Tu me suis ?

— OK, papa, dit Cage calmement. Désolé.

Il le repoussa et regarda en direction des bois. Aucun signe d'Eva ni de Danny.

— Papa ?

— Ouais ?

— C'est à cause d'elle que t'es tout le temps furax ?

— Ouais.

— Et que tu as quitté maman ?

— Ouais.

— Tu l'aimes ?

— Ouais.

Il y eut une longue pause.

— Cool.

— .... Ouais.

— Papa ?

— Bon sang, Cage, quoi ?

— Est-ce que cela veut dire que je peux avoir Miranda ?

Seigneur.

— Ouais, petit obsédé. Tu peux.

— Cool.

Danny et moi-même revenions vers la maison – moi, silencieuse, me tenant le ventre, et elle, en vraie ado qui sautillait, me racontant ses vacances d'été dans tous les détails. Elle avait seize ans – l'âge que j'avais la première fois que j'avais embrassé son père et étais tombée follement amoureuse de lui – ce qui était extrêmement gênant.

Quand nous atteignîmes le bout de l'allée, je pus voir Deuce et Cage assis sur les marches du porche. Cage était appuyé contre la rampe, fumant une cigarette. Deuce avait le visage dans les mains. Mon cœur se serra ; il était énervé.

Lorsqu'il nous remarqua, Cage donna un coup de pied dans le mollet de son père. Il leva vivement la tête. Les traits de son visage étaient tendus par la colère, et Cage recula, me pointant du doigt. Nos regards se verrouillèrent.

— Danny, hurla Cage, se dressant sur ses pieds, viens m'aider à préparer le dîner !

Cette dernière me toucha le bras.

— Ça va ?

— Moui, marmonnai-je.

— Jamais il ne te ferait de mal, chuchota-t-elle.

Je baissai les yeux vers elle.

— Je sais, petite.

Elle eut un large sourire et j'eus un mouvement de recul. Non seulement elle avait ses yeux, mais aussi son sourire à faire battre le cœur.

— Papa m'appelle petite, murmura-t-elle.

Puis, d'un bond, elle détala et disparut avec Cage dans la maison, nous laissant Deuce et moi nous dévisager.

Oh, Seigneur, venez-moi en aide. Je ne pouvais pas faire cela. Et pourtant, je me dirigeai droit vers lui.

Je m'arrêtai.

— Écoute, je ne peux pas... Hé ! Qu'est-ce que tu fais ?

Deuce m'avait attrapée par la taille et tirée sur ses genoux.

— Merde, dit-il, la voix rauque. Tu me rends complètement dingue.

Je laissai échapper un long soupir et me laissai aller contre son corps. Ses bras se refermèrent sur moi.

— Tu ne pars pas, Eva.

Si. Mais je ne le lui avouai pas. Et lui dis à la place à quel point il sentait mauvais.

— Oui, ma puce. Tout comme toi.

La maison de Deuce était incroyable. C'était un chalet en rondins tout ce qu'il y a d'idyllique. L'intérieur avait été décoré dans un style rustique chic. Lorsque vous entriez pour la première fois, vous étiez accueilli par un foyer d'un étage de haut, avec un lustre en bois fabriqué à la main. Le rez-de-chaussée était d'un seul tenant. La seule division dans la pièce était offerte par l'escalier en colimaçon qui menait à la galerie du premier.

À la gauche du foyer se trouvait le salon, séparé de la pièce à vivre par le mobilier. Ce dernier était très beau et pas du tout fonctionnel, ce qui me rappelait Chase. La pièce à vivre était plus mon genre – de larges canapés usés, un tapis épais en poils, un gigantesque écran plat et toutes les consoles de jeux vidéo dont un adolescent pouvait rêver. Des photos de Deuce et de sa bande, de ses enfants et de ses motos successives couvraient la largeur des murs. À la droite du foyer, se trouvaient une vaste cuisine et une salle à manger. La cuisine était pratiquement identique à celle de son club. De l'électroménager sombre et chrome, des comptoirs en marbre noir et blanc. L'ensemble de la salle à manger était parfait, avec une table solide en cerisier et des chaises en espalier à hauts dossiers, sur lesquelles se trouvaient des coussins vert sombre.

En haut de l'escalier, la galerie donnait sur cinq chambres et trois salles de bains, sans compter la chambre principale qui avait la sienne propre, agrémentée d'un jacuzzi et une douche suffisamment grande pour abriter une famille de huit enfants. Le tout était complété par des bancs et de multiples têtes de douche. La chambre de Deuce était tout aussi ridicule. Bien que décorée de manière spartiate, elle ne ressemblait pas à ce que j'avais pu imaginer pour lui. Une coiffeuse surmontée d'un grand miroir et un tabouret assorti occupaient un mur. Une lampe Tiffany était retenue sur son côté. Sur le mur opposé, il y avait deux chiffonniers. Le lit à baldaquin était recouvert de draps de soie noire et de trop nombreux coussins pour qu'on puisse les compter. Et il y avait des miroirs partout, même au plafond.

Je dévisageai Deuce, qui haussa les épaules et marmonna :

— Christine.

La chambre de Cage était typique d'un adolescent. Draps sombres et rideaux de la même teinte. Des posters de motos et de femmes nues posant dessus, des panneaux signalétiques volés tapissant les murs. Le sol était jonché de vêtements et de baskets, son lit était en désordre, et de la vaisselle sale s'empilait sur sa commode.

Celle de Danny était en tout point celle d'une fille. Le rose et le violet dominaient dans un amas de frous-frous. À la seconde où j'y posai le pied, j'eus l'impression d'être chez Barbie et je battis instantanément en retraite.

Lorsque j'eus tout visité, Deuce me ramena à sa chambre et, me désignant la commode avec la coiffeuse, m'ordonna de défaire mes sacs. Je le fusillai du regard.

— Je ne reste pas, lui dis-je. Donc, je ne range pas mes affaires.

— Bon sang, grommela-t-il.

M'agrippant par le bras, il me tira dans la salle de bains adjacente et ouvrit les robinets de la douche. Puis, il se déshabilla.

Lorsqu'il se tint nu devant moi, j'observai le tatouage qui lui couvrait le corps, du haut de l'épaule au coude, et qui représentait le visage de sa femme. Je l'avais déjà vu auparavant, mais n'y avais pas beaucoup prêté attention. Jusqu'à aujourd'hui. Où je me retrouvais dans sa maison, avec son mari et ses deux enfants.

— Ne va pas dans cette direction, Eva, gronda Deuce.

J'étrécis le regard. Comment faisait-il pour deviner chaque fois ce à quoi je pensais ?

Marmonnant quelque chose au sujet des femmes cinglées, Deuce traversa la salle de bains et me poussa contre le mur couvert de céramique. Il ôta mon tee-shirt et le jeta dans une poubelle. Est-ce que sa femme les avait vidées ? Sa brosse à dents se trouvait-elle quelque part dans le coin ?

Les mains de Deuce sur moi m'arrachèrent à mes pensées. Sa bouche aussi.

— Voilà, grommela-t-il, mon téton entre les lèvres. Te voilà, Eva. Je dois sans cesse te rappeler où est ta place. Mais ça ne me dérange pas.

Deuce me porta à la douche, en m'agrippant les fesses, et me dévorant le cou.

— Bon sang, répétait-il à voix basse, comme un mantra. Tu es si douce, ajouta-t-il, frottant son nez contre mon cou. Si belle, douce et folle… et mienne.

Je déglutis avec difficulté.

« Mienne. »

Mon Dieu, les choses que cet homme me faisait, et qu'il me faisait éprouver !

— Ce bébé, Eva, est le mien. Tu comprends ça ?

Je ravalai mon souffle.

— Je comprends, murmurai-je.

Sa main plongea entre nous, et il fit glisser un doigt, puis deux en moi. Saisissant ses épaules, je laissai mon esprit s'échapper et m'offris aux bons soins de Deuce et de ses gestes magiques. C'était facile.

— Tu me sens, maintenant, chérie ? gronda-t-il.

Je ne répondis pas. J'en étais incapable. Mais oui, je le sentais. Partout.

— Tu prévois d'arranger les choses entre toi et ton vieux ?

Deuce était en train de se laver les dents, observant une Eva enroulée dans une serviette, assise sur le lit, se rongeant les ongles, semblant prête à s'enfuir à tout moment. Il avait branché l'alarme de la maison en prévision. Elle n'en connaissait pas le code et donc, si elle essayait d'ouvrir la porte ou ne serait-ce qu'une fenêtre, il le saurait. Et il la ramènerait par la peau des fesses.

— Tu appelles toujours mon père « mon vieux », lança-t-elle. Mais tu as presque le même âge que lui.

Elle pensait qu'il était âgé ? Il cracha une gorgée de dentifrice dans le lavabo.

— Qu'est-ce que tu essaies de dire, chérie ?

Elle haussa les épaules.

— Je me demandais juste quand toi aussi tu commencerais à avoir besoin de Viagra.

Il se figea.

Quoi ?

Qu'est-ce que ça signifiait ?

Balançant sa brosse à dents à travers la pièce, il se dirigea droit sur elle. Une main sur chacune de ses épaules, il l'obligea à s'allonger sur le dos.

— Est-ce que je ne viens pas tout juste de te combler ?

Cette toquée serra les lèvres. Elle se moquait de lui. Elle riait !

Sans prévenir, il la fit basculer sur le ventre et plongea en elle. Seigneur, elle était humide. Elle lui avait tendu un piège. Il secoua la tête. Elle était toquée et accro au sexe.

— Alors, je m'en sors bien ? grogna-t-il. Tu as ce que tu veux ?

Haletante, elle secoua la tête.

— Nan. Tu devrais aller plus vite.

Ses narines frémirent et il lui assena une fessée.

Elle éclata de rire.

— Encore, gloussa-t-elle.

Seigneur.

— Si tu veux que ce soit violent, tu dois me promettre que tu vas rester et essayer de faire en sorte que les choses marchent entre nous.

Elle se retira, roula sur le dos et ouvrit les jambes pour lui. Il entra de nouveau en elle. Leurs regards se scellèrent.

— Je promets, chuchota-t-elle.

— C'est très bien, ma belle. Vraiment bien.

16

— Je suis grosse, pleurnichai-je en étudiant mon ventre énormissime.

Deuce, assis sur le bord du lit en train d'enfiler ses bottes, regarda par-dessus son épaule.

— Exact.

Je m'assis, ou plutôt, je me tortillai pour me redresser.

— Est-ce que tu viens juste de me traiter de grosse ?

— Exact.

Oh, mon Dieu. Il était si horripilant d'honnêteté ! Je détestais ça !

— Je ne suis pas grosse ! criai-je. Je suis enceinte de presque huit mois !

Il se leva et attrapa son déodorant sur la coiffeuse.

— Je sais. Mais pas au niveau des fesses.

J'étais bouche bée.

— Tu trouves que j'ai de grosses fesses ?

Il se tourna vers moi, tout en attachant ses cheveux en arrière.

— Exact.

— Je te déteste, sifflai-je. Si j'étais capable de me lever sans aide, je te botterais les tiennes !

Il eut un large sourire.

— Je vais pas te mentir, ma douce. Tu as un énorme cul. Non pas que cela me gêne, parce que j'ai de grandes mains, donc tout va bien.

Je lui jetai mon oreiller au visage. En riant, il s'enfuit de la chambre.

— Où vas-tu ? m'époumonai-je à sa suite.

— Au club !

La porte d'entrée claqua.

Haletante, je me rallongeai et tirai les couvertures sur ma tête. Je m'ennuyais tellement que cela expliquait probablement pourquoi mon postérieur avait pris tant d'ampleur. Deuce tenait parole et me traitait bien – quand il était à la maison. Ce qui n'était pas le cas la plupart du temps, de jour comme de nuit. Deux mois plus tôt, j'avais été prise de contractions, étais allée à l'hôpital où l'on m'avait donné du sulfate de magnésium pour ralentir le travail. Cela avait marché, mais j'avais des instructions strictes à observer, comme rester allongée le plus possible, éviter les situations stressantes, et m'abstenir de toute relation sexuelle.

Après cela, Deuce avait cessé de dormir à la maison. Il était toujours au club. Et je n'étais pas autorisée à m'y rendre, à moins qu'il ne m'y emmène, ce qui n'arrivait pratiquement jamais.

Je n'étais pas idiote. Je savais qu'il couchait avec d'autres femmes. Seulement, je ne savais que faire à ce sujet. Il m'avait exposé les choses, m'avait dit qu'il essaierait et j'avais répondu que moi aussi. Donc j'essayais, mais tenter de maintenir une relation avec quelqu'un qui n'était jamais là était incroyablement difficile.

À plusieurs reprises, j'avais été proche de lui jeter tout ça au visage, mais me rappelais alors qu'il ne m'avait en fait jamais promis de relation exclusive, ni qu'il serait régulièrement à la maison.

C'était officiel. J'étais une régulière. Et c'était horrible. J'étais passée du statut de membre à part entière et vital à la vie de mon club qui entretenait des liens forts avec toute la bande à… ça. À rien.

Cela dit, quand Danny n'était pas à l'école, j'étais avec elle. Avec elle et Cage, qui se rendait au club bien moins souvent que son père. Et j'avais développé une vraie relation avec tous deux. Cage et moi-même étions devenus amis, et Danny avait plus ou moins décidé que j'étais son modèle. Cette idée me semblait plutôt mauvaise, mais je la gardais pour moi car, en toute honnêteté, c'était une adorable mauvaise idée.

J'avais accès au pick-up de Danny, mais il n'y avait nulle part où aller. Miles City[1] comptait environ neuf mille habitants, et consistait en quelques rues commerçantes, où se trouvaient des restaurants, et aussi pas mal de terrains vagues. Les résidents ne semblaient pas s'en préoccuper. Tant qu'ils avaient des vêtements sur le dos, le ventre plein et un bureau de poste, tout allait bien.

Moi pas.

J'étais née et avais grandi à New York.

New York. Huit millions d'habitants. Une ville puissante, une capitale culturelle, la ville du monde la plus diverse sur le plan linguistique, un essaim de commerces, d'instituts financiers, de médias, d'art, de mode, de recherches, de technologie, d'éducation et de loisirs.

En soupirant, je roulai sur moi-même. Ma ville me manquait. Mon père, Kami et Devin me manquaient. Et ma bande.

Mais j'aimais Deuce. Et lui avais fait une promesse.

Il était tard lorsque Deuce entra dans son garage. Il coupa le moteur de sa moto et pénétra dans la maison. La cuisine était sa première priorité, la seconde, Eva. Il n'était pas rentré depuis quatre jours, et la toucher le démangeait. Il ne pouvait pas lui faire l'amour à cause

1. Ville du Montana. (*N.d.T.*)

du bébé, mais il avait résolu ce problème, notamment grâce à Miranda. Mais elle n'était pas Eva. Aucune de ces filles qu'il côtoyait ne lui faisait, même de loin, le même effet qu'Eva. Il était incapable d'être en sa présence sans avoir envie d'elle. Sa bouche, aussi douce soit-elle, ne suffisait pas. Il voulait être en elle. Et ce, depuis ce barbecue des Demons quatorze ans plus tôt.

Bon sang, il était dur, rien qu'en pensant à elle.

Cette femme le rendait fou.

Il attrapa une bière et allait monter à l'étage, un pied déjà posé sur l'escalier, lorsque des gloussements féminins le stoppèrent net. Il y avait école le lendemain, et Danny n'aurait pas dû être debout à une heure du matin. Eva le savait.

Aux aguets, il traversa le salon et entra dans l'espace à vivre. Eva, Danny et Cage étaient entassés sur la causeuse, les yeux rivés à la télévision. Danny occupait le coin gauche, Cage le droit, son bras pendant sur le dossier du sofa, et Eva était pelotonnée dans l'espace entre son bras et son torse. Les doigts de Cage jouaient distraitement à travers les cheveux de la jeune femme, et le bras de cette dernière était posé en travers du ventre du garçon. Une couverture bleu foncé en laine les couvrait tous trois.

Il ne quittait pas la scène des yeux. Que se passait-il ?

— Oh, mon Dieu, cria Danny en rebondissant sur place, elle va vraiment le transformer en vampire !

— Impossible, dit Eva. Elle ne le fera pas. Elle ne peut pas. Ce serait trop mal.

— Elle pourrait faire de moi un vampire, marmonna Cage. Elle est ultra sexy.

Eva éclata de rire.

— Tu donnerais ta vie en échange d'une jolie poitrine, hein ?

Si Deuce n'avait pas été si énervé, il aurait ri. Il avait pris des balles à deux reprises pour une poitrine.

Cage baissa les yeux vers Eva et eut un large sourire.

— Pour ces seins-là, ouais. Pour les tiens aussi.

Eva eut un reniflement.

— T'es dégueulasse, marmonna Danny.

— Yep.

— Tu peux continuer à être dégueulasse, dit Eva en riant, tant que tu continues à me masser les pieds chaque jour. (Elle eut un soupir heureux.) C'est du pur bonheur, Cage.

Le sourire de Cage se fit doux.

— Tout ce que tu voudras, beauté.

Deuce serra les poings. Lui masser ses foutus pieds ? Tous les jours ? « Beauté » ?

— Ha ! cria Eva, envoyant une claque sur le bras de Danny. Je t'avais dit qu'elle ne le ferait pas !

— Peu importe, marmonna Danny, un sourire aux lèvres. Elle aurait dû. Il finira par vieillir. À sa place, j'aurais immortalisé ce beau gosse.

Deuce s'engouffra dans la pièce et se plaça pile devant la télévision.

— Papa, pousse-toi, s'impatienta Danny, essayant de voir au-delà de lui.

Il n'en fit rien.

— Danielle West, gronda-t-il, je veux savoir pourquoi tu n'es pas couchée.

Sa fille croisa les bras sur la poitrine et l'affronta, l'œil noir.

— Aujourd'hui et demain, ce sont les rencontres parents professeurs, dit Eva calmement. Il n'y a pas école.

Son regard se fit plus étroit. Elle était encore lovée contre son fils. Directement sous ses yeux.

— Eva, aboya-t-il. À la cuisine.

— Voilà, ma belle, dit Cage. (Il se déplaça sous elle et fit glisser un bras autour de son dos pour l'aider à se mettre debout. Elle chancela un moment et posa ses deux mains sur son ventre gonflé.) Aïe, marmonna Cage. Tu as de nouveau des contractions ? Ou c'est ce truc avec le sel ?

— Oh ! intervint Danny en sautant sur ses pieds. Tu as besoin de tes médicaments ?

Ce truc avec le sel ? Ses médicaments ? Qu'est-ce qui se passait ?

— Eva, gronda-t-il, devenant de plus en plus agité à chaque seconde. Va à la cuisine !

— Papa ! hurla Cage. Tais-toi ! Elle est malade ! Sa pression artérielle atteint des sommets ! Son gynécologue la fait venir tous les jours pour l'examiner !

Quoi, quoi, quoi et quoi ?

— Pourquoi t'es au courant de ça ? exigea-t-il de savoir.

— J'ai une meilleure question, répliqua Cage. Pourquoi, toi, t'en sais rien ?

Soit il envoyait valdinguer son fils unique, soit il cassait quelque chose. Il balança donc sa bouteille de bière à travers la pièce. Elle s'écrasa sur le manteau de la cheminée et explosa en envoyant des éclaboussures de liquide partout.

— Réponds-moi ! gronda-t-il. Pourquoi tu sais tout ça ? Et pourquoi tu la tiens ?

La lèvre de Cage s'ourla.

— Qui à ton avis l'emmène à ses rendez-vous médicaux et à ce fichu hôpital ? Qui, à ton avis, l'assiste pour se lever, se coucher et sous la douche ? C'est sûrement pas toi.

Ses narines frémirent.

— Tu lui donnes un coup de main dans la douche ? siffla-t-il.

— Oui, papa, intervint Danny calmement. Tu n'es jamais à la maison, et je ne peux pas le faire tout le temps. Son docteur a dit qu'elle ne devait pas bouger, et on doit l'aider à maintenir bas son taux de sel et à la calmer lorsque les contractions arrivent, avec un bain chaud ou en lui frottant le dos. La plupart du temps, ce sont de fausses contractions, mais parce que son travail avait déjà commencé, les médecins sont inquiets.

— Et qui, à ton avis, emmène Danny à l'école ? hurla Cage. Et la récupère après ses leçons de pom-pom girl ? Et l'amène à la gymnastique ? Maman travaille plus de dix heures d'affilée, Eva ne peut plus le faire, et tu n'es jamais là. Il ne reste que moi !

Les larmes aux yeux, Eva se déplaça lentement dans la pièce et disparut dans le foyer. Il avait prévu de la suivre, mais Cage n'en avait pas fini avec ses récriminations.

— Tu recommences, cracha ce dernier. Tu gâches tout. Tu l'as fait avec maman, et tu le fais de nouveau avec Eva. Tu n'es jamais à la maison, tu la laisses seule avec personne à qui parler et rien à faire, et elle s'en ira, papa, si tu n'arrêtes pas de dormir au club et de sauter sur tout ce qui bouge. Mais je ne veux pas qu'elle parte et Danny non plus. L'avoir ici a été génial. C'est cool de discuter avec elle, elle est drôle et elle rend les choses plus belles, mieux qu'elles n'ont été depuis longtemps. Et toi, tu bousilles tout parce que t'es un égoïste !

Danny vint se placer devant son frère et prit une posture protectrice.

— C'est vrai, papa.

Deuce dut prendre plusieurs profondes inspirations afin de ne pas finir par dire quelque chose qu'il ne pensait pas. Une fois le souffle calme, il tourna les talons et quitta la pièce.

Deuce entra dans la cuisine peu de temps après moi. Il me dépassa sans même m'accorder un regard et alla vers le frigo. Je ravalai ma langue. Je l'avais beaucoup fait dernièrement, mais ne pouvais rien voir de bon sortir d'une conversation à cœur ouvert quand il venait juste de se disputer avec ses enfants.

Je réfléchissais à quoi lui dire, mais rien ne me venait à l'esprit. Je n'avais aucune idée de ce qu'il avait fait dernièrement d'un point de vue professionnel ou avec sa bande, rien.

— J'ai reçu une assignation, lâchai-je.

Mains vides, il referma le frigidaire et se tourna vers moi.

— Quoi ?

— Une assignation, répétai-je. Chase veut un test de paternité, et il l'exige via un ordre de la cour.

Il cilla.

— Ce docteur a daté la conception du bébé à quand ?

Je fis un pas en arrière.

— Deuce, pourquoi avons-nous…

— Quand, Eva ? Quand ?

— À fin juin, murmurai-je. Mais ce n'est pas toujours fiable.

— Vraiment ? ricana-t-il. Ce n'est pas fiable parce que c'est début juin qu'on a couché ensemble ?

Je le regardai, sans voix.

— T'es passé de mon lit directement à celui de Frankie, de celui de Frankie au mien, et du mien à celui de Chase ! Ce satané bébé pourrait être celui de Frankie, non ?

— Arrête ! hurlai-je. Tu sais que cela ne s'est pas passé comme ça ! Tu t'es pointé, tu as mis Frankie sous les verrous et moi, j'étais une véritable épave. Je n'ai jamais été capable de me montrer rationnelle à ton égard et je voulais juste être avec toi une fois encore ! Chase était une erreur ! J'essayais d'aider Frankie, mais aussi de lui faire du mal, et puis je voulais m'en faire à moi, tellement j'étais brisée. Et je ne sais pas, Deuce, je ne sais pas !

— Non, tu ne sais jamais rien, n'est-ce pas ? Tu ne savais pas que ton vieux avait des caméras dans l'escalier. Tu ne savais pas que Frankie n'était pas simplement dingue mais aussi un maniaque sanguinaire. Tu ne savais pas que Chase t'aimait et qu'il faisait des trous dans ces saloperies de préservatifs ! Tu ne sais même pas qui t'a mise en cloque !

Chase faisait quoi ? Oh, mon Dieu. *Oh, mon Dieu, mon Dieu, mon Dieu*.

— Ouais, ricana Deuce. Maintenant tu comprends que c'est bien trop tard. C'est son enfant que tu portes, et ensuite, il en jouera. Je te connais, quand les choses se font difficiles, tu t'énerves et tu t'enfuis.

— Et où ? exigeai-je de savoir. Puisque tu sais tout, dis-moi auprès de qui je vais m'enfuir !

— Tu vas retourner chez ton père, dit-il sombrement. Au club. En terrain sûr, où tu n'as pas à prendre ta vie en main parce qu'il y a une tripotée de mecs qui s'en chargent pour toi. Ensuite, tu peux continuer à essayer de sauver Frankie parce que tu n'as jamais rien fait d'autre. Tu n'as pas la moindre idée de comment t'occuper quand t'es pas en train de venir à sa rescousse. Quant à Chase et toi, vous pouvez recommencer à vous taper dessus à en perdre la tête, à vous envoyer en l'air en public et à prendre votre pied, parce que vous vous détestez vous-mêmes, vous et vos existences ratées.

Je sentais que mon visage était en feu. J'étais en colère, mais j'étais aussi embarrassée. Deuce venait juste d'étaler mon linge sale dans une maison où le rez-de-chaussée ne comportait pas une seule cloison. Nul doute : Danny et Cage avaient tout entendu.

— J'aurais jamais dû te toucher, cracha-t-il.

Mon cœur se serra.

— Quoi ?

— Tu m'as entendu, saleté. J'aurais aimé ne jamais te toucher. Ne t'avoir jamais rencontrée. T'as rien fait d'autre que me pourrir la vie.

Comme s'il m'avait giflée, je vacillai en arrière, tendant la main vers le comptoir pour retrouver mon équilibre.

— Deuce, chuchotai-je, s'il te plaît, retire ce que tu viens de dire.

Il ne le fit pas. N'ajouta rien. Se détourna de moi et partit.

17

Je déboulai au club, ayant une mission à accomplir. Deuce n'avait pas réapparu à la maison depuis plus d'une semaine. Il ne répondait pas à son téléphone, et ses potes le couvraient.

J'avais atteint le couloir du fond lorsque Cox se matérialisa soudain devant moi, me repoussant.

— Je vais aller le chercher, ma belle, reste là.

— Du vent, sifflai-je, le bousculant. Je ne suis pas stupide. Je sais ce qu'il est en train de faire, là, derrière.

Cox eut une grimace.

— Si je te laisse entrer, il me tuera.

— Alors, mets ton testament à jour, parce que seule une balle pourra m'empêcher de rentrer.

— Foxy, dit-il calmement, je ne peux pas te laisser faire.

Je lui lançai un regard noir.

— Tu te moques de moi ?

— Non, ma belle. Il me retirerait ma jaquette si je te laissais entrer.

— Très bien, Cox, tu veux jouer à ça ? Les choses vont plutôt bien jusque-là entre Kami et toi, non ? T'as fait tous les allers-retours pour voir Devin, que tu as appris à connaître ? Tu as menti à sa mère en lui disant que tu avais quitté ta femme et d'autres salades de ce genre comme ça tu peux continuer à te la faire, non ?

Le visage de Cox se ferma.

— Eva, me mit-il en garde, tu ne peux pas…

— La ferme, sifflai-je. Je peux, et je le ferai. Je lui dirai que non seulement tu es toujours avec ta femme, mais que tu continues à te taper tout ce qui bouge. Donc, comment ça va se passer, Cox ? Tu me laisses poursuivre ou tu perds Kami ?

L'air renfrogné, il me laissa le champ libre tout en me l'indiquant d'un geste ample de la main.

— Vas-y, sale conne.

La porte de Deuce était verrouillée, mais la poignée était de piètre qualité. Deux bons coups de poing sur le haut et elle cassa. Je l'ouvris d'un coup de pied, et Deuce souleva ses paupières qu'il avait closes.

— Eva ! s'exclama Miranda en rougissant. Tu es ici !

Deuce, sous elle, la repoussa pour s'asseoir. Il avait les yeux injectés de sang et le regard flou, grâce à la bouteille de Jack Daniels qui gisait sur le sol auprès du lit.

— Je ne suis pas là, informai-je Miranda. J'ai juste besoin de lui dire quelque chose et je m'en vais.

Elle faisait mine de se lever, mais je l'arrêtai d'un geste.

— Tu devrais rester, lui dis-je. Une fois que j'en aurai fini avec lui, il aura probablement besoin de toi à nouveau.

— Tire-toi de mon club ! gronda Deuce.

Cela me fit plus mal que de l'avoir trouvé avec Miranda. S'il m'aimait vraiment, je ne comprenais pas pourquoi il ne voulait pas que je fasse partie de sa vie.

Miranda s'extirpa maladroitement du lit.

— Je… heu… je vais y aller.

Sans se soucier de remettre la main sur ses vêtements, à supposer qu'elle en ait eu sur le dos au départ, elle s'engouffra dans le couloir.

— Comment t'es-tu débrouillée pour venir ici ? hurla Deuce.

Je haussai les épaules.

— Je suis une traînée. Je suis passée de lit en lit.

Deuce dessoûla immédiatement et traversa la pièce. Attrapant mon bras, il se mit à me tirer hors de la chambre et le long du couloir. Nu.

— Puisque tu me jettes dehors, je vais faire vite, lui dis-je. Je comprends que tu sois en colère au sujet de Chase, mais Frankie, c'est différent. Je l'aime depuis très longtemps.

Son visage se durcit, et il accéléra l'allure, m'obligeant à trébucher juste pour me maintenir à sa vitesse.

— Nous avons grandi ensemble, nous avons traversé beaucoup d'épreuves. Il a toujours été là pour moi, et moi pour lui. Il a tout perdu alors qu'il était très jeune. Il s'est accroché à moi quand il n'était qu'un gamin, et cela n'avait rien de sexuel. Ce n'a été que plus tard qu'il a aussi eu besoin de moi pour ça.

Deuce m'obligea à m'arrêter brutalement.

— Qu'il a eu besoin de toi pour ça ? siffla-t-il. Tu te rends compte à quel point ça semble tordu ?

— Oui ! lui renvoyai-je. Mais je l'aimais ! Je voulais l'aider !

— Tu es malade. (Il se remit à avancer, me tirant toujours avec lui.) Frankie a fait de toi une malade.

— Oui ! hurlai-je, je le sais !

— Qu'est-ce que tu sais, bon sang ?

— Je sais que je suis brisée, et depuis longtemps. Que j'ignore ce qu'est une relation normale, parce que j'ai toujours connu des trucs tordus. Mais j'ai vraiment essayé de faire en sorte que ça marche entre nous ! Je sais aussi que j'en ai marre de tes conneries ! Tu m'as fait des promesses, et j'ai tout quitté pour toi ! Et tu m'as emmenée au milieu de nulle part pour m'abandonner dans une maison avec tes enfants, attendant de moi que je sois ta régulière alors que tu savais, *tu savais*, que c'était la dernière chose que je souhaitais. Je t'ai laissé me traiter comme si j'étais un objet, me retrouvant exactement là où tu m'avais laissée chaque fois que tu décidais de m'accorder l'honneur de ta présence. Simplement parce que je t'ai promis que je ne m'enfuirais pas. Mais je ne peux plus continuer comme ça !

— Cox ! beugla-t-il. Fais-la sortir d'ici. Assure-toi qu'elle rentre à la maison et qu'elle y reste.

Cox ne fit pas un geste.

— Désolé, prés', je ne jetterai pas dehors une femme enceinte et en colère, qui vient juste de prendre son homme sur le fait avec une brebis. Je tiens à mes burnes.

Je pivotai vers Deuce.

— Ne t'en fais pas. Je pars. Tu as des parties de jambes en l'air qui t'attendent, et moi une vie que je voudrais bien commencer à vivre !

Je me tournai brutalement vers Cox, qui fit un pas en arrière.

— Et toi ! Je me fous de la manière dont tu traites ta femme, si tu sautes sur tous les mecs, filles et chiens de la planète, or tu continues à coucher avec ma copine et j'y mettrai un terme ! Vous adorez jacasser sur votre fraternité et le code d'honneur de la route, mais vous ne pensez jamais à la file de femmes que vous laissez derrière vous, et que je sois damnée si l'une d'entre elles est Kami !

— Mon Dieu, Eva, murmura Cox. Qu'est-ce que je t'ai fait ?

— À moi, rien, sifflai-je, mais à Kami, si. C'est pas une brebis et je ne te laisserai pas la traiter comme telle !

— PARS ! beugla Deuce.

— JE M'EN VAIS ! hurlai-je en réponse.

J'avais fait deux pas dehors lorsqu'une douleur aveuglante traversa mes reins. D'autres suivirent, ma vision se brouilla tandis que mon ventre se serrait péniblement. J'avais le sentiment de recevoir des coups de couteau en travers du bas-ventre. Mes mains volèrent s'y poser.

— Non ! pleurai-je. S'il vous plaît, mon Dieu, non !

— Elle t'a trouvé enfoui en Miranda et n'a même pas cillé.

Deuce regarda Cox avec colère par-dessus le bar.

— À qui la faute ?

Cox ne baissa pas la tête.

— Prés', elle savait déjà ce que tu étais en train de faire. Elle te comprend mieux qu'elle ne se connaît elle-même. Elle nous comprend tous. Je commence à penser qu'elle nous connaît mieux que nous-mêmes.

Blue s'envoya une tequila et s'éclaircit la gorge.

— Évidemment que Foxy pige. C'est une pourrie gâtée qui a grandi dans un club où chaque frangin l'adorait plus encore qu'il n'aimait sa régulière.

— C'est bien le problème, marmonna Deuce. Elle ne sait pas rester à sa place parce que Preacher est un crétin.

Blue secoua la tête.

— T'es un sacré imbécile. Tu veux savoir ce que je vois ? Je vois une fille de première valeur, qui choisit un salopard comme toi, et je me demande vraiment pourquoi. Pour moi, c'est idiot.

» Mais tu craches sur tout ça parce que tu peux pas t'empêcher de prendre des filles faciles, et tu refuses de lui donner une part du club. C'est pas beaucoup demander, à mon avis, mais puisque tu ne me le demandes pas, je vais la fermer et te laisser continuer en parfait abruti.

Deuce envoya un regard noir à Blue. S'il n'était pas si âgé, il se tordrait de douleur à la minute présente.

— Tu dois commencer à te montrer honnête envers toi-même, embraya calmement Mick, prenant la parole pour la première fois. Tu n'es pas vraiment en colère contre elle, tu es jaloux.

Il étudia les visages sombres qui l'entouraient, passant de l'un à l'autre.

— Qu'est-ce qui se passe ? hurla-t-il. Pourquoi vous vous liguez tous contre moi ?

Mick secoua la tête.

— J'te dis juste les choses clairement, prés'. Tu dois grandir et l'admettre. Tu es jaloux de Frankie qui a eu Eva pendant toutes ces années et l'a épousée, sans compter la loyauté mal placée et indéfectible qu'elle a envers ce timbré. T'es jaloux de Chase juste parce qu'il l'a goûtée et qu'elle a aimé. Et t'es jaloux du bébé parce que tu penses qu'il n'est peut-être pas de toi. Tu meurs d'envie d'en être le père car tu veux tellement qu'Eva t'appartienne que ça t'aveugle.

» T'es à fond sur elle depuis longtemps maintenant, et t'es tellement habitué à coucher avec, à te battre contre elle ou à la perdre que tu ne te rends même pas compte que tu l'as enfin. Elle t'aime, et depuis un bon moment. T'es pas le seul qui reconnaît son emprise. J'ai vu comment elle te reluquait à l'époque, à Chicago. C'était qu'une gamine, mais qu'on me pende si elle ne te mettait pas sur un piédestal.

Tap acquiesça.

— Il a raison, prés'. Je pense pas que t'auras une autre chance cette fois-ci. Elle a l'air fatiguée comme tout, on peut le voir sur son visage. J'parie que Frankie l'a épuisée avec ses conneries. Une femme a ses limites. Prends mon cas. Tara s'est barrée à Atlanta. Maintenant, elle est maquée avec ce programmateur informatique, que ma petite fille qualifie de gros ringard. C'est ses mots, pas les miens. Je suppose qu'il serait incapable de tuer une mouche s'il le devait. Mais Tara le veut lui, et pas moi, parce que je la traitais pas bien et qu'il en fait une foutue reine.

Deuce ne savait pas quoi répondre à cela – en grande partie parce que tout était vrai – aussi s'envoya-t-il une nouvelle tequila. Mick lui lança un regard narquois. Quel crétin.

Il ne se comportait pas bien avec Eva, il le savait. Ses vieilles habitudes avaient la vie dure. Mais il ne pouvait se permettre de devenir tendre et faible, c'était pourtant ainsi qu'elle le rendait. À passer trop de temps avec elle, il finirait par la garder collée à son côté. Il avait besoin d'espace et d'avoir les idées claires. Il ne voulait pas faire d'erreur.

Merde.

Il ne savait pas quoi faire. Une partie de lui voulait qu'elle rentre chez elle, l'autre en perdait le souffle à cette idée.

— Prés' ! (Les bras et les mains couverts de sang, ZZ se précipita dans la pièce.) Eva, dit-il, le souffle court. Elle parle pas… ses yeux sont fermés… y a plein de sang… appelle une ambulance…

Il n'entendit pas la suite, parce qu'il se précipitait dehors.

18

Deuce était assis dans la salle d'attente de l'hôpital, dans la même position depuis quatre jours, coudes sur les genoux et le visage dans les mains.

Il avait fréquemment commis des erreurs dans sa vie, mais jamais une aussi grave.

Il avait tant mis Eva en colère que le travail avait commencé six semaines trop tôt, et qu'elle avait perdu énormément de son sang. Les docteurs avaient pratiqué une césarienne en urgence et, maintenant, il y avait une minuscule petite fille en couveuse, maintenue sous oxygène parce qu'elle était incapable de respirer seule, et une femme – *sa femme* – qui le détestait parce qu'il était un beau salaud, un obsédé, qui ne désirait pourtant qu'une seule personne, celle qui vivait dans sa maison, dans son lit, et qui passait du temps avec ses enfants.

— Prés' ?

Jase lui donna un coup de coude.

— Quoi ? marmonna-t-il.

— Kami est ici.

Il leva la tête et découvrit un Cox miniature qui lui souriait. Il lui rendit son sourire et porta le regard plus haut. Sa foldingue de maman l'observait, l'œil noir. Il lui renvoya son salut silencieux.

— Chase est mort, lança-t-elle avec colère.

Deuce cilla. OK. Eh bien… ce n'était pas exactement une mauvaise nouvelle.

— Et alors ? répondit-il. Ne me fais pas perdre mon temps.

Kami haussa les sourcils, semblant plus perplexe qu'en colère.

— Ce n'était pas toi ?

Il se leva soudain et s'approcha d'elle.

— Tu plaisantes ? Tu évoques ce genre de sujet en public ! En fait, n'évoque *jamais* ces saletés !

— Pardon ! hurla-t-elle. Je suis désolée ! J'ai tendance à ne pas avoir les idées claires lorsque je découvre que ma meilleure amie a failli perdre la vie et le bébé qu'elle porte. Et quand, à peine cinq minutes après, la police de New York frappe à ma porte pour m'informer que mon mari a été torturé pendant des heures, puis éviscéré ! Bon sang, Deuce, ils m'ont dit que ses entrailles étaient enroulées autour de son sapin de Noël ! Son corps était si mutilé qu'ils n'ont pas voulu me laisser le voir !

Son sang se glaça.

— Ripper ! aboya-t-il.

Son gars était déjà sur pied, téléphone en main.

— Je m'en charge, prés', dit-il en se dirigeant vers la sortie.

— Qu'est-ce qui se passe ? s'inquiéta Kami.

— Papa ! couina Devin en se mettant à courir.

— Merde, marmonna Tap, indiquant d'un geste de tête l'entrée de l'hôpital. Anna est avec lui.

Jase haussa les épaules.

— C'est sa faute. À faire des gosses aux quatre coins du globe.

— Il est toujours avec sa femme ? siffla Kami.

Il ne fallut qu'une microseconde à Cox pour comprendre dans quoi il avait mis les pieds. Puis il se laissa tomber à genoux et étreignit Devin qui se jetait dans ses bras.

— Hé, petit mec ! dit-il d'un ton bourru en le serrant contre lui.

— C'est quoi, ça ? s'écria Anna.

Tenant toujours Devin, Cox se remit debout.

— Pas devant mon fils.

Kami traversa la pièce et tendit les bras vers Cox.

— Je constate que tu ne t'es toujours pas *chargé* de certaines choses, fit-elle d'un ton narquois. Rends-moi Devin pendant que tu les règles.

Cox lui tendit l'enfant, en colère.

— Va t'asseoir là-bas, bébé, chuchota-t-elle à l'intention de Devin en lui indiquant du doigt une chaise à l'autre bout de la salle.

Le garçonnet s'y précipita.

— Tu baises cette salope maigrichonne ? hurla Anna. Tu l'as engrossée ?

Cox ferma les yeux.

— Seigneur, Anna, ressaisis-toi. Nous sommes dans un hôpital.

— Ouais, s'époumona-t-elle. Et je viens juste de découvrir que tu continues de me tromper à droite et à gauche !

— Tu viens vraiment de me traiter de salope ! Salope toi-même, intervint Kami du même ton.

Avant que tout cela ne prenne trop d'ampleur, Deuce attrapa Cox et le tira sur le côté.

— Chase est mort, ses intestins enroulés autour d'un sapin de Noël. Devine qui a fait ça. Sors l'une de tes groupies d'ici avant qu'elles ne se crêpent le chignon dans le fichu hôpital où ma femme a failli mourir. Je suggère au passage que tu te débarrasses d'Anna, dans la mesure où Kami est l'amie d'Eva. Sinon son départ entraînera coups et hurlements, ce qui énervera ma femme. Et si tu l'énerves, ça finira mal pour toi.

Se détournant, Cox soupira.

— Je m'en occupe, prés', marmonna-t-il.

— Tap ?

— Prés' ?

— Appelle les garçons. Je veux qu'Eva et mes filles soient sous surveillance vingt-quatre heures sur vingt-quatre. Cage aussi. Il faut que ça reste discret.

— OK.

Ripper rejoignit le groupe. Un seul coup d'œil à son visage apprit à Deuce que les nouvelles n'étaient pas bonnes.

— Frankie ? s'enquit-il.

Ripper opina.

— Il a tué trois codétenus la semaine dernière et a été transféré dans le nord de l'État. Durant le voyage, il a zigouillé les quatre gardiens, et d'après ce que j'ai entendu, il ne les a pas terminés de manière jolie-jolie. Un vrai festival du gore. Il a été mis en cause pour la mort d'Henderson, aussi. Les flics sont à ses trousses. Il a la trouille. Ou, connaissant Frankie, il est heureux. Et une chose est sûre : il cherche Eva.

Les yeux de Kami s'écarquillèrent, et elle se jeta sur Ripper.

— Il va tuer mon Eva ! cria-t-elle.

— Non, ma belle, ça n'arrivera pas, murmura Ripper avec douceur, lui frottant le dos tout en souriant par-dessus la tête de la jeune femme en direction de Cox.

Ce dernier, qui avait escorté Anna à l'extérieur et revenait seul, se figea devant le spectacle.

— Touche-la encore, et je te coupe les mains !

— Silence, siffla Kami. Puisque tu te tapes encore ta femme et probablement la moitié du Montana, j'ai décidé de passer à Ripper !

Ripper, qui savait pertinemment à quel point il insupportait Cox, poursuivait ses caresses avec un sourire démoniaque.

— Tu veux vraiment le rendre jaloux, Kami ? demanda Jase. Tu pourrais essayer avec moi.

Se frottant le visage, Deuce abandonna ces imbéciles dans la salle d'attente et se dirigea vers la chambre d'Eva.

Danny l'y rencontra à la porte. Elle portait le même survêtement rose depuis trois jours et avait l'air absolument épuisée.

— Non, papa. Ce n'est pas une bonne idée.

Il prit une profonde inspiration.

— Ça va tourner à l'orage, ma petite fille. Je sais qu'Eva me déteste, mais je dois lui parler. Et puis t'as besoin de prendre une douche, et de dormir. Appelle ton frère et rentre à la maison.

Avec réticence, elle fit un pas de côté, et il entra dans la chambre, refermant la porte derrière lui. Les rideaux opaques étaient étroitement tirés ; la pièce était plongée dans l'ombre. Eva était allongée sur le côté. Toute pâle, avec de gros cernes noirs, elle semblait particulièrement faible. Elle avait une perfusion au bras. Lorsqu'elle le vit, elle se détourna.

— Va-t'en, dit-elle d'une voix rauque.

Sa poitrine se serra.

— Ma belle, je ne peux pas. On doit discuter.

Il fit le tour du lit afin d'être face à elle, et elle roula immédiatement de l'autre côté.

— Non. Va-t'en.

OK. Changement de tactique.

— Eva, Chase est mort.

Le corps d'Eva se raidit.

— Il a été torturé, continua-t-il. Éviscéré. Ses entrailles pendues à son propre sapin de Noël.

Eva parvint à s'asseoir, ses mains serrant son ventre.

— Où est Frankie ? murmura-t-elle.

— En cavale.

— Oh, mon Dieu. Chase… Oh, mon Dieu… tout est ma faute… il ne… je… *Oh, mon Dieu…*

— Ma puce. (Il lui saisit le visage et l'obligea à le regarder.) Écoute-moi bien. Chase savait dans quoi il mettait les pieds lorsqu'il a conclu ce marché avec toi. Il connaissait personnellement Frankie, et il a travaillé sur son dossier. Il savait à quel point ton mari était fou et de quoi il était capable. Mais son désir pour toi a pris le pas sur la prudence.

Une larme coula sur la joue d'Eva.

— Il ne méritait pas ça. Je veux dire, personne ne le mérite, mais Chase vraiment pas, chuchota-t-elle. Certes, c'était un idiot, mais pas une mauvaise personne. Il avait juste besoin d'amour, d'une famille à aimer et qui l'aime en retour… il ne savait seulement pas combien… Oh, Seigneur, Chase… *Seigneur…*

Elle le pleurait. Deuce le comprenait, mais la voir verser des larmes pour un type avec lequel elle avait couché et pour lequel elle avait des sentiments était bien la dernière chose à laquelle il avait envie d'assister.

Sentant la jalousie et la colère l'envahir, il s'assit à côté d'Eva et l'embrassa durement.

Elle ne se débattit pas, et ils partagèrent un long et lent baiser, humide et avide. Lorsqu'il se recula, Eva appuya son front contre le sien, leurs souffles se mêlant lorsqu'elle soupira.

— Comment va-t-elle ? chuchota-t-elle.

Il s'éclaircit les idées. Le bébé – elle parlait du bébé.

— Elle ne respire pas encore seule, ma puce.

Se mordant la lèvre, Eva hocha la tête.

— Tu n'es pas responsable, dit-elle.

Si, il l'était. Il voulut protester, mais elle posa un doigt sur sa bouche.

— C'était une grossesse difficile, tu n'y es pour rien.

Sa poitrine se comprima, et il prit une goulée d'air. Il ne la méritait pas. Ne l'avait jamais méritée. Ne la mériterait jamais.

— Je lui ai donné un nom, dit Eva doucement. Ivy Olivia West. Ivy[1] parce que c'est toujours Noël d'une certaine manière, et Olivia…

1. *Ivy* signifie « lierre » en anglais. Tout comme le houx, il est associé aux fêtes de Noël. (*N.d.T.*)

— Parce que c'était le nom de ma mère, dit-il la voix rauque, se sentant le plus grand imbécile au monde.

— Deuce ?

— Oui, ma puce ?

— Le certificat de naissance. Que veux-tu que je fasse ?

— Rien, chuchota-t-il. Je le remplirai. C'est mon enfant.

Le regard d'Eva se scella au sien, le dévorant, le rendant complètement dingue. Elle le mettait toujours dans cet état.

— Deuce ?

— Oui ?

— Plus d'autres femmes.

Merde.

— Je sais. J'ai fait n'importe quoi.

— Si tu en as après moi, et tu veux passer ta rage avec du sexe donc, tu utilises mon corps. Même si je suis furieuse, jamais je ne me refuserai à toi.

Elle eut un rire tremblant et la poitrine de Deuce en fut douloureuse. Il avait méchamment blessé cette femme.

— Eva, ma puce, dit-il doucement, il n'y aura plus d'autres femmes. J'ai déjà fait déménager Miranda et coupé tous liens avec elle. Je t'ai promis de te mériter et il serait temps que je m'y mette.

Il se sentit d'autant plus mal qu'elle laissa échapper un soupir tremblant.

— Je t'aime, Deuce, murmura-t-elle. Je t'aime tant.

Ils se regardèrent fixement, et il comprit exactement pourquoi sa bande l'avait tant critiqué. Il était tout pour elle. Il le devinait dans ses grands yeux gris. Soudain, alors, le passé s'effaça. Elle ne fuirait pas, et il la traiterait comme la reine qu'elle était.

19

Pour la première fois depuis longtemps, Deuce connut la paix.

Trois mois passèrent, et la petite Ivy fut autorisée à quitter l'hôpital.

Au club, Eva transforma une partie de la chambre de Deuce en nursery.

Puis elle donna à Danny sa propre chambre sur place et l'aida à la décorer. Du rose et du violet en veux-tu en voilà. Deuce explosa. Il fit installer une porte en acier avec un verrou coulissant, des barreaux aux fenêtres. Puis il convoqua tous ses gars et les menaça de mort si le moindre d'entre eux osait reluquer sa fille avec concupiscence.

Aucun n'osa. En fait, ils arrêtèrent carrément de parler à la jeune fille.

Et les choses suivirent leur cours.

La vie était belle, sacrément belle.

Kami et Devin emménagèrent au Montana pour être près d'Eva et Ivy. Kami jura haut et fort que Cox n'avait rien à voir avec sa décision. Deuce aurait pu la croire si elle ne s'était pas trouvée sur les genoux de ce dernier au moment précis où elle débitait toutes ces salades.

Il fêta ses quarante-neuf ans.

Cox quitta sa femme et s'installa avec Kami.

Danny eut un petit copain.

Son petit copain rompit, et Deuce jura qu'il n'y était pour rien.

Cox divorça et offrit une bague en diamants à Kami. Elle ne lui plut pas, aussi s'en offrit-elle une plus grosse, plus chère, avec les pendants d'oreilles assortis. Cox marmonna quelque chose à propos de lui interdire l'accès à Internet – et de chaussures à plusieurs milliers de dollars.

Devin eut cinq ans.

Cox lui offrit une moto tout-terrain, et Kami rossa ce dernier avec une casserole.

Eva fêta ses trente et un ans.

Kami mit Cox à la porte – parce qu'il avait eu une drôle de façon de regarder une caissière au supermarché. Ce qui interpellait surtout Deuce, c'était de savoir comment elle était parvenue à entraîner Cox dans une grande surface.

Ses gars lui créèrent un nouveau médaillon, au dos duquel on pouvait lire FOXY. Il se débrouilla pour envoyer son poing dans la figure de trois d'entre eux avant qu'ils ne détalent tous comme des lapins. Puis, il le passa autour de son cou.

Et eut un large sourire.

L'été était bénéfique au club. Beaucoup d'affaires. L'argent coulait à flots. Deux de ses gars se marièrent. Trois nouveaux frères rejoignirent les Horsemen.

Les fesses d'Eva retrouvèrent leur taille initiale, bien que ça ne lui posait pas problème. Il aurait gardé Eva quelle que soit son apparence. Mince, ronde, pulpeuse. Ou même du type ballon dirigeable. Qu'importe. Son corps ne l'avait jamais retenu à elle. Ce lien entre eux allait bien au-delà du physique. Même si ses seins… et ses lèvres…

Et combien ses sacrés grands yeux gris le rendaient dingue.

Cox et Kami se marièrent ; elle le laissa revenir à la maison.

Ivy eut un an. Elle jeta un simple coup d'œil à son gâteau d'anniversaire Hello Kitty et y planta la tête directement en plein milieu. Une photo d'elle couverte de crème et de son glaçage – ses yeux bleus tachetés de blanc brillant, le sourire de son père aux lèvres – se trouvait au centre de son bureau.

Il se mit à planifier un projet incroyable. Un projet vraiment spécial pour sa femme.

Puis, un été, tout fut réduit en miettes.

20

Ivy, Deuce et moi-même avancions main dans la main dans le vaste jardin à l'arrière du club. De la musique country s'échappait à plein volume de plusieurs haut-parleurs disposés de manière stratégique. Trois grands barbecues étaient déjà allumés, dans lesquels cuisaient hot dogs, hamburgers et steaks tandis que les motards, leurs femmes, petites amies et enfants déambulaient, buvant des bières, des sodas ou entretenant des conversations animées.

Souriant.

Dansant.

Heureux.

Deuce serra ma main.

— Ma belle, va t'occuper de trucs de filles, je dois discuter avec Ripper.

Avant que je ne puisse lui renvoyer un nom d'oiseau à la figure, que je gardais en réserve pour toutes ses remarques misogynes, je me dépêchai de rejoindre une longue table sur laquelle était disposé un véritable buffet. Dorothy se tenait de l'autre côté, vêtue d'un tablier noir sur sa mignonne robe rose, servant les plats.

Je retirai mes sandales d'un coup de pied et vins l'aider.

— Hé, murmurai-je, en lui donnant un petit coup de hanche, tu vas bien ?

Se mordant la lèvre inférieure, elle secoua la tête.

— Jamais quand je le vois avec elle.

Je suivis la direction de son regard jusqu'à Jase, sa femme Chrissy, et leurs trois enfants. Cela faisait treize ans qu'il tripotait Dorothy ; elle avait maintenant trente-trois ans, et il n'avait encore jamais tenu aucune des promesses qu'il lui avait faites. Elle avait quitté son mari pour lui, sa fille avait seize ans et entrait à l'université à l'automne, et elle allait se retrouver complètement seule. Cela ne me regardait en rien, mais ne signifiait pas pour autant que je devais accepter la situation.

— Fais une pause, suggérai-je. Je m'occupe de tout.

Elle écarquilla les yeux.

— Tu es la régulière de Deuce.

— Et ? Je n'ai pas le droit de servir les *noodles* ?

Secouant la tête, mais souriant, elle défit son tablier et me le tendit.

— Merci, chuchota-t-elle avant de s'enfuir.

Jase se détourna de Chrissy pour voir Dorothy disparaître dans le club. Fronçant les sourcils, il glissa quelque chose à l'oreille de sa femme – qui opina et sourit – et suivit les traces de la jeune femme.

— Eva ?

Je me tournai vers la table et découvris Anna, l'ex-épouse de Cox, qui se tenait devant moi. Elle avait coupé court ses longs cheveux noirs, cela lui allait bien.

— Hé, dis-je, tu déposes Mary Catherine ?

Elle opina et montra du doigt sa pré-ado qui riait en poursuivant Devin.

— Tu veux manger ? demandai-je en levant une assiette vers elle.

Elle plissa le nez.

— Non, merci, j'essaie de perdre du poids.

Je l'étudiai du regard, me demandant où elle en avait besoin.

— Salut ! Eva ! Anna ! lança Chrissy en s'avançant d'un pas nonchalant.

Elle était superbe. Grande, élancée, une belle poitrine, de longs cheveux auburn. Avec son bronzage irréprochable et ses traits délicats et symétriques, elle était l'incarnation du fantasme de tout homme américain. Tout ce que Dorothy n'était pas. Tout ce que je n'étais pas non plus. Heureusement, je n'en avais cure.

— Chrissy, la salua Anna.

— Vous venez au yoga demain ? s'enquit cette dernière.

Elle sautilla dans son short en jean coupé et débardeur moulant blanc, attirant l'attention de tous les bikers à deux mètres à la ronde. Deuce inclus.

Je lui lançai un regard noir. Il me renvoya un sourire malicieux avant de se détourner et de reprendre sa conversation.

— Ouaip, lui dis-je.

Chrissy et ses cours de yoga avaient été mon salut. J'avais perdu tous les kilos pris pendant ma grossesse et quelques autres en plus.

— Ouaip, dit Anna. Dieu sait que j'en ai besoin.

Je secouai la tête. Anna était devenue un peu dingo depuis que Cox l'avait quittée.

— Super ! s'écria Chrissy en sautillant de nouveau.

— Où est Dorothy ? brama ZZ depuis l'autre côté de la pelouse, essayant de se faire entendre par-dessus la musique.

Je levai les paumes dans un geste signifiant que je n'en savais rien, et hurlai en retour :

— Tu as besoin de quoi ?

— Du produit pour allumer le barbecue.

Je levai le pouce et me dirigeai vers la maison.

J'avais parcouru la moitié du couloir qui desservait les chambres quand j'entendis de bruyants gémissements s'échappant de celle de

Jase. Je pris cette direction, sachant exactement ce que j'allais y trouver.

Sans surprise, le pantalon aux chevilles, Jase avait épinglé Dorothy au mur, qui avait la robe retroussée jusqu'à la taille.

— Je t'aime, bon sang, disait-il d'une voix grinçante. Tu ne t'en rends même pas compte, D. Tu ne t'en rends pas compte.

Dorothy, dont le visage était enfoui dans le cou de Jase, geignait.

Sans bruit, j'appuyai sur le bouton permettant de verrouiller la porte de l'intérieur, puis la refermai doucement, l'essayant pour m'assurer qu'elle était bien fermée. Chrissy n'avait pas besoin de tomber là-dessus.

Dorothy ne méritait pas non plus d'être entraînée là-dedans.

Mais c'était typique du milieu. Et je ne pouvais rien y faire.

Peu de temps après, Dorothy réapparut au barbecue, les joues rosies. Ensemble, nous vîmes Jase quitter le bâtiment pour rejoindre Chrissy. Elle se pelotonna contre lui pendant qu'il avait les yeux rivés sur Dorothy, lui promettant silencieusement mille choses qu'il ne tiendrait pas.

— Il va enfin la quitter, chuchota Dorothy en l'observant.

Je serrai les lèvres et baissai les yeux sur la grande cuillère que je tenais à la main. Il ne quitterait jamais Chrissy ; il l'aimait à sa manière, même si elle était tordue. Il aimait Dorothy aussi. Il avait réduit le nombre de ses admiratrices à elles deux et ne prévoyait pas de quitter l'une ou l'autre.

Dieu merci, Deuce fit son apparition à mon côté, m'empêchant de répondre à Dorothy.

Son regard interrogateur passa de l'une à l'autre, puis suivit la direction de celui de Dorothy jusqu'à Jase. Il fronça les sourcils.

— D., commença-t-il à voix basse.

Elle lui jeta un coup d'œil et rougit.

— Désolée, murmura-t-elle.

— Je peux pas te laisser agacer les régulières et rendre les choses difficiles pour mes gars, D.

— Je sais, je partirai si tu le souhaites.

Je le tirai à une bonne distance de là.

— C'est la faute de Jase, sifflai-je. Il l'a suivie à l'intérieur et lui a fait tu sais quoi !

Deuce arqua un sourcil.

— « Tu sais quoi » ? répéta-t-il, narquois.

Je croisai les bras sur ma poitrine, et ses yeux se plantèrent dans mon décolleté qui débordait de ma robe violet sombre.

— On peut aller faire « tu sais quoi » ? demanda-t-il avec un large sourire.

Je roulai les yeux.

— Non.

— S'il te plaît ?

Je luttai pour ne pas sourire et perdis. Il fit courir ses doigts le long de ma joue.

— J'ai un cadeau pour toi, dit-il doucement.

— Un homme grand et en sueur ? demandai-je.
Il sourit.
— Oui, aussi. Viens.
Il attrapa ma main et me conduisit dans le club, dépassa les chambres, traversa le salon et ouvrit les portes principales.
— Elle est tout à toi, ma belle.
Je battis rapidement les paupières. Puis me contentai de rester bouche bée devant la beauté sans prix qui me faisait face.
— Non, murmurai-je.
— Si, ma belle.
De solides roues en aluminium trempé, une fourche avant rebondie, et un réservoir d'essence au flanc bombé. Des pare-chocs jumeaux rangés proprement hors de vue, le moteur Twin Cam 96 B encadré de manière rigide, du chrome sur et sous le double pot d'échappement, et un réservoir de cinq gallons.
J'étais en état de choc.
— Les types qui l'ont customisée se sont bien foutus de moi pour ces paillettes, chérie. Tu m'es redevable.
Ce n'était pas comme si toute la moto brillait – seulement la selle – et j'en étais absolument dingue.
— Je n'arrive pas à croire que tu t'en souvenais, soufflai-je, faisant courir la main sur ma moto. Ma sublime moto.
— La gamine la plus mignonne que j'aie jamais rencontrée. Et à Rikers, pas moins. Qui

parlait de Fat Boys à paillettes et de casques roses avec des têtes de mort dessus, tout en me déclarant sans détour qu'elle serait la reine d'un MC. C'était ton rêve, ma belle. Je suis ton homme. N'est-ce pas ?

Oh, mon Dieu. Il m'avait faite reine. Parce qu'il était mon homme et que c'était mon rêve. Mon homme avait fait de mon rêve une réalité.

Il avait trouvé ma Fat Boy à paillettes.

Et mon casque rose avec des têtes de mort dessus.

Je me tournai avec un sourire si grand qu'il en était douloureux, et lui donnai un petit coup dans la poitrine.

— Je t'aime.

Il renifla.

— Oui, ma belle.

Je me jetai sur lui. Agrippant ma taille, il me fit tournoyer dans les airs. Nos bouches se scellèrent, et nous nous embrassâmes comme nous le faisions toujours – désespérément, avidement, intensément.

La vache. Il m'aimait tant.

— Hé, dis-je doucement.

— Hum ?

— Qu'en est-il de ton rêve à toi ?

Des fossettes apparurent sur son visage.

— Je suis en train de le contempler, chérie.

Oh. Mon cœur semblait prêt à exploser. J'étais cuite. Cet homme me possédait, corps et âme, et tout ce qui allait avec.

— Je veux aller faire « tu sais quoi », murmurai-je.

— Bonne nouvelle, ma belle, murmura-t-il en retour. Très bonne nouvelle.

Nous tombâmes emmêlés sur notre lit, nous embrassant avec fièvre, arrachant les vêtements l'un de l'autre.

— Je t'aime, tant et tant, soufflai-je.

Il repoussa les bretelles de ma robe le long de mes épaules et déposa des baisers le long de ma clavicule. Ses lèvres voyagèrent plus bas, ses mains baissant ma robe en chemin. J'emmêlai mes doigts dans ses cheveux, gémissant et le suppliant pour plus.

Du bout de la langue, il suivit la ligne de la cicatrice laissée par la césarienne.

— Je t'aime, bon Dieu.

Puis il se remit debout et tira sur mes sous-vêtements. Levant les jambes, je frottai mes pieds humides d'herbe sur son torse nu et gloussai.

Un large sourire aux lèvres, il ouvrit la braguette de son jean.

— Tu veux la manière dure ? dit-il d'un ton bourru.

Je me mordis la lèvre et secouai la tête.

— Non, je veux que ce soit lent, mon cœur.

Son expression s'adoucit.

— Aïe, marmonna-t-il. Je veux juste te regarder. Me tenir là et te regarder jusqu'à ce que je puisse me convaincre que tu es bien là, que tu n'iras nulle part et que tu me veux vraiment.

Je fermai les yeux, laissant ses mots me pénétrer.

— Lâche-la, connard, avant que je te fasse un trou dans le crâne !

J'ouvris brutalement les paupières. Je connaissais cette voix.

Frankie apparut derrière Deuce et vint se placer à son côté, appuyant le canon de son arme contre la tempe de ce dernier. On aurait dit une épave. Il était sale. Ses cheveux étaient gras, sa barbe longue et mal entretenue, ses vêtements étaient pleins de trous et couverts de taches.

— Horseman ! brama-t-il. J'ai dit recule.

Narines frémissantes, une expression meurtrière sur le visage, Deuce ferma son jean et recula lentement. Je me dépêchai de m'asseoir et rajustai ma robe.

— Ne bouge pas, salope, siffla Frankie dans ma direction.

Il se tourna pour jeter à Deuce une paire de menottes. Ce dernier les attrapa d'une main.

— Attache-toi au radiateur, exigea-t-il.

Deuce ne le quitta pas des yeux.

— Pas question, gronda-t-il.

— Non ? (Frankie attrapa une pleine poignée de mes cheveux et me tira sur le lit. Le canon de son arme était froid contre mon cou.) Tu veux qu'elle meure ?

Tremblant de rage, Deuce s'accroupit près du radiateur sous la fenêtre de notre chambre, referma l'une des menottes autour d'une de ses barres d'acier et l'autre sur son poignet droit.

Frankie redirigea son attention vers moi, sourire aux lèvres.

— J't'ai surveillée, ma chérie, dit-il. Et ça dure depuis un sacré bout de temps, maintenant. (Il se pencha sur le lit et son visage se rapprocha du mien.) J't'ai vue t'envoyer en l'air avec ce connard.

En tremblant, je plongeai le regard dans ses yeux sombres.

— Tu as tué Chase. Tu l'as massacré.

— Ouais, dit-il d'un ton narquois en se redressant. (Il secoua la tête et rit.) Cet abruti hurlait comme une fille.

Je sentis la brûlure acide de la bile monter dans ma gorge.

— Tu ne croyais pas que j'étais au courant, n'est-ce pas ? Mais c'était le cas. Chaque fois qu'il venait me parler en taule, je le voyais dans ses yeux. Lui qui pensait m'avoir. Qui pensait pouvoir s'en sortir en sautant ma femme.

— Je l'ai fait pour toi, chuchotai-je.

Tenant toujours mes cheveux, Frankie me fit mettre à genoux et me frappa en travers du visage.

— Tu te fais le Horseman pour moi, aussi ?

Me tenant la joue, je levai les yeux vers lui.

— Frankie, murmurai-je, je t'en prie, ne fais pas ça.

— Mets-toi sur le ventre, traînée, ordonna-t-il brutalement, relâchant sa prise et me poussant de l'avant. J'vais vous montrer, à toi et à ce connard, à qui tu appartiens vraiment.

Deuce émit un son étranglé, et je reportai vivement mon attention vers lui. Un mètre quatre-vingt-douze et cent vingt-cinq kilos de rage pure. Il tirait si fort sur ses menottes qu'il en saignait. Son corps était tendu comme une corde, les veines de ses bras et de son cou saillant, et les yeux exorbités. Il vibrait littéralement de haine.

Tremblante, essayant de retenir mes larmes en battant des paupières pour le bien de Deuce, je me mis sur le ventre et tournai la tête sur le côté, ne le quittant pas du regard.

— Ça fait bien trop longtemps que je passe après ce connard, marmonna Frankie en repoussant ma robe et en m'écartant les jambes. Mais à compter d'aujourd'hui, c'est terminé.

J'entendis s'ouvrir la boucle de sa ceinture, glisser sa braguette et sentis son poids sur moi tandis qu'il me pénétrait. Je me mordis la lèvre pour m'empêcher de pleurer et restai les yeux rivés sur Deuce.

Les siens ne me lâchèrent à aucun moment. Il me gardait avec lui et me retenait à lui de la force de son regard, là où j'étais en sécurité, là où personne ne pouvait me faire de mal.

Deuce avait pris des coups à chaque instant de sa vie.

Il avait été étranglé, poignardé et on lui avait tiré dessus.

Il avait tiré, poignardé, étranglé et tué.

Il avait eu mal, peur, avait été fou de colère, et enclin au meurtre.

Merde, il avait été si hors de lui qu'il avait fait tuer son paternel. Sa chair et son sang.

Mais jamais, JAMAIS, il n'avait éprouvé ce qu'il vivait à cette minute.

Il n'existait pas de mot assez fort pour décrire ce qu'il ressentait ou pour exprimer ce qu'il se passait en lui. C'était au-delà du dicible, ça surpassait toute émotion.

C'était une mort vivante.

Il vivait à travers la mort.

Ses yeux ne quittaient jamais ceux d'Eva. Tant qu'il soutenait son regard, elle restait impavide, un peu perdue, même, comme si elle s'était détachée de son corps et prenait refuge dans le sien. C'était tout ce qu'il était capable de lui donner, et ce n'était pas suffisant. Cela n'aurait jamais dû arriver. Il s'était montré laxiste, pensant que Frankie n'était dorénavant plus une menace. C'était sa faute, et Eva en payait le prix. Il en payait le prix.

Frankie ne la blessait pas, pas physiquement. Émotionnellement, mentalement, oui, mais en parallèle, il se montrait doux, la touchant avec la connaissance certaine d'un homme qui savait comment procurer du plaisir à sa femme, sachant ce qu'elle aimait, ce qui la ferait jouir, embrassant sa peau nue, la caressant sans relâche, et rendant presque impossible pour elle le contrôle des réactions de son corps.

Pire, tout cela n'était pas nouveau pour elle. Frankie l'avait déjà violée auparavant, il en était sûr. Son Eva était devenue accoutumée au sexe forcé, avait appris à en tirer le meilleur, à aimer ça, parce qu'elle avait su que Frankie ne la laisserait jamais partir.

Cela le tuait. Chaque coup de butoir, chacun des grognements de Frankie et chaque gémissement d'Eva… le tuaient.

Frankie disait qu'il les avait espionnés. Il savait exactement à quel point Deuce l'aimait. Et il savait que cela le tuerait – lentement – jour après jour, semaine après semaine, année après année.

Chase s'en était finalement bien sorti.

Il vit Frankie se mettre à genoux et soulever les hanches d'Eva. Sa main s'enroula autour de la taille de la jeune femme et plongea entre ses cuisses. Eva perdit la bataille. Sa respiration se fit hachée et ses yeux roulèrent en arrière, les larmes inondant son visage. Ses jambes frémirent, et elle enfouit le visage dans l'oreiller, pleurant doucement à travers son orgasme. Frankie la suivit en avant, grondant bruyamment, son corps pris de soubresauts.

Puis, Frankie se tourna vers Deuce. Et eut un large sourire.

La mort vivante.

Deuce pleura pour la première fois depuis des années. Il eut très exactement trois larmes silencieuses. Mais pour lui, c'était un véritable torrent.

21

18 h 38

Deuce leva les yeux vers Cox en battant les paupières.

— Prés' ? murmura celui-ci d'une voix rauque, le regard sur la main menottée de Deuce.

— Mes filles ? demanda-t-il l'air hébété. Ivy, Danny ?

— Avec Kami, répondit Cox. Où est Foxy ?

— Disparue, dit Deuce, la voix brisée. Frankie.

Cox se laissa tomber à genoux et testa les menottes. Comme si Deuce ne l'avait pas déjà fait. Comme si la peau de sa main n'avait pas été arrachée en grande partie et qu'il ne s'était pas cassé tous les doigts à essayer de s'en défaire. Mais ses mains étaient trop grandes. Et donc maintenant, il était attaché à un radiateur avec une main brisée et en sang.

— J'dois aller chercher Freebird, dit Cox. Il est le seul à pouvoir te les enlever rapidement.

Deuce acquiesça.

Cox s'arrêta arrivé à la porte.

— Deuce, dit-il calmement, on la ramènera.

Deuce ne le regarda pas.

— C'est un homme mort, prés'.

Non. Frankie n'était pas un homme mort. *Frankie était déjà mort.*

23 h 11

Le corps tout entier de Frankie se tordit violemment, chose qui se produisait toujours avant qu'il n'entre dans une rage folle. Je restai où je me trouvais, assise sur le lit du motel, l'observant de près.

— J'peux pas en supporter plus, Eva. Que tu t'envoies Chase m'a brisé, et ensuite que tu recommences DE NOUVEAU à coucher avec ce bâtard de Horseman... Vous avez eu un bébé, et je te jure que j'ai failli te tuer des millions de fois. Quand tu sortais de son foutu club, jouais avec ses foutus gosses dans le jardin, montais à l'arrière de sa foutue moto. J'étais dans la queue derrière toi à la banque, tenant un couteau pointé à la base de ta colonne vertébrale, prêt à vous tuer, toi et ta bâtarde de fille. Mais j'en étais incapable ! Impossible de te faire du mal ! ET ÇA M'A BRISÉ, EVA !

— Mon chou, chuchotai-je, essayant de mon mieux de ne pas penser à Frankie en train de tuer ma fille. Les flics savent que tu as assassiné Chase. Ils sont à ta recherche.

Il me lança un regard qui suggérait que c'était moi la folle.

— Ma puce, qui en a quelque chose à cirer des flics ?

Soudain, il eut les yeux exorbités.

— Ça te plaisait de coucher avec lui, hein, garce ! Tu aimais sa queue de gosse de riche !

— Non, murmurai-je en déglutissant difficilement. C'est ce qu'il demandait pour te faire sortir.

Frankie rit.

— J'suis content de lui avait fait bouffer sa bite. Il le méritait sacrément.

La vision de ce qu'il avait fait subir à Chase en tête, mon ventre se tordit et je commençai à avoir des haut-le-cœur. Frankie s'assit à mon côté et me frotta le dos en gestes circulaires.

— C'est ce qu'il a eu, chuchota-t-il. Les haut-le-cœur et les hurlements.

Mon estomac se vida.

9 h 03

Deuce contemplait sa satanée main. Aux urgences, les médecins n'avaient pas pu lui mettre un plâtre à cause de sa peau arrachée. Ils avaient dû replacer chacun de ses os et une attelle à chacun de ses doigts, puis avaient soigné et enroulé son membre dépecé, avant de mettre le tout en écharpe.

Il était maintenant de retour au club, buvant une bouteille de scotch, et regardant Danny jouer avec Ivy. Ses gars et lui-même avaient cherché pendant des heures le moindre signe de Frankie ou Eva et étaient revenus bredouilles. Ils n'avaient pas d'autre choix que d'impliquer la police, qui ne s'était pas montrée ingrate.

Le FBI n'allait pas tarder à se pointer.

Deuce savait que Frankie ne retournerait pas en prison. Les hommes comme lui préféraient mourir plutôt que de se retrouver derrière les barreaux. Et cet homme en particulier était si fou qu'il entraînerait Eva avec lui. Comme cela, elle serait avec lui pour toujours.

Nom de Dieu.

Il allait la perdre en faveur de Frankie. De nouveau. Mais cette fois pour de bon.

— Deuce, dit Kami en s'asseyant à côté de lui, tu as besoin de quelque chose contre la douleur ?

Il avait besoin d'Eva. Elle était *tout* ce dont il avait besoin, tout ce dont il avait toujours eu besoin.

— Non, croassa-t-il.

Elle enroula ses bras maigrichons autour de lui, et il la laissa faire parce qu'il savait qu'elle souffrait tout autant que lui. Et pour dire la vérité, ce réconfort lui était nécessaire.

ZZ regarda au-dessus du bar derrière lequel il se tenait et où se trouvaient des écrans de contrôle.

— Prés'. Les fédéraux sont là.

Ripper arriva du couloir.

— Prés', vas-y et laisse-les entrer. On a tout bien planqué.

Il leva le menton en direction de ZZ.

— Fais sortir les gosses d'ici et ouvre à ces crétins.

9 h 07

Je tirai sur mes liens, grimaçant quand la corde frotta douloureusement contre ma peau. J'étais sur le ventre, mes quatre membres attachés ensemble derrière mon dos. Frankie était allé jusqu'à relier mes poignets à mes chevilles et à m'enfourner une taie d'oreiller dans la bouche.

Tout cela juste pour pouvoir se sentir en sécurité en me laissant ici pendant qu'il irait chercher de quoi manger.

Il ne me faisait pas confiance, et lorsque Frankie se méfiait de quelqu'un, cela ne finissait jamais bien.

Après de nombreuses manœuvres et une au prix d'une souffrance incroyable, je fus capable de rouler sur le côté pour soulager la pression sur mes poumons et mon ventre.

J'aurais dû écouter Deuce il y avait longtemps de cela. Frankie était au-delà de tout secours. Il était ainsi, l'avait toujours été. Et le serait toujours.

Je devais y mettre un terme une bonne fois pour toutes.

9 h 14

— Donc, ce que vous essayez de nous dire, monsieur West, c'est que malgré ce système de sécurité ultra performant, Franklin Deluva a pu pénétrer dans vos locaux sans être vu ?

Deuce examinait l'agent Ricardo Quintanilla, l'œil mauvais. C'était un Mexicain chauve, petit et gras, qui portait des vêtements trop serrés. Il avait déjà eu affaire à lui auparavant – à de bien nombreuses reprises – pour des histoires de mandats ou des perquisitions impromptues. L'agent avait un nouveau coéquipier – une petite blonde sexy, avec un cul étroit, une forte poitrine, et une sale attitude. La moitié de ses gars la reluquaient comme si elle avait été une part de gâteau. Lui avait envie de lui enfoncer un tournevis dans l'œil.

— Il a dû repérer les lieux pendant un moment, dit Ripper, en envoyant un regard noir à Quintanilla. Il savait quelles caméras éviter.

Quintanilla étudia le visage de Ripper et fit la grimace.

— Le travail de Deluva, je suppose, dit-il en agitant son téléphone en direction de ce dernier. J'ai déjà vu ça. Sauf que ces salauds malchanceux étaient morts.

— Super, gronda Deuce. Restons assis là à papoter des imbéciles que Frankie a abattus pendant qu'il découpe en rondelles ma femme.

— Humm, fredonna la blonde en tapotant son stylo contre ses lèvres. Ne vouliez-vous pas dire la femme de Franklin Deluva ou peut-être de Chase Henderson ?

Elle tourna sur elle-même, analysant la pièce et les gens qui s'y trouvaient.

— Est-ce que chacun a eu Mme Fox-Deluva ? Est-ce qu'elle appartient à tout le monde ?

Deuce se releva d'un bond du canapé, mais Ripper et Jase se jetèrent sur lui, l'y repoussant.

— Ajoute encore un mot, gronda-t-il en luttant contre ses hommes, et tu ne verras plus jamais le soleil !

— Menaceriez-vous un agent fédéral, monsieur West ? questionna-t-elle. Je me contente de suggérer que votre femme est peut-être partie de son plein gré avec son mari.

— Marie ! brama Quintanilla.

— De son plein gré ? grogna Deuce. Il m'a forcé à le regarder la violer ! Vous comprenez, bordel ? J'étais enchaîné à un putain de radiateur à voir ma femme se faire violer par un putain de psychopathe, et je ne pouvais rien y faire !

Il entendit un cri perçant qui aurait pu être poussé par Danny, Kami ou les deux. Le reste du club sombra dans le silence.

Cox ravala son souffle.

— Prés', chuchota-t-il.

Il l'ignora.

— Écoutez-moi bien, Agent Salope, siffla-t-il. Je suis bien au-delà de vous menacer. Je suis prêt à vous abattre, et votre meilleur espoir est que mes gars m'en empêchent.

— Ne le lâchez pas, ordonna Quintanilla sèchement. (Il se tourna vers sa coéquipière.) Sortez d'ici.

11 h 55

Je dévorais mon cheeseburger et mes frites. La dernière fois où j'avais mangé remontait à une éternité et je mourais de faim. Frankie m'observait depuis le coin de la chambre, proche de la porte, une bouteille de vodka entre les jambes, le visage dénué de toute expression.

— Je peux en avoir ? murmurai-je en indiquant du doigt la bouteille à moitié vide.

Il y jeta un coup d'œil avant de reporter son attention sur moi, puis d'opiner.

Je glissai du lit et avançai lentement vers lui. M'arrêtant à quelques centimètres de ses pieds, je m'assis et tendis la main vers la bouteille. Je venais juste d'enrouler les doigts autour de son col que la main de Frankie se referma sur la mienne.

Je levai la tête.

Une larme coulait le long de sa joue.

— Eva, murmura-t-il, j'peux pas dormir, ma belle, j'peux pas. Ça fait des semaines, et des semaines…

Mon cœur manqua plusieurs battements.

— Bébé, lui dis-je, viens là.

Genoux vacillants, il m'enserra dans ses bras et enfouit son visage dans mon cou. Tremblante, mon cœur se brisant, je lui caressai les cheveux et le dos.

— Tu te souviens de mon bal de promo ? Tu te souviens qu'on avait dansé sur le toit après ? Dansé et ri jusqu'au lever du soleil. C'était l'une des plus belles nuits de ma vie.

Son corps imposant s'affaissa contre le mien et il se mit à sangloter.

— Oh, mon Dieu, non. (Je lui relevai la tête afin de pouvoir voir son visage.) Frankie, soufflai-je, essuyant les larmes de ses joues, tu n'as plus à pleurer. Je suis là maintenant. Je ne te quitterai jamais, plus jamais.

— Tu ne peux pas t'en aller, dit-il, la voix grinçante. Je ne peux pas dormir sans toi, et pas respirer non plus, bébé. J'peux pas respirer. J'ai l'estomac noué en permanence.

— Chut, le calmai-je, caressant ses joues tout en luttant contre mes propres larmes. Fais-moi l'amour, bébé. Laisse-moi te montrer combien je t'aime.

Le goût familier de ses larmes mêlé à celui de la vodka envahit ma bouche. Je me laissai aller pendant un petit moment, goûtant Frankie pour la toute dernière fois. Ses mains voyageaient sur mon corps, repoussant les bretelles de ma robe pour la faire glisser jusqu'à ma taille.

— Eva, souffla-t-il, prenant mes seins en coupe. Mon Eva.

— Oui, chuchotai-je. Je suis à toi. Pour toujours.

Je poussai son dos contre le mur et m'occupai de sa boucle de ceinture. Il s'assit et leva les hanches que je puisse faire glisser son jean le long de ses jambes. Me tenant contre lui, il me bascula en arrière et son corps vint couvrir le mien.

— Je t'aime, pleurai-je doucement, attrapant ses fesses et le prenant en moi. Je t'aime depuis mon enfance.

— Bon sang, gronda-t-il. Je t'aime, je t'aime. Je t'aime tant.

À chacune de ses poussées, il proclamait son amour pour moi, allant plus vite et plus loin chaque fois.

Je tendis la main derrière moi, à la recherche du jean de Frankie et de la lame crantée qu'il gardait dans un fourreau à sa ceinture.

— Plus fort, bébé, murmurai-je, ayant besoin qu'il soit distrait. Donne-moi tout cet amour.

Il enfouit son visage dans mon cou, ses larmes inondant mes cheveux tandis que son corps commençait à claquer contre le mien.

Agrippant la garde de la dague, je la fis glisser hors de sa protection.

Lorsque je le sentis se raidir, sentis son orgasme, je fis courir ma main dans ses cheveux et les tirai avec douceur.

— Regarde-moi, bébé.

Il cilla en relevant les yeux.

— Je ne te quitterai plus jamais. Tu es avec moi pour toujours maintenant, chuchotai-je, les larmes coulant sur mon visage. Plus de cauchemars.

Il me sourit, comme un petit garçon perdu.

— Tu les as toujours chassés.

Je frôlai ses lèvres des miennes.

Puis je plantai la lame sur le côté de son cou et, de toutes mes forces, la tordis sur le côté, puis donnai un coup sec.

13 h 32

— On a une touche, dit Quintanilla, le téléphone contre l'oreille. Des policiers locaux ont repéré Deluva devant un motel à quelques villes d'ici.

Deuce ne posa aucune question. Il se contentait de continuer à prier.

— Dites-leur de se tenir à distance, poursuivit l'agent. Deluva est sans aucun doute armé, extrêmement dangereux, complètement instable, et il a un otage. J'appelle une équipe immédiatement.

Quintanilla écarquilla les yeux et rencontra le regard de Deuce. Ce dernier sentit son estomac se retourner.

Elle n'était pas morte. Ce n'était pas possible. Non. *Mon Dieu, s'il vous plaît, mon Dieu, ne la laissez pas mourir.*

— Quand ? exigea de savoir l'homme du FBI.

Qu'il aille se faire foutre. Il ne pourrait y faire face. Impossible. Ses enfants non plus. Tout comme Kami et Devin. Et les Horsemen. Cela ne pouvait pas arriver.

Quintanilla raccrocha.

— Deluva est mort.

Deuce sauta sur ses pieds.

— Eva ?

— Hystérique, mais saine et sauve.

Un violent frisson de soulagement le traversa.

— Comment l'ont-ils eu ? demanda Tap.

Quintanilla serra les lèvres. Il regarda autour de lui comme s'il débattait intérieurement le fait de partager ce qu'il savait.

Il soupira bruyamment.

— Ils ne l'ont pas fait. C'est la femme. Elle lui a quasiment coupé la tête avec une dague. Elle est sortie de la chambre en la tenant, à demi-nue et couverte de sang.

Kami tomba à genoux en hurlant à pleins poumons. Cox se laissa glisser à son côté et l'attira dans ses bras.

— Merde... (Cox leva la tête vers Deuce, l'expression horrifiée sur le visage de son ami reflétant la sienne.) Prés', murmura-t-il, Foxy...

Deuce se rassit et enfouit son visage dans sa main encore saine. Le bras de Mick vint enserrer ses épaules et les serra.

— Elle va bien, prés'. Elle est en vie.

— Elle est en vie, répéta Deuce d'une voix rauque. Mais je peux t'assurer qu'elle ne va pas bien.

22

Les Demons enterrèrent Frankie un mardi nuageux. Il portait sa jaquette, mes bagues de fiançailles et de mariage au petit doigt. Deuce resta à mon côté, me soutenant quand bien même je serais tombée. J'étais submergée par la douleur et les regrets, inondée par la culpabilité, et en même temps, par un soulagement si intense que j'en avais des vertiges.

J'espérais que, dans la mort, Frankie trouverait la paix qu'il avait été incapable d'avoir.

Je restai longtemps après que le service fut fini et que la foule se soit dispersée. Je parlai à Frankie pendant un moment et pleurai.

Avant de partir, je traçai son nom sur la pierre tombale.

— Fais de beaux rêves, bébé, chuchotai-je. Pour toujours.

Avant de rentrer chez nous, Kami et moi-même allâmes sur la tombe de Chase. Main dans la main, nous nous assîmes dans l'herbe et nous appuyâmes contre sa pierre tombale. Partageant une bouteille de whisky à 75 000 dollars, nous nous serrâmes l'une contre l'autre et pleurâmes. Nous pleurions pour des raisons très différentes, mais pour Chase malgré tout. Si les relations que nous avions entretenues avec lui avaient été tordues, il avait été aimé malgré tout. Seulement, il avait été trop malade pour s'en rendre compte.

Puis Kami, Cox, Deuce et moi-même revînmes à la maison, à nos enfants et à notre club. C'est alors que le processus de guérison commença.

Deuce allait mal. Plus mal que tous les autres. Pendant un long moment, il refusa de me toucher – ou ne le put pas. Il se reprochait tout. C'était sa faute si on n'avait pas trouvé Frankie. Sa faute si Frankie avait réussi à pénétrer dans le club, à me violer, et sa faute si j'avais été sa meurtrière.

Or, c'était faux. Il n'était en rien coupable. Frankie l'était – pour tout. Cela aussi, j'avais eu du mal à l'accepter. Au début, je me sentais fautive d'avoir laissé ma relation avec Frankie prendre une telle ampleur.

Mais j'étais parvenue à accepter les choses… aux côtés de ma famille, de mes amis, de mon club. J'y étais parvenue.

Faire en sorte qu'il en soit de même pour Deuce était une autre histoire.

Mais nous avions traversé cela. Ensemble. Ça ne s'était pas fait en une nuit, et ce n'était pas facile.

Ce qui vaut le coup ne l'est jamais.

Et l'amour vaut tout.

Épilogue

Deuce fusilla son beau-père du regard.

— Tu es plus âgé que moi, grommela-t-il.

Preacher renifla.

— On est tous les deux dans la cinquantaine. À la seule différence près que tu t'es trouvé une femme superbe et plus jeune pour te garder en forme. Tout ce que j'ai, c'est un club rempli d'imbéciles répugnants.

Tous deux se tournèrent vers l'endroit où Eva se tenait, discutant avec Kami et une Dorothy enceinte jusqu'au cou, Mick et sa femme Adriana, et Danny avec… ZZ, dont le bras était posé sur les épaules de la jeune fille. Deuce serra les poings, mais il garda son calme. Il avait promis à Eva qu'il ne le prendrait plus à coups de pied. Danny avait vingt et un ans, et Eva avait affirmé que ZZ était complètement épris. Elle n'arrêtait pas de lui rappeler que le jeune homme n'avait jamais suivi les mêmes schémas que ses autres amis. Il ne buvait pas avec excès, ne s'enflammait pas à la moindre occasion, n'avait jamais manqué de respect à une femme et il ne fréquentait pas les brebis.

Bon sang... Il détestait ça. Vraiment. Absolument.

Il grinça des dents et reporta le regard sur sa femme.

Eva avait trente-cinq ans et était incroyablement belle. Son corps était élancé et musclé – grâce aux quatre séances de yoga par semaine – mais elle avait encore ses courbes, donc il était content. Et il se fichait bien qu'elle éprouve le besoin de se tordre dans tous les sens, l'air absolument ridicule en prime.

Ses cheveux sombres étaient coupés différemment, atteignant le milieu de son dos en douces vagues avec quelques mèches dégradées sur le côté – œuvre de Danny. Elle portait un vieux jean, à tous les coups plus âgé que lui, et son vieux tee-shirt Led Zeppelin qui laissait apparaître son ventre couvert d'étoiles. Pas de soutien-gorge.

Dieu, qu'il l'aimait.

Autour du cou d'Eva, ses couleurs brillaient sous les rayons du soleil. Son iPod était fourré dans sa poche arrière, ses écouteurs pendant le long de son jean. À ses pieds, des Converse roses. Et même s'il ne pouvait le voir à cette distance, il savait qu'à son annulaire gauche se trouvait la bague qu'il lui avait passée le jour de leur mariage – un anneau fin de platine avec leurs noms gravés.

DEUCE & FOXY.

Il la regarda pivoter et se pencher pour attraper Diesel, le fils d'un an de Cox et Kami, et il vit son nom – DEUCE – tatoué juste au-dessus de ses fesses en de larges lettres. Il le lui avait offert pour son anniversaire précédent, et il ne lui faisait plus l'amour que par-derrière à présent.

— Bon sang, marmonna-t-il.

Preacher lui jeta un coup d'œil.

— J'remerciai juste Dieu, dit-il en secouant la tête, pour cette sacrée nana.

Preacher eut un large sourire.

— J'ai jamais oublié le jour où elle est apparue dans ma vie en sautillant, secouant ses couettes, chantant Janis, ses Converse aux pieds, partageant ses cacahuètes et me volant directement le peu de décence qu'il me restait – c'est-à-dire vraiment pas grand-chose. Mais elle l'a fait et, depuis ce jour, je lui appartiens.

Les yeux de Preacher s'embuèrent.

— Une bonne chose que je sois tombé en même temps que ton vieux, dit-il, sa voix se brisant. Si tu n'avais pas… Si Frankie avait…

Deuce assena une claque dans le dos de Preacher.

— Seigneur, oui, fit-il durement. Comme si je savais pas.

— Coucou, papa ! hurla Ivy, en passant en courant devant eux. Coucou, papi !

— Coucou, jolie petite fille, dit Preacher en souriant.

— Reviens, petite merdeuse ! beugla Cage, courant à travers la pelouse après elle. Et donne-moi mes clés !

Ses couettes blondes se balançant, ses Convers roses envoyant voler la poussière, Ivy eut un petit rire démoniaque et poursuivit sa course. Cage la dépassa à toute vitesse, l'encerclant. Ivy s'arrêta dans un dérapage ; Cage fit semblant de prendre sur la droite ; Ivy partit vers la gauche, puis Cage l'attrapa. Il la balança dans les airs.

— Je t'ai eue ! dit-il en la lançant, puis la rattrapant.

Elle eut un cri perçant, gloussa et hurla jusqu'à ce qu'il la pose au sol.

— Ivy Olivia West, cria Eva. Donne ses clés à ton frère.

S'accroupissant devant elle, Cage se balança sur ses talons et tendit la main.

— Voilà, marmonna la fillette, faisant tinter les clés dans les doigts tendus.

Cage referma sa main sur celle de l'enfant, puis l'attira à lui pour l'étreindre.

— Je t'aime, petite merdeuse, fit-il. J'aurais pas pu souhaiter meilleure sœur. Parce que tu sais, Danny est du genre garce.

Danny lui fit un doigt d'honneur.

Ivy eut un large sourire. Cage afficha le même.

Deuce ferma les yeux.

Il tendit la main.

— Je m'appelle Deuce. Mon vieux, c'est Reaper. C'était sympa de discuter avec toi.

Elle plaça sa petite main dans la sienne, et il la serra.

— Moi, c'est Eva, murmura-t-elle. Et c'était vraiment génial de te rencontrer !

Il sourit.

Elle sourit.

Le reste fait partie de l'histoire.

AVENTURES & PASSIONS

7 janvier

Mary Balogh
La maîtresse cachée
Inédit

Comment un homme aussi sérieux que le comte de Heyward, qui ne croit pas à la passion, pourrait-il s'entendre avec Angeline, jeune fille exubérante qui affectionne les tenues extravagantes, fait peu cas des convenances et rêve du grand amour ?

✦

Sabrina Jeffries
Les hussards de Halstead Hall - 1 - Une Américaine à Londres
Inédit

Oliver, marquis de Stoneville, est consterné : sa grand-mère, lasse de ses frasques, lui annonce qu'elle le déshéritera s'il n'est pas marié avant la fin de l'année. Furieux, il décide de feindre de tomber amoureux de la jeune femme la plus inconvenante qui soit.

✦

Elizabeth Hoyt
Les trois princes - 2 - Liaison inconvenante

Harry Pye dégage une impression de force tranquille. Son seul défaut, c'est d'être l'intendant de Georgina Maitland. Et Georgina a beau jouer les effrontées, Harry s'obstine à ne voir en elle que sa patronne. Comment lui faire comprendre qu'ils sont faits l'un pour l'autre ?

21 janvier

Mary Balogh

La saga McJames - 1 - Dans le lit d'un inconnu

Inédit

Fille illégitime du comte de Warwickshire, Anne Cooper est considérée comme une servante par la famille de son père. Et lorsque Mary, sa demi-sœur et fille légitime, refuse d'épouser le chef de clan Brodick McJames, Anne est contrainte de prendre sa place. Rapidement, elle se rend compte que cette union pourrait être beaucoup plus qu'un simple mariage de convenance...

✦

Karen Hawkins

Journal intime d'une duchesse - 1 - Rose

Inédit

Lorsque sa grand-tante décide d'organiser une partie de campagne, lord Sinclair voit enfin un moyen de se venger de la terrible humiliation que lui a fait subir Rose Balfour six ans plus tôt. Mais Rose est devenue une belle et intelligente jeune femme. S'engage alors entre eux une bataille passionnée....

✦

Brenda Joyce

Une enquête de Francesca Cahill - 1 - Un odieux chantage

1900, Londres. Passionnée de politique, la jeune et ravissante Francesca Cahill refuse de se marier et prône des réformes sociales. Bientôt, l'enlèvement du jeune fils de son riche voisin attire son attention. Seul indice, un message sibyllin : « F comme fourmi... » Dès lors, Francesca mène l'enquête, au nez et à la barbe de Rick Bragg, le nouveau préfet de police, exaspéré par ce détective en jupons...

PROMESSES

7 janvier

Julie James
L'amour... non merci
Inédit

Le séduisant Cade Morgan, l'un des meilleurs avocats de Chicago, assistant du Procureur, a besoin de l'aide de Brooke Parker pour faire tomber un sénateur corrompu. Elle n'aura qu'à installer un micro à la table qu'a réservée le sénateur dans l'un de ses restaurants 5 étoiles.
La rencontre entre Brooke et Cade fait des étincelles ! Mais le deal est clair : il n'y a strictement rien de sérieux à attendre de cette relation. Car, comment une femme d'affaires dont les journées ne comptent pas assez d'heures et un homme émotionnellement inaccessible pourraient-ils construire quoi que ce soit de solide ?

Romantic Suspense

21 janvier

Lisa Renee Jones
Sombre, divin et mortel - 1 - Secrets dévoilés
Inédit

Lindsey était une avocate brillante jusqu'à ce que son dernier dossier ruine sa carrière. Des années plus tard, devenue membre du FBI, elle doit à nouveau abandonner son travail ; son père étant atteint d'un cancer, il lui faut reprendre l'entreprise paternelle. Et pour commencer, elle requiert l'aide de Mark Reece. Et même si elle ne l'apprécie guère, son soutien lui est bientôt crucial : des meurtres s'ensuivent, et toutes les victimes ressemblent étrangement à Lindsey…

Passion intense

7 janvier

Madeline Sheehan
Hell's Horsemen - 1 - Indéniable
Inédit

Une allure de bad boy, une démarche sexy, pas de doute, Deuce West est le beau gosse du Hell's Horsemen. Ce club de moto, il le connaît depuis toujours car il y a grandi, et les années ont nourri sa passion. Tout comme lui, Eva a passé son enfance au parmi les inconditionnels des deux-roues. S'ils se sont connus enfants, ils sont désormais des adultes. Des adultes qui réalisent à quel point l'attirance qu'ils éprouvent l'un pour l'autre est impérieuse et indéniable…

21 janvier

Abbi Glines
Désir fatal - 1 - De tout mon être
Inédit

À dix-neuf ans, suite au décès de sa mère, Blaire quitte son Alabama natale pour rejoindre la Floride, où s'est installé son père avec sa nouvelle femme. Une vie bien différente s'ouvre à elle désormais : luxe, opulence, mondanités en tout genre, et présence d'un demi-frère avec qui elle va devoir passer l'été, seule à seul. Mais comment résister à la tentation face à Rush, vingt-quatre ans et terriblement séduisant ?

CRÉPUSCULE

21 janvier

Jennifer Ashley
Les exilés d'Austin - 4 - Cœur farouche
Inédit

Mi-garou, mi-humaine, Iona vit parmi les humains sans porter le Collier obligatoire pour toute créature de son genre. Or, si elle s'obstine à refuser d'accepter sa véritable nature, elle en mourra tôt ou tard. Le ténébreux Eric, un garou à la tête de son propre clan, pourrait la ramener à la raison. Il hante ses rêves, attise son désir et l'appelle à lui. Saura-t-il apprivoiser son cœur farouche ?

Et toujours la reine du roman sentimental :

Barbara Cartland

« Les romans de Barbara Cartland nous transportent dans un monde passé, mais si proche de nous en ce qui concerne les sentiments. L'amour y est un protagoniste à part entière : un amour parfois contrarié, qui souvent arrive de façon imprévue. Grâce à son style, Barbara Cartland nous apprend que les rêves peuvent toujours se réaliser et qu'il ne faut jamais désespérer. »

Angela Fracchiolla, lectrice, Italie

Le 7 janvier
Les yeux du cœur

10927

Composition
FACOMPO

Achevé d'imprimer en Italie
Par GRAFICA VENETA
le 7 décembre 2014.

Dépôt légal : décembre 2014.
EAN 9782290097038
OTP L21EPSN001281N001

ÉDITIONS J'AI LU
87, quai Panhard-et-Levassor, 75013 Paris

Diffusion France et étranger : Flammarion